Delly

La fée
de Kermoal

Roman

ISBN : 978-3-96787-416-7

10 9 8 7 6 5 4 3 2 1

Delly

La fée
de Kermoal

Roman

Table de Matières

Première partie : La fée de Kermoal

I

Dans la campagne endormie sur la lande obscure, par la nuit sans lune, le long des chemins étroits bordés de haies d'épine, des ombres se glissaient, furtives, aux aguets. Elles hésitaient longtemps avant de se rejoindre, écoutant, avant de s'y décider, le bruit prudent des pas, et si elles s'accostaient enfin, elles le faisaient en silence, annonçant leur présence par un simple geste.

Et par ces silhouettes que seul un œil exercé eût distinguées des arbres et des buissons, tant étaient profondes les ténèbres, la lande et les champs immobiles s'animaient peu à peu, se transformaient en un sombre fleuve qui lentement, sans bruit, s'acheminait vers le même but.

Ce but, faible lueur à peine perceptible au travers des rideaux très épais, c'était la chapelle du château de Kermoal.

Une à une, les ombres franchirent la porte à peine entrouverte. Un jeune homme de fière mine examinait chacun au passage, puis souriait et laissait passer. Les bancs de bois se garnirent d'une foule recueillie qui attendit en priant que sonnât minuit.

La chapelle, d'assez vastes dimensions, était éclairée de mille bougies disposées dans de hauts candélabres de cristal ; l'autel disparaissait sous une masse extraordinaire de fleurs blanches, de gerbes neigeuses que, depuis la veille, les paysans d'alentour et les pêcheurs de la côte cornouaillaise apportaient, dissimulées sous leurs blouses ou leurs mantes.

Car un grand événement se déroulerait, à l'heure de minuit, au château : le comte Ely de Tréguidy mariait sa fille Hoëlle, et à dix lieues à la ronde, la jeune fille, avec raison, avait été surnommée « la petite fée de Kermoal » par tous ceux que son cœur généreux, son inlassable et tendre dévouement ne laissaient jamais dans la peine, la souffrance ou le besoin sans y porter aide ou remède. Et chacun voulait être là pour être témoin de son bonheur.

Or, en ce printemps de l'an 1792, cruelle époque où toute cérémonie religieuse était interdite par des lois scélérates, l'assistance à la Sainte Messe pouvait fort bien conduire un chrétien téméraire dans les prisons de la Révolution, ces prisons dont on ne revenait pas...

Dans l'air alourdi, les flammes des chandelles se reflétaient dans les cristaux brillants, parmi les fleurs embaumées. Pol de Tréguidy, le frère de la jeune fiancée, jeta un dernier regard au-dehors : il n'y avait plus personne. Tous ceux qui avaient voulu risquer leur vie en venant prier pour sa sœur étaient entrés. Il repoussa soigneusement le massif battant de chêne, l'assujettit par une barre de fer et remonta lentement la nef étroite en souriant à tant de visages amis. Au premier banc, il s'arrêta : minuit sonnait à une lointaine horloge ; l'héroïne de l'heure allait entrer à son tour avec ses parents, leurs amis intimes, le fiancé et les siens.

Pol de Tréguidy était grand et mince de taille, beau de figure, avec des cheveux blonds et des yeux d'un bleu foncé, des traits énergiques et bien dessinés. Aux plus âgés des hommes du pays, il rappelait son grand-père, Hervé, l'indomptable vicomte de Tréguidy qui avait dû, à son corps défendant, fuir trois mois plus tôt les révolutionnaires : il avait caché sous son toit un prêtre réfractaire. Dénoncé, il allait être arrêté, mais son cousin et voisin, Edern de Porspoët, et le fils adoptif de ce dernier l'avaient sauvé, mettant ainsi fin à une inimitié qui durait depuis des siècles entre les deux familles : Tréguidy, du château de Kermoal, et Porspoët, du manoir de Trenarvan.

Cette réconciliation achevait ce soir de se sceller par le mariage d'Hoëlle avec Miguel, le fils adoptif d'Edern de Porspoët.

C'était là, du moins, ce qui avait transpiré de l'histoire dans le pays. Nul, dans l'assistance de paysans et de pêcheurs pressés sur les bancs de la chapelle, n'avait cherché à savoir plus de détails sur ce sujet. Tous aimaient les Tréguidy, tous révéraient leur fille à l'égal d'une sainte ; tous admiraient la superbe prestance de son fiancé, son extraordinaire beauté. Et tous redoutaient Edern de Porspoët...

Et si, comme on l'avait entendu répéter, le vieux vicomte avait donné son consentement à ce mariage, avait béni les futurs époux avant de quitter la Bretagne pour une contrée demeurée secrète où il serait en sécurité jusqu'à la fin des mauvais jours, cette union était donc bonne et souhaitable. Tout le monde s'inclinait devant l'autorité du chef de famille Tréguidy, son honnêteté irréprochable, son sens de l'honneur que rien, jamais, n'avait entaché.

Une porte, au fond de la chapelle, s'ouvrit à deux battants. Toute l'assistance se leva d'un seul mouvement, par déférence sans doute, et aussi par désir de voir mieux la petite fée de Kermoal dans sa robe blanche d'épousée.

Elle s'avança, d'un pas souple et lent, et un murmure courut dans la foule : jamais Hoëlle n'avait mieux mérité son surnom ! Sous les dentelles de son voile, l'or argenté de ses cheveux brillait doucement et son pâle visage, baissé sur son émotion, reflétait toute la grâce, toute la pureté, toute la perfection angélique de son cœur délicat. Du bout de ses doigts gantés, elle s'appuyait sur le bras de son père, le comte Ely, qui dans son habit d'apparat, semblait très bouleversé.

Certes, marier sa fille en ces temps troublés, si peu de temps après le triste départ précipité de son père, avait de quoi l'émouvoir profondément. De plus, le comte était d'un naturel timide et peut-être tant d'yeux fixés sur lui lui causaient-ils quelque embarras.

Mais les regards curieux quittèrent bientôt le père de la mariée pour s'attacher à Miguel.

Le jeune homme, bien pris dans un habit de sobre couleur au gilet richement brodé, était d'une beauté saisissante, d'autant plus remarquable que Miguel ne ressemblait en rien aux hommes qui se trouvaient là. La taille haute et svelte, le teint mat, les traits réguliers, il avait des cheveux de jais et des yeux de velours noir. Une mâle énergie émanait de toute sa personne, de son maintien qui aurait pu paraître hautain sans l'expression de tendresse extasiée, fervente, avec laquelle il suivait du regard chaque geste de sa fiancée.

Miguel se trouvait au côté de Mme de Tréguidy. Edern de Porspoët, veuf, s'était remarié, lorsque son fils adoptif était âgé de cinq ans, avec une femme fort jolie, mais égoïste et frivole, et aucune affection ne s'était développée entre elle et l'enfant. Pas plus elle que le jeune fiancé ne se souciait de paraître au bras l'un de l'autre à la cérémonie.

À leur suite venaient M. de Porspoët, d'allure distinguée, bien qu'il se fût épaissi et alourdi au cours des années précédentes, sa femme Linda, fort belle encore et vêtue avec une élégance recherchée et outrancière, couverte de bijoux somptueux, et la fille d'Edern qui n'était pas sans ressemblance avec sa cousine Hoëlle : blonde, elle aussi, avec des yeux bleu-vert, couleur d'océan, elle différait profondément, cependant, de la jeune fiancée par l'arrogance de sa physionomie, la manière orgueilleuse dont elle se redressait et regardait autour d'elle avec une hardiesse qui touchait à l'insolence. Si Hoëlle évoquait un ange, Ahès de Porspoët faisait plutôt songer à un ombrageux démon.

Venaient enfin les amis des deux familles, un seul du côté Porspoët, un homme grand et maigre au profil d'oiseau, le docteur Mainsville ; beaucoup plus nombreux étaient les parents et relations des Tréguidy, et ces derniers regardaient avec une franche méfiance Edern, sa femme, sa fille et le médecin.

Toute la compagnie prit place sur les bancs qui lui avaient été réservés. Un prêtre aux cheveux blancs parut devant l'autel ; il se tourna vers les jeunes gens et, d'une voix solennelle, il évoqua le grand sacrement qui faisait d'eux les compagnons de toute la vie, décrivit le chemin du devoir qui s'ouvrait devant eux. Il parla du vicomte de Tréguidy que des circonstances douloureuses avaient arraché à la vie familiale. Certes, ajouta-t-il, du lieu de son exil, il pensait en ce moment même à ses petits-enfants et s'associait à leur joie.

Un sourire sarcastique se joua sur les lèvres d'Edern de Porspoët. Son regard croisa celui du docteur Mainsville et son sourire s'accentua, devint un rictus réel. Le docteur sourit aussi.

Un assistant attentif aurait pu voir s'allumer dans les yeux de Miguel un éclair de triomphe, tandis que le doux regard d'Hoëlle s'éclairait un instant d'une étincelle malicieuse. Mais il ne se trouvait à la chapelle de Kermoal, cette nuit-là, nul observateur subtil : il n'y avait là que des gens recueillis, heureux ou inquiets.

La cérémonie religieuse fut brève. Lorsqu'elle fut terminée, les assistants sortirent sans bruit, et le petit sanctuaire, lumières éteintes, portes refermées, retrouva la solitude et le silence tandis que tous ceux qui le peuplaient quelques instants auparavant envahissaient le château. Là, des tables fleuries, garnies de vaisselle précieuse, d'argenterie, de cristaux, accueillirent pour un repas solennel les parents et amis des mariés, comme les paysans et les pêcheurs dont certains étaient venus de fort loin.

Dans un joyeux bruit de sièges remués, chacun prit place et les langues se délièrent : jusqu'à nouvel ordre, la révolution n'interdisait à personne de se divertir dans une occasion semblable.

La table principale était, comme il se devait, présidée par le jeune couple, entouré des deux familles, et cette table-là, tout d'abord, fut beaucoup moins animée que les autres. Malgré les efforts de M. et de Mme de Tréguidy et de leur fils Pol, qui était assis à côté d'Ahès de Porspoët, la conversation languissait. Bientôt, quelques apartés se formèrent : des voisins discutaient à voix basse. Les maîtres de maison ne laissèrent pas de le remarquer avec déplaisir, mais Edern de Porspoët prit alors la direction de l'entretien ; quand il le voulait, il savait se montrer brillant causeur et sous son impulsion, peu à peu, un certain entrain régna. Adroitement, il sut éviter les sujets trop brûlants, touchant à la politique ou aux événements, et se lança dans des dissertations intéressantes sur des questions de littérature et de poésie qu'il se targuait de bien connaître. Ses voisins lui répondirent ; la bonne entente, ou quelque chose qui y ressemblait, s'établit.

Cela n'empêchait pas les conversations particulières, favorisées, tout au contraire, par le bruit accru des voix. Le marquis de Kéroman, très ancien ami des Tréguidy, se pencha vers son voisin, M. de Pénazel, frère de Mme Ely. Une colère difficilement contenue assombrissait son front ridé.

– Qui nous eût dit, mon cher ami, murmura-t-il, que nous devrions supporter aujourd'hui, à la même table, la compagnie d'un bandit tel que Porspoët ! Rien ne m'empêchera de penser que si notre cher vicomte avait été présent, cet incroyable et scandaleux événement ne se serait pas produit !

– Ma sœur et mon beau-frère m'ont affirmé que leur père approuvait ce mariage...

– En vérité, à moins qu'il ne me le dise lui-même, je me refuse à le croire ! rétorqua le vieil homme. Voyons ! voilà des siècles que Tréguidy et Porspoët se sont voué une haine à mort ! Ces affaires-là ne se terminent point par des mariages !

– N'oubliez pas que Miguel n'est pas un Porspoët, remarqua M. de Pénazel.

– Et qui est-il donc, je vous le demande ? Un enfant trouvé, et trouvé, ce qui plus est, dans des circonstances suspectes !

– Il n'en est pas responsable...

Le marquis eut un rire moqueur.

– Mon cher, vous avez été chapitré par votre sœur ! Elle est, la chère femme, éperdue d'admiration pour son gendre ! Ce garçon, par ma foi, lui a tourné la tête autant qu'à sa fille. Ah ! les femmes !...

– Vous ne pouvez contester à Miguel la noblesse de sa prestance, la perfection de ses manières !

– Sans doute... il faut admettre que ce jeune bandit est beau comme un dieu... mais le diable est fort capable de prendre un aspect séduisant. Voyez Edern : depuis ces derniers dix ans, il a vieilli, il s'est empâté, il vivait trop bien, je pense ; mais avant cela, il était beau, lui aussi, et pourtant... Vous reconnaîtrez avec moi que celui-là est bien le diable en personne !

– Voilà longtemps qu'il n'a pas fait parler de lui...

Le marquis ricana.

– Et ainsi que votre trop bonne et trop douce sœur, vous fermez les yeux et le croyez converti. Enfin... libre à vous de vous faire des illusions et tant pis si votre réveil est brutal, mais Ely ? À quoi songe-t-il ? Comment a-t-il pu consentir à unir sa fille à ce jeune scélérat ?

M. de Pénazel tenta encore de défendre Miguel.

– Ignorez-vous que ce jeune scélérat, comme vous dites, a sauvé le vicomte avec l'aide de Porspoët ? Sans eux, notre pauvre ami serait présentement dans les prisons révolutionnaires... si, par chance, il vivait encore !

– Et vous imaginez vraiment qu'Edern, par pure générosité, a porté secours à un homme qu'il haïssait ? S'il l'a fait, c'est qu'il avait une idée derrière la tête... peut-être justement ce projet, magnifique pour lui, de faire épouser Hoëlle à son fils adoptif, cet enfant mystérieux qu'il a épargné, Dieu ou Satan sait pourquoi, et qu'il a ensuite formé à son image en lui montrant les pires exemples. Edern est le digne descendant de ses aïeux, vous le savez aussi bien que moi, et de quels aïeux ! Notre histoire de Cornouaille est remplie de leurs méfaits et de leurs crimes !

Guy de Pénazel garda le silence. À vrai dire, il ne savait que répondre, car la diatribe de son voisin irrité n'était que la stricte vérité. De père en fils, depuis près de quatre siècles, les Porspoët, naufrageurs de mer, bandits de grands chemins, épouvantaient cette région de la Bretagne par leurs forfaits sanguinaires. Edern, dans sa jeunesse, n'avait pas manqué à l'abominable tradition. Aidé, comme ses pères, par une bande de compagnons attachés à sa race mauvaise de génération en génération, les « gars de Porspoët », comme on les appelait, et qui préféraient vivre de rapines et de crimes que de travail honnête, il avait à son actif de nombreux actes de brigandage et le pillage de maints vaisseaux, attirés avec une ruse monstrueuse sur des récifs mortels. Un soir de tempête, d'un bateau marchand qui sombrait non loin de lui et de ses hommes, grâce à leurs criminelles manœuvres, une femme et un enfant avaient été sauvés par miracle. La femme, une Espagnole, était très belle : elle devait la vie à ce fait. Edern l'avait épousée par la suite, et avait gardé l'enfant, l'élevant auprès de sa propre fille, Ahès.

C'était, du moins, ce qu'on savait dans le pays. On savait aussi que le petit Miguel, Espagnol lui aussi, n'était pas le fils de cette Linda Morales.

Pourquoi et comment le vieux vicomte de Tréguidy, qui toute son existence avait lutté pour entraver les criminelles activités de son cousin Porspoët, avait-il consenti à marier sa petite-fille à Miguel, c'était évidemment ce que tout le monde se demandait avec une compréhensible surprise.

– Les temps que nous vivons sont inquiétants et dangereux, suggéra enfin M. de Pénazel, désireux d'écarter un blâme qui pesait en partie sur sa sœur, Mme de Tréguidy. Sans doute, le vicomte a-t-il voulu voir un homme jeune et fort se joindre à Ely et à son fils Pol pour protéger Kermoal...

– J'appellerais cela une trahison ! grommela le marquis. Edern pactise avec les chefs de la Révolution ! On le dit grand ami de ce docteur Marat...

– Nul n'est responsable des idées de ses amis !

– Mais chacun est libre de choisir, puis de conserver ceux-ci ou de les abandonner ! Jamais, pour ma part, je n'approuverai cette union, Pénazel ! Je suis venu aujourd'hui, car il pouvait y avoir danger et je ne veux point passer pour un lâche, mais on ne me verra plus à Kermoal, je ne veux pas y rencontrer un enfant trouvé, fils adoptif d'un monstre ! C'en est fini d'une amitié de trois quarts de siècle...

et je ne suis certes pas seul à penser ainsi. Ely de Tréguidy, par sa folie, fait en cette nuit le vide autour de lui !

– Oh ! murmura M. de Pénazel, troublé. Et... si le vicomte vous explique ses raisons quand il reviendra ?

– Dans ce cas, je changerai sans doute ma façon d'agir, mais je suis certain qu'Hervé ignore le premier mot de cette affaire ! Nous assisterons à un bel éclat le jour où il reparaîtra parmi nous. J'ai toujours considéré Ely comme un timide, un être assez faible et sans volonté : il s'est laissé circonvenir.

– Ne le lui avez-vous pas dit ? demanda M. de Pénazel, non sans malice. Le rôle des vieux amis n'est-il pas de prévenir plutôt que de critiquer après coup ?

Le marquis haussa les épaules avec colère.

– Sans doute, sans doute, je l'ai prévenu ! Je lui ai dit exactement ce que je pensais ! Il n'a rien voulu entendre. Il ne m'a, du reste, donné aucune explication, il s'est borné à m'affirmer que son père avait donné son consentement à cette coupable folie, scellant ainsi la réconciliation des Tréguidy et des Porspoët. Fi donc ! Ce n'est pas possible !

M. de Pénazel soupira. C'était bien là son avis... et cependant, quand son regard, traversant la table, allait effleurer les jeunes mariés, il ne pouvait s'empêcher de penser ce que pensaient tous les humbles convives réunis au château et qui répétaient avec attendrissement :

– Ah ! quel beau couple !

II

Pol de Tréguidy, pendant ce temps, examinait à la dérobée sa jolie voisine, Ahès. La parenté lointaine entre sa famille et celle des Porspoët avait été resserrée, trois quarts de siècle plus tôt, par le mariage de sa grand-tante, Haude, avec Budic de Porspoët, père d'Edern. Ce mariage avait été hautement désapprouvé par les Tréguidy et avait augmenté encore la haine qui existait entre eux et leurs voisins du manoir de Trenarvan, Ahès n'en était pas moins assez proche parente de Pol.

Elle ne lui adressait pas la parole et mangeait du bout des lèvres, portant sans vergogne sur un visage sans défaut, son dégoût profond de s'asseoir à la table des châtelains de Kermoal.

De ce visible dédain, le jeune homme s'amusait. Spirituel et gai, il pensait que sa cousine se lasserait assez vite du hargneux mutisme dans lequel elle s'enfermait. Il finirait par la dérider... et saurait peut-être ce qui se passait dans cette gracieuse tête.

Effectivement, après une heure de silence maussade, Ahès commença à donner des signes d'ennui. Il se hâta d'en profiter.

– Je ne saurais dire, ma cousine, combien je me réjouis de vous voir aujourd'hui parmi nous, dit-il avec un sourire.

– Profitez de votre bonheur, mon cousin ! répliqua-t-elle insolemment. Il ne vous sera pas offert souvent !

– Pourtant, votre frère d'adoption devient mon frère...

– Miguel peut faire ce qu'il veut, répliqua la jeune fille froidement, cela n'engage en rien ma volonté à moi !

– Ma chère cousine, je n'en doute pas une seule minute. Vous ne reparaîtrez donc plus à Kermoal, mais vous y êtes à l'heure présente. Que cela vous plaise ou non, et il est visible que cela ne vous plaît pas, votre présence ici est un gage de la réconciliation de nos deux familles !

Ahès eut un rire ironique.

– Cette réconciliation semble vous réjouir grandement, mon cousin, mais...

– Vous n'y croyez pas, acheva-t-il, comme elle s'interrompait. Moi non plus.

Un instant décontenancée, elle le regarda avec surprise.

– Disons, reprit Pol avec entrain, que cette nuit est une nuit de trêve, ma cousine, et distrayons-nous sans en demander davantage. Vous regrettez sans doute l'existence, certes plus mouvementée, que vous avez menée à Paris ces dernières années ? Le manoir doit vous paraître bien calme par comparaison...

– J'aime le changement, dit Ahès. J'aimais Paris... J'aime ce pays aussi. À chaque pas, j'y rencontre des souvenirs... celui de mon aïeule, par exemple, celle dont je porte le nom, la princesse Ahès, fille du roi Gradlon. On dit que je lui ressemble !

Elle avait prononcé ces mots sur un ton de défi, car la légende bretonne ne prête pas à la sombre héroïne de la ville d'Ys une réputation très flatteuse. Pol se mit à rire.

– On dit, en effet, qu'elle était très belle, dit-il galamment, mais à part cela, je vous crois plus avisée qu'elle ! Elle a, somme toute, assez tragiquement fini puisqu'elle a été engloutie par les flots. Je ne souhaite pas que la ressemblance aille pour vous jusque-là !

Ahès fronça les sourcils. Elle se moquait volontiers des autres, mais détestait qu'on lui rendît la pareille.

– Et n'oubliez pas que cette aimable princesse était, comme la vôtre, ma lointaine aïeule, poursuivit le jeune homme avec bonne humeur. Le différend qui a séparé nos familles n'est venu que par la suite… ce différend que votre père entend effacer aujourd'hui…

– Je me demande, remarqua étourdiment Ahès, pourquoi mon père a pris cette décision ?

Pol lui jeta un regard aigu. Elle paraissait sincère. Sans doute ignorait-elle à peu près tout des événements qui avaient servi de dramatique prélude à la fête présente.

– Peut-être, dit-il avec une feinte insouciance, était-il las de ces querelles familiales ?

La jeune fille fit une moue méprisante et ne répondit rien. Il n'était pas facile, songea son voisin, de savoir ce qu'elle pensait ! Élevée auprès de Miguel, avait-elle pour lui une affection fraternelle, ou la beauté, le charme du jeune Espagnol avaient-ils touché son cœur ? Lui vouait-elle seulement l'indifférence d'une nature foncièrement égoïste, ou lui en voulait-elle de lui avoir préféré sa cousine ?

Quel accueil ménagerait-elle à Hoëlle ?

Pol s'inquiéta soudain. Il adorait sa sœur et redoutait pour elle la lugubre tristesse de ce manoir de Trenarvan qu'on appelait aussi « Ty an Heussa », la « Maison de l'Épouvante », en souvenir d'affreux massacres qui s'y étaient déroulés jadis. La petite fée de Kermoal serait-elle heureuse dans cette sombre demeure ? Il avait confiance en son énergie, en son charme et il appréciait Miguel à sa valeur. Miguel ferait tout pour sa femme bien-aimée et elle parviendrait sans doute à faire la conquête d'Edern de Porspoët, mais réussirait-elle à vaincre l'hostilité d'Ahès, si Ahès décidait de lui être hostile… si Ahès la jalousait ?

Il connaissait mal la jeune fille et n'avait pas pensé à cette question plus tôt ; pas plus que lui, ses parents n'y avaient songé, du reste, tant de graves soucis les tourmentaient, et puis, ils étaient sûrs de la tendresse que leur Hoëlle inspirait à tous ! Ahès était-elle capable d'aimer, un jour, sa cousine ?

Il essaya de faire parler la jeune fille, de la faire parler d'elle, de ses goûts, de son caractère. En général, interrogée sur ce sujet qui les intéresse plus que tout, elles-mêmes, les femmes, qu'elles soient jeunes ou moins jeunes, sont volontiers intarissables. Mais Ahès échappait à cette règle. Volontairement ou par instinct, ou par dissimulation naturelle, elle ne révélait rien. Par contre, elle faisait preuve d'une intelligence très vive. Elle lisait beaucoup dans la bibliothèque bien pourvue de Trenarvan, très à tort et à travers, certes, mais elle y gagnait un esprit ouvert, cultivé et captivant. Le docteur Mainville, qui avait fait son éducation ainsi que celle de Miguel, s'il se heurtait souvent à la paresse de la fillette qui préférait le jeu à l'étude, lui avait cependant donné le goût de la lecture.

Le long repas, finalement, parut court aux jeunes gens. Ahès, déridée, bavardait avec un plaisir certain, et une grande satisfaction de trouver en son cousin un interlocuteur prêt à l'écouter et à l'applaudir. Son amour-propre flatté faisait briller ses yeux bleus et monter une vive couleur à ses joues. Pol, amusé, l'observait du coin de l'œil : cette jeune fille insolente et hardie l'intéressait.

Il était d'ailleurs très capable de lui tenir tête. À vingt-sept ans, s'il était resté surtout en Bretagne, il avait cependant rencontré nombre de personnes instruites et il possédait une intelligence ouverte, une instruction approfondie. Il s'était rendu à Paris à plusieurs reprises et si, comme son père, son grand-père et tous leurs amis et parents, il réprouvait formellement les lois iniques de la Révolution, il reconnaissait volontiers la nécessité de maintes réformes. Il savait réfléchir pour lui-même, par lui-même, et sans parti pris.

Ahès, cette jeune cousine qu'il n'avait jamais aperçue que de loin malgré la proximité de leurs habitations respectives, représentait pour lui une énigme assez passionnante. Il avait très grande envie de savoir ce qui se passait dans le cerveau d'une aussi charmante figure, et dans un cœur qui se cachait si bien qu'on en venait à douter de son existence.

– Qu'il est triste, dit-il comme M. Ely de Tréguidy donnait en se levant le signal de la fin du repas, qu'il est triste de penser que nous ne nous reverrons plus, Ahès ?

– Nous ne nous reverrons plus ? répéta-t-elle, surprise et assez vexée.

– Sans doute... ne m'avez-vous pas affirmé que la réconciliation entre Kermoal et Trenarvan n'est qu'une feinte ? La trêve est finie, ma chère cousine, la guerre entre nous recommence et, par conséquent, pas plus que moi, vous ne souhaiterez à l'avenir que nous nous rencontrions !

Un instant interloquée, Ahès hésita sur la conduite à tenir, puis finalement se mit à rire.

– Vous avez trop d'esprit, mon cousin ! dit-elle. Je ne croyais pas qu'on pût trouver cela chez les Tréguidy ! ajouta-t-elle naïvement.

Ce fut au tour de Pol de rire gaiement.

– On se trompe parfois, répliqua-t-il. Quoi qu'il en soit, j'ai passé, grâce à vous, des heures délicieuses et je n'aurai garde de les oublier. Je dépose à vos pieds mes hommages et mon respect, ma cousine, et j'ose croire que vous ménagerez à ma petite sœur un amical accueil dans la maison de vos pères ?

Ahès se rembrunit. Durant le repas, elle avait tout à fait oublié les héros de la fête. C'est vrai... ils allaient venir au manoir à l'instant ! Ils s'installeraient dans l'appartement qui leur avait été aménagé avec grand soin sous la surveillance de M. de Porspoët...

Tandis qu'elle hésitait sur la réponse à donner à son interlocuteur, celui-ci, après s'être légèrement incliné, tourna les talons et s'éloigna. Ahès se mordit la langue de dépit : bien qu'elle refusât de se l'avouer, cet aimable cousin l'intéressait ; son attention l'avait flattée tandis que ses propos la divertissaient. Et voilà que sa dernière phrase tendait à prouver que, s'il s'était occupé d'elle, ce n'était que pour l'inciter à se montrer amicale envers Hoëlle !

« Pourquoi, mais pourquoi donc mon père a-t-il tenu à ce mariage ? se demanda la jeune fille pour la centième fois. Cette sotte petite Hoëlle, il va me falloir la supporter ! Qu'elle ne s'attende pas à ce que je lui ouvre des bras fraternels, par exemple ! et cela malgré la prière de son frère ! Son genre de sainte nitouche ne me plaît en aucune façon et je ne m'en cacherai pas ! Je lui ferai sentir à quel point elle m'exaspère ! Je ne vais certes pas me gêner pour elle, ni pour aucun des Tréguidy, ou de leurs amis qui osent nous traiter de haut ! »

Avec irritation, elle se mit en quête de sa belle-mère. Linda, comme elle, ne devait connaître personne dans cette société qui, toujours, avait tenu les Porspoët à l'écart ; elle s'ennuyait sans doute et même si sa compagnie n'offrait pas grande ressource à la jeune fille, du moins celle-ci ne resterait-elle pas isolée.

Une pensée soudaine lui fit relever la tête avec orgueil : de toute l'assistance, elle était la plus jolie, la mieux habillée ; ne l'eût-elle pas su d'avance, elle l'aurait lu dans les regards furtifs que les hommes jetaient sur elle. Tous ces fiers messieurs pouvaient bien mépriser les Porspoët, ils n'en admiraient pas moins leur descendante !

Sans peine, elle trouva et rejoignit Linda qui était effectivement seule et morose.

– Tous ces gens sont ennuyeux à l'extrême ! dit-elle à la jeune fille. J'en ai plus qu'assez de cette cérémonie ! Je pense que votre père ne tardera pas à s'en aller maintenant ? Miguel et sa femme ont été changer leurs habits de cérémonie.

Le sourire que sa vanité avait fait naître sur les lèvres d'Ahès s'éteignit à cet instant, car Miguel, tenant sa femme par la main, faisait sa rentrée dans la grande salle. Hoëlle, radieuse, vêtue d'une simple et charmante robe de voyage, était d'une beauté si touchante, si émouvante, que sa cousine en ressentit un coup au cœur. Jusque-là, elle avait toujours considéré la fille des Tréguidy avec dédain : cette enfant sage, docile envers ses parents, dévouée sans cesse aux malheureux, lui faisait hausser les épaules. Miguel l'épousait, pensait-elle, pour obéir à l'ordre de son père adoptif.

Elle s'apercevait soudain que la jeune femme, en tout cas, était douée d'une beauté qui valait bien la sienne, et que la joie rayonnante répandue sur ses traits trouvait un reflet sincère dans les yeux de son mari.

La jalousie mordit Ahès de sa dent aiguë. Elle avait assisté aux préparatifs du mariage avec une complète indifférence... L'indifférence, à présent, faisait place à un brûlant ressentiment. Elle n'en raisonnait pas la cause, elle s'y abandonnait avec toute la fougue de sa nature entière et indisciplinée.

– Ah ! elle me le paiera ! murmura-t-elle entre ses dents. Et dès ce jour, je lui rendrai la vie intenable ! C'est elle qui l'aura voulu !

Miguel, cependant, s'avança vers Porspoët.

– Te voilà, mon garçon ? dit ce dernier. Il est temps, je crois, de laisser nos hôtes se reposer et de rentrer chez nous.

– Si vous nous le permettez, répliqua le jeune homme, nous vous rejoindrons à Trenarvan dans quelques jours, Hoëlle et moi.

– Dans... quelques jours ? répéta Edern abasourdi.

– Oui, je désire emmener ma femme pendant trois semaines faire un voyage.

Porspoët demeura sans voix. Que Miguel prit une décision sans lui avoir préalablement demandé son accord, qu'il le mît ainsi, en quelque sorte, devant un fait accompli, le stupéfiait. Le jeune impertinent avait prévu, sans doute, que son père adoptif ne l'autoriserait pas à mettre à exécution un tel projet et il jouait d'audace en venant le lui annoncer en présence d'une compagnie nombreuse qui guettait, attentive sans nul doute, une discussion.

Edern conserva suffisamment de sang-froid pour envisager aussitôt le ridicule d'une querelle entre Miguel et lui. Tous ceux qui étaient là en riraient sous cape, avant de se gausser ouvertement. Il domina son irritation et répondit seulement :

– C'est parfait, mon ami. Je vais donc prendre congé de mes chers cousins !... Bon voyage à vous deux... mais méfiez-vous : les routes, de nos jours, ne sont pas des plus sûres !

– Je le sais. Ne craignez rien.

Le jeune homme s'inclina respectueusement devant Porspoët et Linda, puis devant Ahès qui lui jeta un regard sombre. Il s'en fut ensuite saluer les parents de sa femme. Tout cela fut rapide. Tenant toujours Hoëlle par la main, suivi de Pol qui souriait, il sortit de la salle.

Lentement, la vaste pièce se vidait. Edern de Porspoët, quelque peu désarçonné, ce qui lui arrivait rarement, quitta Kermoal à son tour, dans une imposante berline, avec sa femme, Ahès et son ami, le docteur Mainsville.

III

Dans la bibliothèque du manoir de Trenarvan, Edern de Prospoët marchait nerveusement de long en large.

Le docteur Mainsville, assis devant la grande table de chêne qui avait jadis servi de table d'étude à Miguel et à Ahès, suivait d'un œil narquois le manège de son ami.

– C'est inconcevable ! dit enfin celui-ci en s'arrêtant brusquement. Ce garçon que j'ai dressé depuis son plus jeune âge à une docilité absolue, à une obéissance sans discussion, ce Miguel auquel je reprochais il n'y a pas si longtemps, t'en souviens-tu ? son manque d'initiative, s'avise tout à coup d'agir sans mon autorisation ! Il part, sans m'en avertir à l'avance, sans me dire où il va... Et où peut-il avoir été ? Il n'est jamais sorti de Trenarvan ! Quel est, tout à coup, ce caprice ?

– Bah ! Il a voulu passer quelques jours tête à tête avec sa bien-aimée, dit le docteur tranquillement. C'est en somme assez légitime !

– Mais, pourquoi ce mystère ?

– Sans doute a-t-il pensé que s'il te dévoilait son projet, tu t'y opposerais. Et, pour être sincère, il n'avait pas tort : tu t'y serais opposé !

– Je n'aime pas qu'on agisse en dehors de moi ! gronda Edern.

Le docteur eut un mince sourire.

– Mon cher Edern, Miguel n'est plus un enfant. Depuis nombre d'années, tu délaisses Trenarvan pour Paris, tu laisses ce garçon abandonné à lui-même ; il a pris de l'indépendance. Du reste, qu'importe ? À son retour, tel que je te connais, tu lui feras regretter ce que tu considères comme un acte de rébellion et il retrouvera sa soumission d'antan.

D'un regard aigu, Mainsville observait Edern. Celui-ci s'assit lourdement dans un fauteuil.

– S'il revient... murmura-t-il.

Le docteur leva les sourcils.

– Pourquoi ne reviendrait-il pas ? Où crois-tu donc qu'il soit allé ?

– Je n'en sais rien, justement, et c'est cela qui m'inquiète. J'ai interrogé vainement les gars de la côte, mes fidèles : tous ignorent quel était le but de Miguel. Il n'a révélé ses projets à personne.

Mainsville réfléchit un moment.

– Je ne comprends pas bien pourquoi tu te tourmentes de telle manière, dit-il enfin. Tout cela me paraît fort simple et, je te le répète, assez légitime. Miguel, d'après ce que nous savons, aime depuis longtemps cette petite Hoëlle et il faut admettre qu'elle est fort jolie, bien que son genre ne me plaise guère ! Il l'a voulue pour lui seul pendant les premiers jours... du reste, sans doute les Tréguidy connaissent-ils le lieu où se trouvent présentement ces jeunes gens !

– Certes ! Mais pour rien au monde je n'irais leur demander quoi que ce soit ! cria Edern avec colère.

Il se leva et reprit ses allées et venues. Après un moment, Mainsville interrogea d'un ton parfaitement calme :

– Que redoutes-tu donc, mon ami ? Et pourquoi ne pas me le dire ? Nous pourrons discuter de la chose plus posément : deux têtes valent mieux qu'une !

Porspoët hésita quelques secondes.

« Il vieillit, se dit Mainsville. Jadis, en aucune occasion, il n'eût adopté cette expression d'incertitude. »

– Parle donc ! insista-t-il impatiemment. De quoi as-tu si peur ?

Le mot, ainsi qu'il l'espérait, fit sursauter son ami.

– Peur ? gronda-t-il. Est-ce qu'un Porspoët a jamais eu peur de qui ou de quoi que ce soit ? Non, Mainsville, je n'ai pas peur, mais je crains... que Miguel, cédant à quelque mouvement inconsidéré de curiosité peut-être, ne soit parti pour son pays d'origine !

– Parti pour l'Espagne ? répéta le docteur, stupéfait. Quelle idée ! Miguel n'est pas fou ! D'ailleurs, ne sait-il pas que jamais nous n'avons pu recueillir sur lui, sa naissance ou sa famille quelque renseignement que ce soit ?

– Je le lui ai affirmé, sans doute...

Il songea, rappelant ses souvenirs.

– J'ai beaucoup réfléchi depuis cet étrange départ, Mainsville. Je me suis rappelé certains détails, t'en souviens-tu ? D'après le peu que nous savions, nous espérions tirer de Miguel un profit intéressant. Son histoire était mystérieuse : cet enfant de quatre ans, ou à peu près, engourdi par l'effet d'une drogue, envoyé en France sous la garde d'une femme qui ne savait rien de lui, sauf qu'elle devait le conduire à un certain individu et recommander à celui-ci de faire oublier son prénom au petit garçon...

– Je sais. Et l'individu, un nommé Pavila, nous n'avons pas pu le retrouver malgré nos persévérantes recherches. Ce sont là, mon cher Edern, des données bien vagues et peu encourageantes pour que Miguel ait songé à entreprendre le voyage auquel tu penses... d'autant plus que, ces détails, il les ignore !

– Sans doute, sans doute... mais un jour, voulant lui prêcher la prudence, je lui ai révélé les suppositions que nous avions formées à son sujet.

– Autrement dit... ? interrogea Mainsville.

– Je lui ai expliqué que, selon toute vraisemblance, il appartenait à une grande famille d'Espagne et que quelque puissant personnage avait décidé de le faire disparaître.

– Hum ! Était-ce très sage de lui raconter cela, Edern ?

– Je pense que oui. Il est à supposer qu'on a su, en Espagne, le naufrage du vaisseau sur lequel Linda et Miguel s'étaient embarqués, et cela permettait de craindre que le ravisseur de l'enfant ne vienne le rechercher sur notre côte, puisque ce Pavila auquel il l'envoyait avait purement et simplement disparu !

– Si quelqu'un avait tenté de retrouver Miguel, nous l'aurions su, remarqua le docteur. N'était-il pas inutile, et même dangereux, de donner ces renseignements au garçon ?

– J'étais certain, de cette façon, qu'il me préviendrait si quelque étranger lui posait des questions indiscrètes.

Le docteur songea, les sourcils rapprochés.

– Pourquoi ce souvenir t'inquiète-t-il à présent ? demanda-t-il. Miguel t'en aurait-il reparlé ?

– Non, mais nous connaissions la morgue des Tréguidy : ils ont dû faire sentir au garçon qu'il n'est, après tout, qu'un enfant trouvé. Miguel est orgueilleux... Ne s'est-il pas souvenu de ce que je lui ai dit, n'a-t-il pas eu le désir de prouver aux parents de sa femme qu'il est de naissance aristocratique ?

– Eh bien ! déclara Mainsville avec un rire moqueur, s'il parvient à leur prouver cela, quelle importance cela a-t-il ? S'il retrouve sa famille, ce dont je doute, tu pourras toujours réclamer le remboursement des frais considérables que tu as engagés pour le recueillir, le nourrir et l'élever ; et si l'affaire n'est pas aussi fructueuse que nous l'espérions au début, elle ne sera peut-être pas à dédaigner cependant. Par ailleurs, s'il se fait connaître de ses ennemis et que ceux-ci s'en débarrassent définitivement... Miguel, après tout, n'est pas ton fils !

Edern ne répondit pas tout de suite. Le docteur suivait sur son visage les pensées qui se succédaient dans son esprit et il en tirait, à part soi, ses conclusions.

– J'ai besoin de Miguel, dit enfin Porspoët. Ainsi que nous en sommes convenus, je désire qu'il s'occupe dorénavant de mes domaines dans ce pays, à ta place, Mainsville. Nous ne sommes plus jeunes, ni toi ni moi, et... nous allons avoir autre chose à faire.

Mainsville eut un rire ironique.

– Voilà longtemps, mon cher Edern, que tu me berces d'espoir ! Tu m'annonces des affaires étonnantes, propres à nous apporter la fortune, mais, jusqu'ici, je n'ai rien vu venir.

– Patiente encore un peu. Je comptais aller à Paris aussitôt après le mariage de Miguel : cette histoire ridicule m'a retardé ; j'espère partir bientôt néanmoins et nous ne resterons pas inactifs, tu peux m'en croire ! Je t'ai, du reste, prouvé la justesse de mes suppositions en attirant aussi facilement le vieux vicomte de Tréguidy dans mes filets, et celui-là était pourtant bien placé pour se méfier de moi !

– C'est vrai...

– À tout seigneur, tout honneur ! ricana Porspoët. À mon premier ennemi, le premier tour !

– Oui... Es-tu bien certain, Edern, d'avoir véritablement envoyé le vicomte dans l'autre monde ?

– Tout à fait certain : la prison souterraine de Ti an Heussa est l'antichambre du monde dont tu parles ! répliqua Porspoët avec un rire féroce. Quiconque y est entré n'en saurait revenir. Du reste, m'y aventurant quelques jours plus tard, j'ai retrouvé le chapeau du vicomte près du puits : cherchant son chemin dans les ténèbres, le vieux est tombé dans le gouffre ; il ne pouvait d'ailleurs faire autrement... Pourquoi cette question ?

Mainsville haussa les épaules.

– Pure curiosité, dit-il avec indifférence. Mais franchement, Edern, quand on a à sa disposition un moyen si simple de se débarrasser des gens après s'être fait confier leur fortune, pourquoi ne pas s'en servir ? Tu as eu une excellente idée...

– Ne crains rien, nous en tirerons parti !

– ... Quand Miguel sera de retour ? acheva Mainsville avec ironie.

– En effet, quand Miguel sera de retour. Cela ne saurait tarder maintenant.

– ... À moins que, tes pronostics se révélant exacts, le garçon ne soit à l'heure actuelle dans les bras de ses parents ou entre les griffes de ses ennemis ! ricana le docteur.

Porspoët ne répondit que par un geste d'impuissance.

– Attendons quelques jours, dit-il après un moment. Si nous ne voyons pas reparaître Miguel, nous aviserons, mon cher Mainsville !

– Il serait préférable de ne pas hésiter trop longtemps, remarqua le docteur, sans quoi la proie, ou les proies que nous guettons pourraient fort bien nous échapper pour toujours.

Edern leva les sourcils.

– Que veux-tu dire ?

– Précisément ce que j'étais venu te rapporter aujourd'hui, mais tu es si préoccupé de Miguel que tu ne m'as pas laisser le temps de parler ! Tu t'endors, mon ami... tes soucis de père de famille, le mariage de ton « fils », te font négliger les événements !

Le docteur parlait avec une ironie cinglante. Porspoët le regarda avec colère. Mainsville ricana :

– Inutile de te fâcher. Du reste, peut-être n'ignores-tu pas que, tandis que tu préparais à Trenarvan l'appartement des futurs époux, l'Assemblée Constitutante déclarait la guerre à l'Autriche ?

Edern haussa les épaules.

– L'Assemblée fait ce qui lui plaît, dit-il avec indifférence, ce n'est pas là mon affaire. D'ailleurs, ce détail ne peut que servir mes desseins : en temps de guerre, les entreprises hardies d'hommes tels que toi et moi passent davantage inaperçus.

– Sans doute, mais... il n'y a pas que toi et moi qui formions des projets ! D'autres hommes hardis entendent tirer parti des circonstances, et ceux-là pourraient bien nous gêner.

Edern fit un geste impatient.

– Exprime-toi clairement, dit-il, je n'aime pas les énigmes !

– Eh bien ! l'un de ces derniers jours, entre Rennes et Saint-Malo, de nombreux nobles bretons se sont réunis : ils ont juré de combattre les lois nouvelles et le gouvernement révolutionnaire et de rendre au roi toute sa puissance ; cela avec l'assentiment et sous les ordres des princes, frères du roi, émigrés à Coblentz.

Porspoët haussa les épaules.

– Que peuvent faire quelques hobereaux ? demanda-t-il avec dédain.

– Ils peuvent mettre la Bretagne à feu et à sang. Je t'assure, Edern, que c'est là chose sérieuse. Ces gens sont enragés contre ce serment de fidélité à la Constitution que le gouvernement actuel exige des prêtres, indignés des sanctions qui s'exercent contre ceux qui refusent de le prêter ; ils ont tous les paysans derrière eux... et les Bretons sont résolus, tu le sais aussi bien que moi !

– De qui tiens-tu tous ces détails ?

Le docteur sourit.

– J'ouvre les yeux et les oreilles, dit-il.

Si secrète que soit une conspiration, il finit toujours par en transpirer quelque chose, et pour peu qu'on prête attention... Je n'ai pas eu, moi, depuis des années, l'unique préoccupation de marier mon fils adoptif avec la petite-fille de mon ennemi !

Edern ne releva pas la moquerie. Il réfléchissait.

– Si ce que tu dis est vrai, fit-il enfin, s'il se forme une conjuration de nobles bretons, ceux-ci seront certainement poursuivis, pourchassés... Au lieu d'aller quérir notre gibier très loin, nous l'aurons pour ainsi dire à portée de la main ! Laissons ces braves gens s'enferrer, Mainsville ! Je gage que nombreux seront ceux qui nous appelleront volontiers à l'aide !

Le docteur n'était pas convaincu.

– S'ils sont pourchassés, ils ne se sauveront pas avec de l'or et des bijoux, Edern ! Ils n'offrent vraiment aucun intérêt. Et si leurs projets réussissent ? S'ils parviennent à rendre au roi son pouvoir d'antan ? S'ils arrêtent la révolution ? Ton plan magnifique ne vaudra plus rien !

– Tu as bien peu de confiance en nos amis de Paris, grommela

Porspoët. Eux aussi ont à leurs côtés des hommes courageux. Ils ne se laisseront pas attaquer sans se défendre. Crois-moi, mon cher Mainsville, attendons le développement d'événements qui ne peuvent que favoriser nos desseins.

Le docteur tenta encore de discuter :

– Tu négliges un aspect de la question, dit-il. Les aristocrates bretons ne t'ont jamais aimé, ils te savent ami de Marat et ils pourraient fort bien te chercher noise !

Edern ricana :

– Les aristocrates bretons savent aussi que mon fils adoptif vient d'épouser Hoëlle de Tréguidy ! déclara-t-il. Oublies-tu que je suis maintenant un paisible père de famille et que j'ai, par surcroît, sauvé mon « ancien » ennemi des griffes des sans-culottes ? S'il y a conspiration, je serais bien surpris que mon cousin Ely de Tréguidy n'en fasse point partie : cela même me garantit du côté des conjurés. Cette petite Hoëlle nous rendra grand service.

– Je croyais, remarqua Mainsville, que tu lui réservais un rôle très différent ? Ne devait-elle pas attirer ici tous les membres de sa famille afin que tu expédies les Tréguidy un à un ou même en bloc dans les oubliettes de Ty an Heussa ?

– Mon cher Mainsville, déclara Edern sur un ton doctoral, il faut savoir s'adapter aux circonstances ! Pour le moment, Hoëlle jouera donc un rôle que je n'avais pas prévu pour elle. Quant au reste, patience ! De toute façon, nous devons attendre le retour de Miguel.

Le docteur ne voyait à cela nulle nécessité, mais il comprit qu'il était inutile d'insister. Il se leva et prit congé de son ami. Soucieux, il reprit le chemin de sa demeure.

« Oui, songeait-il, Edern vieillit et il devient sentimental ! Il ne pense plus qu'à Miguel ! Quand il parle d'être devenu un paisible père de famille, il dit vrai... À qui donc se fier, en vérité ? »

De Porspoët, digne descendant d'une race de meurtriers et de bandits, un tel revirement semblait incroyable, et pourtant, c'était certain, Edern s'était profondément attaché à Miguel. Il l'avait épargné jadis, comptant obtenir une fortune par un habile chantage à son sujet ; plus tard, il l'avait adopté, voulant s'en faire un utile auxiliaire. Aujourd'hui, il tremblait seulement de le perdre !

« Tout invraisemblable que cela paraisse, se dit Mainsville avec irritation, Miguel a pris sur Edern une grande influence. Naturellement, il va revenir ; cette histoire de voyage en Espagne ne tient pas debout ! Il a seulement voulu fuir pendant quelques jours la compagnie de Linda et d'Ahès. Il va revenir, flanqué de cette petite Hoëlle, qui le met plus ou moins sous la coupe de ces maudits Tréguidy... Il exercera comme il le voudra sa volonté sur cet Edern affaibli... et, de plus, il s'occupera des domaines à ma place ! »

Le docteur, les sourcils froncés, voyait sa situation très compromise. Depuis fort longtemps, Porspoët se reposait entièrement sur lui en ce qui concernait la direction de ses terres : il ne le rémunérait pas très généreusement, car s'il n'hésitait guère à jeter l'argent par les fenêtres pour sa femme, sa fille ou lui-même, il avait toujours été avare vis-à-vis des autres, mais Mainsville, que les scrupules d'honnêteté n'étouffaient pas, possédait assez d'astuce pour tirer un large profit d'un travail qui lui donnait peu de peine, aux dépens d'Edern et de ses paysans.

Sans doute, le docteur prévoyait qu'un jour Miguel le remplacerait dans ses fonctions, mais il faisait confiance à Edern ; celui-ci saurait mener à bien le plan monstrueux qu'il avait conçu : attirer au manoir des adversaires de la Révolution, désireux d'émigrer à l'étranger, et, sous prétexte de leur faire rencontrer des hommes qui les conduiraient discrètement vers leur but, les entraîner dans les oubliettes, non sans garder l'or et les bijoux dont ils s'étaient chargés.

Mais ce plan, voici qu'Edern en retardait sans cesse la réalisation. Il voulait attendre maintenant le retour de Miguel. Qui prouvait que Miguel serait un appui, et non un obstacle ?

« Miguel est devenu un danger, conclut Mainsville en lui-même, un danger à vaincre, à supprimer peut-être. Il me faut ouvrir l'œil et surveiller ce garçon... ou, mieux, le faire surveiller. Quant au plan d'Edern... eh bien ! je vois qu'il va sans doute me falloir agir par moi-même. »

Un sourire se dessina sur ses lèvres. Mainsville ne manquait ni de ruse ni d'imagination et, déjà, ses projets prenaient forme.

IV

Miguel reparut à Trenarvan le jour précis pour lequel il avait annoncé son retour. Il arriva au milieu d'une belle matinée de mai, avec Hoëlle, dans une des voitures de Kermoal où avaient été placés les bagages de la jeune femme. Il semblait si parfaitement à son aise et si naturel que Porspoët, pris au dépourvu, ne songea pas sur le moment à lui reprocher son escapade.

Plus tard, dans la journée, après le repas servi par une nouvelle servante, car Catherine, à cause de son grand âge, ne pouvait plus maintenant assumer seule son labeur d'autrefois, le jeune homme rejoignit Edern dans la bibliothèque.

– N'était-il pas convenu entre nous, mon père, dit-il sans préambule, que lorsque je serais marié je m'occuperais de vos domaines à la place du docteur Mainsville ? Si vous vouliez bien consentir à me les donner, je serais heureux de recevoir de vous vos instructions à ce sujet.

Une fois de plus, Porspoët fut interloqué. La crainte qu'il inspirait à tous autour de lui ne l'avait pas habitué à tant de calme hardiesse. D'ordinaire, il donnait des ordres avant qu'on les réclamât de lui, et Miguel, jusque-là, faisait comme les autres : il obéissait et ne demandait rien.

Cependant, son audace, qui conservait le ton du respect, ne déplut pas au maître de Trenarvan. Au reste, il désirait effectivement voir son fils adoptif le seconder.

– Il était, en effet, dans mes intentions de te confier l'administration de mes terres, dit-il, répondant à la requête du jeune homme. Je l'ai même annoncé à Mainsville ; je ne connais pas grand-chose à ces sortes d'affaires, mais il y est encore moins expert que moi ! Il n'est guère capable que de critiquer et de morigéner les cultivateurs, sans en obtenir rien de très substantiel. D'après ce qu'il prétend, les bâtiments tombent en ruine et la terre ne rapporte rien !

Il chercha des papiers dans un tiroir et les tendit à Miguel.

– Voici la liste des domaines et leur emplacement. Regarde cela et tâche de m'en tirer tout l'argent possible : mes affaires personnelles sont présentement gênées par les événements et il faut que les métairies nous procurent de quoi subsister. Je m'en rapporte à toi pour cela.

– Dois-je comprendre que vous me laissez libre de mener les choses à ma guise ? demanda le jeune homme.

– Ma foi... c'est à peu près cela. Tout ce que je veux, c'est que tout marche rondement. Naturellement, tu me rendras compte de tes activités.

– Cela va sans dire. Je vais étudier ces papiers sur-le-champ si vous m'y autorisez.

Sur un signe affirmatif de Porspoët, le jeune homme se dirigea vers la porte.

– Ne travailleras-tu pas ici ? demanda Edern, surpris.

Miguel sourit.

– Vous nous avez installé un si plaisant appartement que je serais heureux d'y demeurer le plus possible, dit-il. Cela me permettra de ne pas laisser Hoëlle seule. Elle vous remerciera elle-même d'avoir pris tant de peine pour nous, mais je le fais tout de suite, en son nom et au mien.

Edern, en effet, avait fait aménager pour le jeune couple un appartement composé de l'ancienne chambre de Miguel et d'une vaste pièce attenante. On y avait placé, selon ses instructions, tout ce qui restait dans les greniers du manoir en fait de meubles, de tapis, de bibelots. Linda, nouvelle mariée, avait abondamment puisé dans ces réserves qui provenaient, ce que Miguel ignorait du reste, des pillages d'antan, mais Linda manquait de goût : le clinquant surtout l'attirait et elle n'avait pas choisi les objets les plus beaux. Ceux-là ornaient à l'heure présente les chambres de Miguel et de sa femme.

– Hoëlle est-elle satisfaite de son logis ? demanda Edern.

– Elle en est enchantée.

Porspoët eut un rire triomphant.

– Je ne suis pas fâché que ces Tréguidy voient que nous sommes capables de leur en remontrer en fait de luxe ! déclara-t-il. Il faudra que tu invites tes beaux-parents à vous venir visiter, Miguel !

Le jeune homme fit un signe de tête qui restait déférent tout en ne promettant rien. Il avait toutes les raisons de se méfier de l'amabilité de son père adoptif envers les Tréguidy et ne se souciait pas d'attirer ces derniers à Ty an Heussa.

En ce qui concernait Hoëlle, il était bien décidé à la garder constamment sous ses yeux : il travaillerait près d'elle, ou l'emmènerait quand il parcourrait les domaines. Il la savait pleine de courage, mais il n'entendait pas que ce courage fût mis à l'épreuve s'il pouvait l'empêcher.

L'existence du jeune couple s'organisa donc à Trenarvan : des deux chambres qui représentaient leur domaine, Hoëlle avait fait, par son goût délicat et son adresse à tirer de tout le plus gracieux parti, l'appartement le plus aimable de la sombre demeure. Miguel aimait, dans une douce atmosphère de tendresse, y étudier à côté de sa femme les observations qu'il recueillait sur la propriété de son père adoptif.

Il l'avait trouvée en piteux état : les murs croulaient, les toits s'effondraient par endroits. Les paysans, malmenés, pressurés par Mainsville, montraient la plus mauvaise volonté et récriminaient bien plus qu'ils ne travaillaient.

Au début, ils accueillirent assez mal le nouvel envoyé de leur maître, mais peu à peu, ils s'apprivoisèrent. Miguel, certes, ne supportait pas qu'on se moquât de lui et il était volontiers autoritaire et cassant, mais il était juste et savait reconnaître le bien-fondé des réclamations, et puis... Hoëlle était là...

La petite fée de Kermoal eut tôt fait de se concilier tous les cultivateurs des terres de Trenarvan. Tous connurent très vite et aimèrent son doux visage, ses cheveux d'or, sa voix chantante. Ils comprirent qu'elle les aimait...

Au milieu d'eux, la jeune femme se sentait heureuse, en sécurité ; elles les savait plus proches de son cœur et de celui de son Miguel bien-aimé qu'Edern, sa femme et sa fille.

Edern, pourtant, appréciait la souriante douceur de la jeune femme, qui le changeait évidemment des scènes continuelles de Linda et de l'humeur ombrageuse d'Ahès. Presque à son insu, il cherchait à conquérir Hoëlle, et pendant les repas, il s'ingéniait à retrouver dans sa mémoire des souvenirs sans danger à lui rapporter, pour la captiver sans l'effaroucher. Mais la fille des Tréguidy savait trop quel était le véritable personnage d'Edern de Porspoët. Sans le montrer, elle restait sur la défensive.

Linda, par contre, se montrait franchement hostile. Les années faisaient d'elle une femme mûrissante, bien qu'encore d'agréable figure, et la rendaient jalouse et envieuse. La rayonnante beauté d'Hoëlle la torturait et les efforts d'amabilité d'Edern envers la jolie nouvelle venue ne faisaient qu'attiser son ressentiment. Aussi ne perdait-elle pas une occasion de manifester sa mauvaise grâce à la femme de Miguel.

Ahès, quant à elle, moins mesquine et plus indépendante, agit avec franchise et ne laissa à sa cousine aucune illusion sur ses sentiments.

Peu après l'arrivée du jeune ménage au manoir, Catherine tomba malade : elle dut s'aliter. Hoëlle, tout naturellement, la soigna, ce que ni Linda ni Ahès ne songeaient à faire, et ainsi gagna l'amitié, puis l'affection de la farouche Bretonne.

C'est ainsi qu'un jour Catherine se trouvant plus souffrante, la jeune femme s'abstint d'accompagner Miguel, obligé de se rendre dans une métairie éloignée ; elle demeura près de la servante, et celle-ci ayant fini par s'endormir, Hoëlle ne put résister à la douceur de cet après-midi de juin : elle alla s'asseoir au jardin avec un ouvrage de couture. Elle était installée à l'ombre d'un tilleul quand Ahès parut.

On la voyait peu au manoir en dehors des heures des repas. Elle se promenait dans la campagne, ou restait enfermée dans sa chambre, et jamais encore les deux cousines ne s'étaient trouvées en tête à tête. Hoëlle sourit.

– Vous avez donc laissé Miguel partir sans vous aujourd'hui ? demanda ironiquement la jeune fille. Je croyais que vous ne vouliez pas le laisser sans surveillance ?

– Je suis restée à cause de Catherine, dit Hoëlle, sans répondre à la sotte remarque. Elle ne va pas très bien... Elle est âgée et un simple refroidissement l'éprouve cruellement.

Ahès s'assit sur un banc, étalant autour d'elle son ample jupe de soie d'un vert chatoyant.

– Bah ! dit-elle avec un petit ricanement, je pense que vous ne vous en plaignez pas ? Cela vous permet de jouer au manoir un ravissant rôle d'ange gardien !

Hoëlle hocha la tête, refusant de prêter attention au ton de malveillante moquerie sur lequel on lui parlait.

– C'est vrai, répliqua-t-elle en souriant, j'aime beaucoup soigner les malades.

– Chacun prend ses amusements où il les trouve ! railla la jeune fille. Vous auriez dû vous faire médecin, comme Mainsville !

– C'eût été beaucoup trop compliqué pour moi...

De nouveau, Ahès ricana.

– Le croyez-vous sincèrement ? Vous me surprenez ! Les Tréguidy ne possèdent-ils pas, tous, l'esprit le plus supérieur qui soit ?

– Je ne sais pas, ma cousine, riposta malicieusement Hoëlle. Est-ce là votre opinion ?

Ahès se mordit les lèvres. Elle ne s'attendait pas à ce que son interlocutrice se défendît si spirituellement.

– Je suppose, en tout cas, que c'est la vôtre ! rétorqua-t-elle avec dépit. Et si vous aimez tant soigner les malades, je pense que vous souhaitez nous voir tous accablés de maux divers ! Vous vous en donneriez à cœur joie ! À mon père, par exemple, vous pourriez jouer dans ce cas une charmante comédie de dévouement filial : sans doute y serait-il fort sensible !

Encore une fois, Hoëlle négligea l'allusion blessante.

– Si votre père était malade, et cela me surprendrait, car il est extraordinairement fort, son ami, le docteur Mainsville, le soignerait certainement, et beaucoup mieux que moi, dit-elle.

– Vraiment, Hoëlle, vous avez réponse à tout ! grommela la jeune fille impatiemment.

Sa cousine lui sourit avec gaieté.

– Que désirez-vous, au juste ? demanda-t-elle. Cherchez-vous une querelle ? Et pourquoi ? Nous sommes cousines, presque sœurs, nous vivons sous le même toit, ne serait-ce pas mieux pour vous comme pour moi que nous soyons amies ?

Ahès leva la tête et fixa sur la jeune femme un regard qui n'avait rien d'amical.

– Ma chère, dit-elle, je préfère vous en avertir tout de suite : nous ne serons jamais des amies.

Hoëlle soutint le regard sans baisser les yeux et sans que le sourire disparût de son adorable visage.

– Jamais ? Quel grand mot ! remarqua-t-elle. Il représente

beaucoup de temps peut-être. N'est-il pas imprudent d'engager un si long avenir ?

Ahès secoua ses épaules. L'imperturbable calme de sa cousine la stupéfiait et l'agaçait.

– Le passé est là pour nous donner ses enseignements, dit-elle impatiemment. Des siècles ont vu croître la haine entre nos deux familles : pourquoi tout à coup, les choses changeraient-elles ?

– Les circonstances évoluent...

– Sans doute, mais la haine demeure ! dit violemment Ahès. Qu'imaginez-vous donc, pauvre enfant naïve ? Croyez-vous, parce qu'il l'a sauvé de la prison, que mon père oublie que votre grand-père est son ennemi après avoir été celui de son père ?

– Non, dit Hoëlle doucement, je ne crois pas cela... Mais, à votre avis, quel motif a poussé votre père à agir comme il l'a fait ?

Le cœur battant, elle attendit la réponse. Voici que se présentait pour elle l'occasion de savoir si Ahès avait eu connaissance du piège abominable tendu par Edern au vicomte de Tréguidy. Sans bien s'expliquer son sentiment, Hoëlle redoutait que sa cousine eût été mêlée à ce forfait, ou l'eût approuvé.

– J'ai toujours pensé, reprit celle-ci, que si mon père a pour une fois mis de côté sa rancune contre les vôtres, c'était uniquement pour obtenir du vicomte son consentement à votre mariage avec Miguel, et ce mariage, ma chère, était certes dans son esprit bien plus une vengeance qu'une marque d'amitié. La fille des orgueilleux Tréguidy devenant l'épouse d'un fils de Ty an Heussa, un enfant trouvé dont nul ne sait rien, voilà qui est une première et satisfaisante revanche ! Quand votre grand-père reviendra, Hoëlle, vous saurez que j'ai raison : je connais mon père ! Le vieil antagonisme renaîtra entre ces deux hommes et nos deux familles !

Non, elle ne savait rien. Hoëlle en ressentit un profond soulagement. Chose singulière, cette Ahès injuste, violente, méchante, qui cherchait si visiblement à l'insulter, à la blesser, l'intéressait, lui était même, en quelque sorte, sympathique. Peut-être la ressemblance physique qui existait entre elles comportait-elle aussi des similitudes morales, mystérieuses, cachées dans le fond de leur âme, mais qui les rapprochaient néanmoins ? La jeune femme interrogea :

– Pourquoi une revanche, Ahès ? Et pourquoi cet antagonisme ? Qu'avons-nous fait qui appelle un châtiment ?

La jeune fille se redressa, ses yeux jetaient des éclairs.

– L'ignorez-vous ? s'exclama-t-elle. Les Tréguidy, toujours, sans cesse, se sont dressés contre les Porspoët, faisant obstacle à toutes leurs entreprises sous prétexte d'honnêteté et de vertu. De père en fils, les Tréguidy sont des hypocrites et des orgueilleux, ils traitent, depuis toujours, leurs cousins de Trenarvan avec un mépris, une hauteur insupportables. Avez-vous oublié cette fête de la Saint-Jean où Miguel et moi, enfants, alors que tous les manants du pays avaient la permission de venir danser et se divertir à Kermoal, avons été jetés à la porte sur l'ordre de votre grand-père ? Nous n'avions commis aucune faute, pourtant, mais telle était l'hostilité des vôtres pour ma famille que le vieux vicomte n'a pu supporter que des habitants du manoir, si jeunes soient-ils, passent une heure sur sa propriété !

Le doux visage d'Hoëlle s'était attristé.

– Je m'en souviens, murmura-t-elle. J'ai tenté de fléchir mon grand-père...

– Et je ne vous en sais aucun gré ! siffla la jeune fille. Tout comme votre aïeul qui étendait sa haine d'une race sur des enfants inoffensifs, je ne vous considère ni plus ni moins que les vôtres : pour moi, comme pour nous tous, vous êtes une ennemie !

Elles restèrent silencieuses un moment. Hoëlle revoyait par le souvenir cet après-midi radieux de la Saint-Jean, la foule des paysans venus s'amuser dans les jardins de Kermoal, la soudaine apparition d'Ahès et de Miguel. Ce jour-là, elle avait vu Miguel pour la première fois, pour la première fois leurs regards s'étaient croisés. Ils en avaient rêvé l'un et l'autre. Et l'amour était né entre eux, il avait grandi, il avait surmonté tous les obstacles.

– Et maintenant, Miguel et moi sommes mari et femme, dit-elle, achevant tout haut sa pensée. Combien la vie est surprenante !

Ahès eut un rire insultant.

– Ne croyez pas trop les galants propos de votre époux ! s'écria-t-elle. Si Miguel vous a prise pour femme, c'est pour obéir à mon père, et mon père voulait qu'il fût votre mari ! Quel est exactement son but ? Je ne sais... mais il en a un, soyez-en certaine, et ce but n'est pas votre bonheur. La seule marque de bonne volonté que je consente à vous donner, c'est de vous en prévenir.

– Je vous remercie... dit simplement la jeune femme.

Ahès haussa les épaules, se leva et quitta sa cousine. Pendant un long moment encore Hoëlle demeura sous les tilleuls, occupée à son ouvrage. La malveillance d'Ahès et ses méchants propos n'entamaient en rien sa sérénité. Que Porspoët gardât au cœur une haine encore contre les Tréguidy, elle le savait fort bien, mais elle savait aussi que Miguel l'aimait passionnément, sincèrement, et elle avait confiance en lui.

Et il avait besoin d'elle, bien plus sans doute qu'il ne l'imaginait, il avait besoin de sa tendresse, de sa droiture, de sa vigilance. À elle, la Providence avait confié la délicate et périlleuse mission de protéger son bonheur, sa famille, son mari... et peut-être aussi cette Ahès privée de mère, aigrie par la solitude, et malheureuse, sans doute, inconsciemment...

V

Assise sur les rochers qui surplombaient la mer, Ahès regardait les vagues jouer mollement contre les récifs. Elle était un peu lasse, enivrée de grand air et de soleil, ayant marché tout l'après-midi le long de la côte déchiquetée.

Elle aimait ces longues randonnées dans les bois ou près de l'océan, ou les heures de rêve devant l'horizon sans bornes. Ainsi usait-elle ses journées d'inaction...

Elle considérait distraitement les merveilleuses couleurs du soleil couchant lorsqu'un bruit de pas résonna derrière elle. La jeune fille ne se donna pas la peine de se retourner pour reconnaître le promeneur qui s'aventurait sur son chemin. Elle ignorait la peur, et les êtres humains, quels qu'ils fussent, la laissaient très indifférente. Elle ne releva les yeux qu'en s'entendant interpeller.

Le docteur Mainsville, marchant avec prudence sur le sol raboteux, s'avançait vers elle.

– Je vois que je ne suis pas seul à goûter les charmes de la nature ! dit-il. Cela se trouve fort bien : j'avais justement à vous parler, Ahès.

Sans attendre de réponse ou d'autorisation, il s'assit à côté de la jeune fille, mais il ne se pressa pas d'engager l'entretien : il était fin psychologue et savait fort bien aiguiser la curiosité de ses interlocuteurs quand il le jugeait utile. Mais si Ahès était intriguée, elle ne le laissa point paraître. Elle demeura silencieuse et immobile, parfaitement indifférente.

– Vous voici privée de votre habituel compagnon de promenade, remarqua le docteur. Pas plus que son ombre, Miguel ne quitte sa bien-aimée !... Ce mariage n'a pas dû beaucoup vous plaire !

– Miguel s'est marié pour obéir à mon père, dit la jeune fille, et j'ai toujours approuvé tout ce que fait celui-ci.

– Quelle fille dévouée vous êtes ! ricana le médecin. Dévouée... mais pas entièrement clairvoyante ! Disons plutôt que Miguel a eu la chance de voir ses vœux se rencontrer avec ceux d'Edern, car il y a bien dix ans qu'il caresse l'espoir, aujourd'hui réalisé, d'épouser Mlle de Tréguidy !

– Dix ans ? répéta la jeune fille en levant les sourcils. Vous a-t-il fait ses confidences ?

– Non. C'était fort inutile. Miguel et Hoëlle se rencontraient régulièrement sur un point de la côte, à l'insu des Tréguidy, mais des Tréguidy seuls : à part eux, tout le monde, dans la contrée, connaissait l'histoire. C'était du reste très compréhensible : cette petite fille a toujours été ravissante, et si douce, si gracieuse, si aimable... N'étiez-vous pas au courant de cette touchante idylle ?

Ahès ne manifesta nulle irritation, et Mainsville se demanda s'il était parvenu à éveiller ou à augmenter sa jalousie. Elle l'interrogea seulement :

– Est-ce pour me chanter les louanges de ma cousine que vous êtes venu me rejoindre ici ?

– Non. Je voulais vous parler des événements politiques.

La jeune fille eut une moue méprisante.

– Les événements politiques ne m'intéressent nullement, dit-elle.

– Parce que vous les croyez lointains et sans pouvoir sur vous. Or, ils feront sans doute bientôt partie de votre vie quotidienne et il est préférable, ce me semble, que vous en soyez avertie.

Pour la première fois, Ahès se tourna vers son interlocuteur, une question dans les yeux.

– Quelques « ci-devant » aristocrates sont en train de soulever la Bretagne et la Vendée contre le gouvernement révolutionnaire, expliqua le docteur. La guerre civile couve, un rien la fera éclater. Ces jours derniers, tout près d'ici, un cultivateur a proclamé publiquement la révolte, à l'issue de la grand-messe, des centaines de paysans se sont rassemblés. Les gardes nationaux les ont combattus et ont arrêté de nombreux rebelles, mais l'insurrection n'en est pas terminée pour autant. Les Bretons restent attachés au roi et à la religion ; ils parcourent les campagnes et menacent d'incendier les maisons de ceux qui refusent de se joindre à eux.

– Et quelles conclusions tirez-vous de tout cela ?

– Je m'inquiète pour votre père et pour vous, dit Mainsville.

Ahès haussa les épaules.

– Je ne vois pas quel danger mon père ou moi pourrions courir, dit-elle avec insouciance. Mon père est redouté de tous et personne n'oserait s'attaquer à lui.

Le docteur attendit un moment avant de poursuivre. Il avait un but précis et l'intention très arrêtée de l'atteindre. Ahès pouvait être pour lui une alliée précieuse ou une dangereuse adversaire et il tenait à se la concilier... Mais parviendrait-il à secouer son indifférence, son égoïsme d'enfant gâtée, son indépendance orgueilleuse ? Il continua prudemment, pesant ses mots, sur un ton d'incertitude anxieuse.

– Votre père ne risquerait rien, c'est probable, si sa manière d'être ne s'était profondément modifiée. Edern n'est plus le même, Ahès, il subit des influences regrettables.

La jeune fille garda le silence, soit qu'elle comprît le docteur à demi-mot, soit que son égoïsme foncier l'empêchât de prêter attention à ses paroles. Après un temps d'arrêt, il poursuivit :

– Tout porte à croire que les Tréguidy prennent ou prendront une part active au complot ; vous savez comme moi combien ils sont bigots et attachés aux vieux préjugés royalistes ! Naturellement, Hoëlle fera tout ce qu'elle pourra pour enrôler Miguel sous la bannière blanche des insurgés... et Miguel en fera autant pour son père adoptif.

– Je doute que mon père se laisse manœuvrer de la sorte, dit la jeune fille avec un petit rire moqueur.

– Eh ! eh ! je suis moins tranquille que vous. Vous avez pu

remarquer tout comme moi qu'Edern est fort aimable pour votre jeune cousine ! Elle est certainement adroite...

– De toute manière, mon père est d'âge à prendre ses décisions.

Un silence tomba. Nerveusement, Mainsville frappait à petits coups sa botte avec une branchette de genêt. Il ne progressait pas d'une ligne et l'apathie d'Ahès l'exaspérait, mais il n'en voulait rien laisser voir.

Elle l'interrogea soudain.

– Quelles sont les activités des insurgés ? Vous qui savez tant de choses, connaissez-vous leurs projets ?

Elle parlait sur un ton moqueur et dédaigneux, mais le docteur ne discerna pas l'objet de son mépris. Raillait-elle les royalistes, ou lui-même ? Il répondit néanmoins :

– Leur but consiste à chasser le gouvernement actuel, à abroger les lois nouvelles, à rendre aux prêtres la liberté, et au roi le pouvoir absolu. Pour réaliser ce vaste plan, ils comptent se saisir des villes, des villages avoisinants, en renvoyer les commissaires patriotes, et cela de proche en proche jusqu'à Paris et dans toute la France. Mais je doute fort qu'ils y parviennent : ils ne sont, en somme, qu'un petit nombre et ils ont une armée contre eux.

– L'armée n'est-elle pas occupée à la guerre ?

– Sans doute, et c'est sur cela qu'ils comptent pour remporter la victoire. Ils espèrent, je suppose, faire leur jonction avec les armées étrangères dans un avenir plus ou moins proche.

– Est-ce à cause de la guerre qu'ils se sont soudain déclarés ? demanda encore la jeune fille.

– Pas exactement. Vous savez peut-être, bien que ces choses ne semblent guère vous intéresser, que l'Assemblée, dernièrement, a décidé de prendre des mesures extrêmement sévères contre les prêtres réfractaires, ceux qui ne veulent pas s'incliner devant la Constitution. Depuis quelques mois, ils sont poursuivis et déportés. Le roi a protesté contre ces mesures, des manifestants ont envahi les Tuileries, le 6 juin, et l'ont injurié et menacé. Ces événements ont enragé les royalistes...

– Et ils veulent combattre, bien qu'étant un petit nombre, un gouvernement et une armée, conclut Ahès, je comprends... Mais comment s'y prendront-ils, je me le demande ?

Mainsville fit un geste vague.

– Je pense qu'ils se feront massacrer en pure perte, pour des chimères ! dit-il. Mais nous voici bien loin de votre père et des Tréguidy !

– Peut-être pas tant que cela, répondit la jeune fille. D'après ce que vous dites, nous pourrions fort bien voir des combats par ici !

Le docteur hocha la tête.

– C'est bien ce qui me tracasse ! dit-il. Votre père va se trouver pris entre deux feux : d'un côté, les royalistes qui ne l'aiment pas, de l'autre, les patriotes qui se méfieront de lui à cause de cette alliance malheureuse avec Kermoal. Miguel sera forcément suspect... Si encore il se tenait tranquille !

Ahès regarda le docteur en face. Elle devinait qu'il n'avait pas cherché un entretien avec elle dans le seul dessein de lui exposer des inquiétudes qu'elle s'obstinait à juger fort exagérées... et qui pouvaient n'être qu'un prétexte.

– En bref, que voulez-vous de moi ? demanda-t-elle froidement.

Mainsville sourit. Il était inutile d'essayer de jouer au plus fin avec une Porspoët.

– Je voudrais que vous surveilliez Miguel, dit-il.

La jeune fille ricana.

– Voilà qui est facile à dire ! Miguel est sans cesse par monts et par vaux, visitant les domaines de mon père, et il est toujours en compagnie de sa femme. Voulez-vous que je m'attache à leurs pas ? Cela m'étonnerait qu'une telle manière d'agir de ma part n'éveille leur méfiance !

Mainsville secoua la tête.

– Ne jouez pas la sottise. Ahès ! Vous m'avez fort bien compris, j'en suis certain. C'est sur les mouvements de Miguel au manoir que je désire être renseigné. Je suppose que vous connaissez les détours de la vieille demeure ? Il vous est facile de veiller... sans qu'on s'en aperçoive.

– Que soupçonnez-vous donc ?

– Rien encore de très précis. Je voudrais être fixé.

Ahès garda le silence. Elle semblait réfléchir, considérant la mer et le ciel qui s'assombrissaient. Le docteur tenta de faire pression sur sa pensée.

– En somme, remarqua-t-il, Miguel nous a tous bernés, vous la première ! Il a joué les enfants dociles et soumis et se révèle soudain plein d'indépendance. Cet élève respectueux me retire froidement mon gagne-pain... et il a oublié bien vite et facilement l'affection qu'il vous vouait, ou prétendait vous vouer ! Est-il surprenant que je le croie capable de... machinations secrètes ?

La jeune fille ne tenta ni de défendre ni d'accabler son frère d'adoption. Sans répondre aux perfides insinuations, elle interrogea :

– Êtes-vous si enthousiaste pour le nouveau mode de gouvernement, Mainsville, que vous désiriez faire effort pour le défendre ?

– N'est-il pas juste que le peuple ait enfin voix au chapitre ?

Elle ricana de nouveau et le regarda avec ironie.

– Je ne crois pas que les cultivateurs des terres de Trenarvan aient jamais remarqué chez vous ce genre de sentiment ! dit-elle. Vous me recommandiez tout à l'heure de ne pas jouer la sottise, ne prenez pas, vous, des airs de bon apôtre, qui vous vont du reste fort mal. J'attends vos raisons véritables pour vous répondre. N'essayez pas de me leurrer : je jurerais que le sort du roi, de la France, des aristocrates et des paysans vous laisse parfaitement calme.

Mainsville sourit encore.

– Soit, dit-il, je serai sincère. Votre père m'inquiète, je vous l'ai dit et je le pense. Il avait fait de grands projets qui devaient rétablir sa fortune, assez largement compromise : Linda lui coûte cher... et vous aussi. Or, depuis que cette idée de mariage flotte dans l'air, il ne songe plus qu'à cela. J'espérais que, la cérémonie terminée, il reviendrait à son activité d'antan, il me l'avait promis... il n'en a rien été. En vain je tente de l'entraîner, il invoque toujours de bons motifs pour demeurer dans l'oisiveté, et je suis convaincu que Miguel est en grande partie responsable de cette extraordinaire apathie. Grâce à lui et à sa femme, vous vous réveillerez un beau matin sans un sou vaillant, ma chère ! Votre intérêt est d'éviter ce sort funeste !

– Et votre intérêt, à vous ?...

Le docteur fit la grimace. Il n'est jamais agréable d'être percé à jour.

– J'aurais évidemment une part des profits réalisés par votre père et moi, admit-il. N'oubliez pas que Miguel a pris ma place d'administrateur des domaines...

– Et que, selon ce que j'ai entendu, il s'en tire très bien, déclara la jeune fille. Je ne vois pas du tout, Mainsville, ce que je peux faire pour vous !

– Simplement me promettre votre appui. De mon côté, je vais agir : je pars pour Paris demain à l'aube. Guettez les moindres actes de Miguel, ses paroles et rapportez-les-moi à mon retour. Vous êtes assez fine pour déceler à première vue le genre d'activité qui peut nous être préjudiciable.

Ahès songea un instant, les sourcils rapprochés.

– Voilà qui n'empêchera ni les royalistes ni les Tréguidy d'intervenir, remarqua-t-elle.

– Il va sans dire que si vous pouvez glaner quelques renseignements sur les faits et gestes des Tréguidy, ce n'en serait que mieux, dit le docteur. Mocaër vieillit sans doute... il ne voit plus rien, n'entend plus rien, du moins à ce qu'il prétend. Votre père lui garde sa confiance, mais j'ai des doutes sur sa fidélité ! Dès que j'aurai en main des preuves que les Tréguidy font partie de la conjuration, soyez tranquille : j'avertirai mes amis de Paris et on les mettra aussitôt hors d'état de nuire, eux et leurs amis !

La jeune fille eut un petit rire.

– Je ne crois pas que M. Ely de Tréguidy soit... très résolu ! observa-t-elle. N'est-il pas connu pour sa timidité ?

– Sans doute... mais il n'est pas seul à Kermoal. Son fils Pol est beaucoup plus à craindre, il est hardi, entreprenant... et intelligent. Bref, un homme assez dangereux.

– Je croyais que les Tréguidy étaient tous des imbéciles et des pleutres ? Je vous ai toujours entendu répéter cela, à vous et à mon père ! Auriez-vous oublié vos griefs, Mainsville ? demanda la jeune fille, railleuse.

– Euh !... certes non. Vous savez, ce sont les absurdes traditions des Tréguidy qui nous déplaisent. Ces gens ont toujours eu à cœur de faire toutes sortes de difficultés aux Porspoët !

Ahès bâilla sans vergogne. Évidemment, songea Mainsville, discuter le caractère, la personnalité de quiconque ne l'amusait pas. Il s'empressa de couper court à la conversation et se leva.

– Assez parlé des Tréguidy, dit-il avec une insouciance affectée. Puis-je compter sur vous, Ahès ?

Les lèvres de la jeune fille s'entrouvrirent sur ses dents éclatantes de blancheur, en un sourire cruel.

– Je surveillerai Miguel, dit-elle seulement.

Elle fit, de la main, un signe d'adieu et s'absorba dans la contemplation de la nuit qui tombait sur la mer. Après un temps assez long, elle se leva à son tour et reprit le chemin de Ty an Heussa.

– Ahès de Porspoët, vous voici devenue l'espionne du docteur Mainsville ! dit-elle tout haut avec un petit rire.

VI

En se rendant à Paris, malgré les dangers que comportait, à cette époque, un semblable voyage, le docteur Mainsville avait un but bien défini et un plan parfaitement arrêté. Il voulait forcer Edern à sortir de son inertie, en lui fournissant une occasion si tentante de reprendre ses criminelles activités qu'il ne pourrait y résister.

Mainsville, habitant une maisonnette dénuée de luxe, vêtu plus que modestement de bure grise, hiver comme été, vivant avec la plus grande frugalité entre ses livres, les rares malades et son ami Porspoët, était néanmoins la proie et le jouet d'une passion violente et exigeante : l'avarice. Sans doute se contentait-il de fort peu, ayant peu de besoins, mais la soif de l'or n'était jamais étanchée en lui.

Tout le monde, Edern le premier, ignorait que dans la cave de son étroite demeure s'alignaient des coffrets remplis d'or et que la nuit, quand tout dormait aux alentours, il descendait s'enfermer derrière l'abri de portes épaisses et, pendant des heures, contemplait son trésor.

Intelligent, par ailleurs, le docteur Mainsville ne s'arrêtait pas à considérer l'absurdité de cette étrange religion, la seule qu'il connût et pratiquât. Il se souciait peu de ce que cet amoncellement de richesses ne servît à rien, ni de ce qu'il deviendrait après lui. Le seul bonheur de son cœur desséché consistait à regarder, à palper cet or qu'il aimait plus que tout, à augmenter, pièce à pièce, cette inutile fortune.

Jadis, alors qu'Edern, jeune, avec l'aide des gars de la côte qu'il terrorisait et fascinait par la puissance mystérieuse de son regard, pillait sans merci les voyageurs qui s'aventuraient sur les routes du voisinage, ou, attirant sur les récifs les vaisseaux en difficulté, faisait main basse sur les richesses qu'ils contenaient après avoir massacré les équipages, Mainsville le secondait, mettant à son service son esprit rusé et sa connaissance des hommes. Il recevait de son ami une large rétribution, car Porspoët avait besoin de son concours, de son sang-froid dans des situations souvent difficiles.

Mais les occasions de s'enrichir s'étaient faites de plus en plus rares, puis avaient cessé tout à fait. Les voyageurs n'empruntaient plus les routes trop dangereuses de cette région, ou s'y risquaient en nombre et bien armés, et les vaisseaux fuyaient les approches des récifs mortels où tant d'entre eux avaient péri.

Edern, sur ces entrefaites, remarié avec Linda, était allé vivre, la majeure partie du temps, à Paris où la jeune femme, coquette et frivole, trouvait plus de distractions qu'au manoir.

Dans la capitale, Porspoët trouvait encore à gagner, si l'on peut dire, de quoi subvenir à une existence de plus en plus coûteuse de par les caprices de sa femme à laquelle il ne savait rien refuser. Il exerçait un autre « métier » fort prisé de sa race, celui d'usurier. Mais les événements, la révolution menaçante, puis déchaînée, l'avaient forcé à regagner la Bretagne.

À présent, inactif, Edern semblait prendre goût à une vie de loisirs et de mollesse.

Et le trésor de Mainsville, non seulement ne croissait plus, mais risquait fort de diminuer, de s'émietter et de disparaître pour peu que cet état de choses durât.

Pourtant, Edern avait eu cette idée, que le docteur jugeait magnifique, d'attirer dans les oubliettes de Ty an Heussa des « suspects » désireux de gagner l'Angleterre. Là, il pouvait voler et tuer sans que nul n'en sût rien, sans que les Tréguidy puissent intervenir. Et Mainsville, servant de « rabatteur » pour ce gibier d'un nouveau genre, recevait la récompense de ses exploits.

Certes, Edern devait avoir besoin de faire rentrer de l'or dans ses coffres : les caprices de Linda et d'Ahès lui coûtaient fort cher ; elles voulaient toujours être somptueusement vêtues, délicatement nourries. Linda réclamait sans cesse de nouveaux bijoux. Et Porspoët savait maintenant que son plan diabolique pouvait facilement réussir : ne l'avait-il pas expérimenté sur le malheureux vicomte de Tréguidy ? Ni lui ni le docteur n'avaient eu connaissance du fait que le vieil homme avait été sauvé par Miguel... et que la loyauté du jeune homme, bien plus que l'astuce criminelle de son père adoptif, lui avait mérité son mariage avec Hoëlle.

Mais ce plan, qu'il avait imaginé des années plus tôt, Edern ne se pressait pas de le réaliser. Mainsville arrivait maintenant au bout de sa patience ; de plus, le développement des événements le pressait. Si la guerre civile s'allumait et faisait rage en Bretagne, les futurs émigrants ne se garderaient-ils pas de s'aventurer de ce côté ?

De toute façon, il fallait agir, et agir vite.

Un ancien ami de Mainsville, le docteur Marat, occupait présentement une position fort en vue à l'Assemblée législative et c'était lui qu'il fallait voir avant toute autre personne. En l'interrogeant adroitement, Mainsville saurait ce qu'on pensait, à Paris, du complot breton et, pour peu qu'il fût un peu habile, apprendrait les noms de suspects suffisamment riches pour qu'il fût intéressant d'entrer en contact avec eux et de leur offrir « l'aide » de Porspoët à Trenarvan.

Ensuite, tout marcherait à souhait... à moins que Miguel ne s'y opposât. Sans posséder aucune preuve contre le jeune homme, le docteur s'en méfiait instinctivement. Et si Miguel se mêlait d'empêcher les agissements de son père adoptif, il avertirait sans aucun doute les Tréguidy, ceux-ci préviendraient leurs amis, conjurés ou non... Le beau projet tomberait à plat...

Il fallait connaître l'attitude de Miguel.

« Je peux compter sur Ahès, songea le docteur, qui roulait ces pensées dans sa tête tout en s'acheminant vers Paris, au trot de son cheval attelé à un cabriolet. Elle a beau le dissimuler, elle doit enrager de voir Miguel marié à une autre, et si passionnément amoureux ! D'après ce qu'elle me rapportera, j'aviserai. S'il le faut, je me débarrasserai de ce garçon. Je trouverai un moyen... »

Mainsville devait rester absent près d'un mois, un mois fertile en événements auxquels le docteur applaudit, car ils ne pouvaient que favoriser ses desseins. En effet, l'arrestation et l'emprisonnement du roi Louis XVI, les pouvoirs presque illimités de la « Commune insurrectionnelle » amenaient des perturbations profondes dans tout le pays : le nombre des « suspects » augmentait et, parmi ceux qui étaient les plus acharnés contre les prêtres et les aristocrates, se trouvait justement son ami Marat.

Celui-ci était au courant de la conspiration bretonne, mais ne la prenait pas très au sérieux. Mainsville jugea inutile d'en trop parler. La chance, déjà, l'avait favorisé : il était entré en relation avec de louches personnages qui lui fournissaient de précieux renseignements. Marat, qui parlait volontiers de ceux qui excitaient sa haine, lui dévoila des noms utiles...

Aux premiers jours de septembre, à la tombée de la nuit, un voyageur modestement vêtu se présenta à la porte du manoir. Il était, dit-il, porteur d'un message pour M. de Porspoët. La servante qui le recevait le laissa devant la porte et alla porter le billet à son maître.

Edern ouvrit la lettre ; il avait reconnu sur le papier l'écriture de Mainsville.

« Mon cher Edern, disait celui-ci, je viens de rencontrer par hasard un gentilhomme fort aimable et qui te touche de près : en effet, il est le frère cadet de ta première femme. M. Guénaël de Plouvernon est fort désireux d'accomplir un petit voyage et je lui ai affirmé qu'il trouverait près de toi le meilleur accueil et toute l'aide que tu es en mesure de lui donner. Je te fais confiance et je suis certain que tu sauras lui rendre le service que j'attends de toi.

« À bientôt, mon ami, reçois toute l'amitié de

« M. »

Edern, un moment, demeura confondu. Il comprenait fort clairement que Mainsville avait voulu lui forcer la main et, s'il en éprouvait un peu de déplaisir, sa rancune disparaissait devant le hasard extraordinaire qui jetait en son pouvoir l'un de ceux, précisément, auxquels il avait voué depuis longtemps une haine invincible.

Les Porspoët avaient toujours su dissimuler leurs sentiments lorsqu'une attitude de feinte générosité pouvait les servir, et ce fut avec un cordial sourire aux lèvres qu'Edern s'en fut vivement à la rencontre du visiteur. Il le fit entrer à Trenarvan avec toutes les marques de la joie la plus grande.

– Quel heureux hasard, mon frère ! s'écria-t-il. Vous me voyez ravi de vous accueillir sous mon toit ! Je regrette seulement que l'occasion en soit pour vous si pénible...

Le voyageur parut un peu surpris de tant d'enthousiasme. Évidemment, près de vingt-cinq ans de silence entre les siens et ceux de Ty an Heussa ne l'y préparaient guère. Il répondit avec quelque réticence, et Porspoët s'en aperçut.

– Hélas ! dit-il, la vie et ses fortunes diverses nous ont séparés ! Ma pauvre Jeanne n'aimait pas écrire et je lui en faisais souvent le reproche ; moi-même, avec l'insouciance de la jeunesse, j'oubliais parfois mes devoirs de courtoisie. Puis, ma femme, votre sœur, nous a quittés par une tragique fatalité... mais vous allez voir votre nièce, ma fille, car vous serez mon hôte pendant plusieurs jours, je l'espère ? Mon ami Mainsville me dit que vous désirez partir en voyage ? Vous n'êtes peut-être pas très pressé ? Du reste, vous êtes en sûreté à Trenarvan.

– Je vous remercie, dit l'autre, un peu abasourdi par tant de paroles.

– Je vais vous conduire à votre appartement, dit Edern. Puis-je vous prêter quelques vêtements mieux en rapport avec votre condition que ceux que vous portez, soit dit sans vous offenser ?

Il parlait en riant avec bonhomie. Alain de Plouvernon secoua négativement la tête.

– Je vous remercie, répéta-t-il. Avec l'aide de votre ami, j'ai pu emporter avec moi quelques effets. Lui-même m'a conseillé de faire le voyage sous ce déguisement.

– Il a eu très raison.

Edern appela la servante et lui fit transporter dans une chambre de l'étage le baluchon du visiteur.

– Quand vous serez prêt et reposé, lui dit-il, nous parlerons de vos projets et je ferai tout ce qui sera en mon pouvoir pour vous assister.

De retour à la bibliothèque, Edern se livra à une longue méditation.

Ainsi, le destin lui livrait, par l'entremise de Mainsville, ce frère de sa première femme dont il avait, depuis des années, juré la perte !

Un cruel rictus tordit ses lèvres. Il se souvenait de ces orgueilleux Guénaël de Plouvernon, père et fils, ces miséreux qu'un seul geste de lui aurait pu ruiner sans espoir et qui avaient osé lui témoigner un mépris non dissimulé. Le père lui devait une très grosse somme d'argent. Pour obtenir la main de la fille, dont l'angélique douceur lui plaisait, il avait exigé du jour au lendemain le remboursement de la dette... à moins que Jeanne ne consentît à devenir sa femme. Et Jeanne, pour sauver son père et ses deux jeunes frères de la misère, avait consenti. Elle était venue vivre dans le triste manoir.

Très vite, Edern s'était lassé de sa douceur résignée, de son regard craintif. Puis il avait détesté la jeune femme et toute la rancune contre cette famille et ses dédains lui était remontée au cœur. Et surtout, il ne pardonnait pas à Jeanne sa réprobation devant les crimes dont il se vantait sans vergogne. Il avait juré de se venger, d'elle et des siens, sachant que, lorsqu'on sait attendre, les occasions viennent toujours.

Et Jeanne avait payé... Le tour de son frère était venu.

« Ce n'est pas celui-là, sans doute, qui m'apportera la fortune, conclut Edern, mais la vengeance vaut tous les trésors. Oui, Mainsville a eu raison de me l'envoyer ! »

Quand le visiteur reparut, à l'heure du souper, pour prendre sa place à table, il ne ressemblait plus au guenilleux de tout à l'heure. Son habit, un peu fripé d'avoir séjourné pendant le voyage dans un sac exigu, était simple, mais bien coupé, et la prestance d'Alain de Plouvernon, son allure de grand seigneur, conféraient au plus simple vêtement une élégance indiscutable.

Edern présenta son hôte à Linda, à Hoëlle, lui nomma son fils adoptif et sa fille. Linda regarda avec intérêt ce convive inattendu : âgé d'à peine quarante ans, M. de Plouvernon était grand, d'agréable tournure, de visage aimable et enjoué, et, tout de suite, il se révéla brillant causeur. Le malheureux, après des semaines d'angoisse, se sentait en sécurité sous ce toit qui l'accueillait avec tant de bienveillance.

– On ne peut dire, déclara-t-il à Ahès, que vous ressembliez à votre mère, ma pauvre petite sœur ; vous êtes certainement beaucoup plus jolie qu'elle ne l'a jamais été, bien qu'elle eût des traits réguliers et doux, mais, pourtant, vous me la rappelez par certains jeux de physionomie, des attitudes, des regards... Je suis très heureux, ma charmante nièce, de faire enfin votre connaissance !

Dans le courant de la conversation, il rappela des souvenirs d'enfance, de jeunesse, décrivant sa sœur avec une tendre complaisance. Ahès n'avait jamais tant entendu parler de sa mère et écoutait avec un intérêt dont elle était la première surprise. Miguel écoutait aussi...

– La vie est un étrange tissu de hasards, reprit Alain de Plouvernon. Il m'aura fallu traverser bien de cruelles épreuves pour qu'il me soit donné de venir me réfugier dans cette maison.

Il sourit à Edern et celui-ci profita de l'occasion pour interrompre des propos qui ne lui plaisaient guère. Le souvenir de Jeanne et de sa mort ne le distrayaient nullement.

– Quelles sont vos intentions ? demanda-t-il. Songez-vous à émigrer ?

– À vrai dire, je n'y pensais pas, répliqua le visiteur. Je comptais me joindre aux royalistes, aux Blancs qui, vous ne l'ignorez certes pas, ont décidé de combattre pour Dieu et le roi. Je m'étais rendu à Paris pour prendre contact avec certains d'entre eux, mais il s'est trouvé que j'ai fait la connaissance de votre ami, le docteur Mainsville ; apprenant mon nom et le lien qui m'unit à vous, mon cher Edern, il s'est aimablement intéressé à mon sort. D'après les renseignements qu'il a recueillis, il a vu que ma situation est peu brillante : dénoncé, recherché, je n'avais aucune chance d'échapper aux prisons révolutionnaires !

Edern hocha la tête. Il se gardait de trop regarder son interlocuteur, craignant que ce dernier ne lise trop clairement le triomphe qu'il sentait luire dans ses yeux. Ah ! Mainsville, vraiment, avait su guider avec art cet imbécile vers son destin ! Il lui avait inspiré à la fois l'effroi et la confiance !

– C'est donc vers l'Angleterre que vous désirez vous diriger ? demanda-t-il.

– Je pensais, si c'est possible, me rendre à Jersey ou à Guernesey : là, des Blancs sont réunis et je pourrai sans doute travailler avec eux. Si j'avais pu, avant cela, visiter M. de Tréguidy... Il est, je crois, votre parent et voisin ?

Un instant, il s'était tourné vers Hoëlle. Mainsville n'avait négligé aucun détail pour endormir sa méfiance !

Edern fit un signe affirmatif.

– Certes, dit-il. Ma belle-fille ici présente était Mlle de Tréguidy. Mais, mon cher Alain, je ne saurais trop vous déconseiller semblable démarche ! Le pays est certainement surveillé et non seulement vous seriez en danger si vous y circuliez, mais vous compromettriez la sécurité de nos amis Tréguidy. Je ne connais pas, malheureusement, de passage secret vous permettant de gagner Kermoal sans risquer d'être reconnu. Pour la côte, c'est différent : Trenarvan est relié à la mer par un passage connu de moi seul et de quelques rares fidèles ; c'est par là que j'ai fait fuir, il y a quelques mois, le vicomte de Tréguidy qui avait eu, lui aussi, maille à partir avec les sans-culottes !

– En ce cas, répondit M. de Plouvernon, et si cela vous convient, je serai obligé de vous quitter le plus tôt possible. Je ne voudrais pas vous causer d'ennuis. Je le regrette très vivement... Je m'en irai donc sans avoir parlé avec M. de Tréguidy...

– Sa fille se chargera certainement très volontiers de lui transmettre votre message, dit Edern. Quant à moi, je vais m'occuper de vos affaires dès demain matin et je crois pouvoir vous affirmer que, dans l'après-midi, vous serez à même de gagner le lieu de votre choix.

La servante, entrant, interrompit la conversation. Miguel prit la parole.

– Je devais aller demain dans le plus éloigné de vos domaines, mon père, dit-il, je pensais même partir dans la matinée. N'aurez-vous pas besoin de moi ?

– Pas le moins du monde, mon garçon ! s'écria Edern avec entrain. Avant de t'en aller, tu pourras faire tes adieux à M. de Plouvernon, et ta femme aussi, car je suppose, ajouta-t-il en riant, qu'elle t'accompagnera comme de coutume ?

Miguel hocha affirmativement la tête.

Ahès jeta un regard aigu sur son frère d'adoption. Elle devinait que l'instant était venu de « surveiller » Miguel, selon les ordres du docteur. Si celui-ci avait envoyé Alain de Plouvernon à Trenarvan, il ne l'avait certes pas fait sans but.

Du reste, les paroles inconsidérées du visiteur venaient confirmer les soupçons de Mainsville quant aux activités des Tréguidy et l'affaire devenait captivante. Le repas terminé, la jeune fille se rapprocha de sa cousine : elle avait envie de l'embarrasser et de se divertir de sa gêne.

– Ainsi, lui dit-elle à mi-voix, vos parents conspirent contre la Révolution ?

Hoëlle sourit.

– Mais bien sûr ! répliqua-t-elle, comme s'il se fût agi de la chose la plus ordinaire.

– Quel avantage en retireront-ils ? demanda Ahès avec un léger haussement d'épaule.

– La victoire de leurs convictions, si Dieu le veut, dit Hoëlle doucement, sinon la joie du devoir accompli.

– Et vous en parlez ainsi, sans vous cacher, à tout le monde ? railla la jeune fille.

– Vous n'êtes pas tout le monde, Ahès...

Mlle de Porspoët ne sut que répondre.

La soirée fut fort plaisante. M. de Plouvernon, malgré le péril qui le menaçait et cette fuite prochaine à laquelle il se croyait forcé, ne s'en montrait pas moins divertissant compagnon. Galant et courtois, il enchantait visiblement Linda qui s'ennuyait terriblement au manoir et qui ne cachait pas ses regrets de le voir partir si vite. Ahès, elle aussi, le jugeait avec faveur et s'énervait un peu de ce que ce sentiment la mettait mal à l'aise sans qu'elle sût pourquoi. Elle ne discernait pas que le visiteur apportait avec lui un peu de la douce personnalité de Jeanne, et qu'une fibre mystérieuse, inconnue d'elle, vibrait dans son cœur d'orpheline.

Miguel ne dormit guère, cette nuit-là.

Réveillés par Alain de Plouvernon, ses souvenirs d'enfance lui revenaient en foule.

Il les avait un peu oubliés depuis que toutes ses pensées d'adolescent, d'homme, allaient vers Hoëlle, et soudain, comme surgit un tableau derrière un voile qui tombe, l'image de Jeanne reparaissait aux yeux du jeune Espagnol. Jeanne, la seule qui ait témoigné de la tendresse au petit rescapé, la seule qui lui parlât doucement comme une mère.

Il lui sembla entendre encore les dernières paroles qu'elle lui avait adressées :

« Promets-moi de protéger Ahès, quand tu seras grand... de la conseiller... de la sauver ! »

Et Miguel avait promis, pour faire plaisir à la mourante, sans comprendre, il était si jeune, le sens de ces phrases entrecoupées. Par la suite, il y avait repensé : il savait alors ce qu'avait voulu dire la pauvre Jeanne. Elle redoutait l'influence de son mari, un scélérat qui ne reculait devant aucun crime, sur l'âme de l'enfant qu'elle laissait derrière elle. Dans sa solitude tragique, elle n'avait trouvé qu'un petit garçon de cinq ans pour lui confier sa fille !

Il soupira tristement. Que pouvait-il faire pour Ahès, hélas ? Elle était de nature à n'accepter nul conseil, nulle protection. Orgueilleuse et dure, fière de sa race maudite, elle allait son chemin sans se soucier du bien ou du mal. Aujourd'hui, il s'était présenté un homme qui était proche d'elle par le sang et dont l'esprit aurait pu, peut-être, contrebalancer la noirceur d'Edern, mais il ne faisait que passer à Trenarvan, sans se douter que les flammes de l'enfer y couvaient !

Pourquoi, songea le jeune homme, Edern lui avait-il fait si bon visage ? Revenait-il, avec la vieillesse proche, à des sentiments plus généreux et plus humains ?

Miguel soupira de nouveau. Il s'était fait le même raisonnement, bercé du même espoir à propos du vicomte de Tréguidy. Celui-là aussi, Porspoët promettait de le sauver ! Et il l'avait attiré dans un piège affreux. Un démon peut-il se convertir ?

« Je veillerai », décida le jeune homme.

Auprès de lui, Hoëlle dormait. Son souffle léger se devinait à peine dans le silence. Miguel, l'oreille tendue, l'écouta un long moment : une paix extraordinaire descendait dans son cœur. Hoëlle... n'était-elle pas l'ange de douceur dont la seule présence conjure le mal ? L'ange qui apporterait le salut au manoir ?

VII

Dans la matinée du lendemain, Miguel et Hoëlle se disposaient à monter dans la légère voiture dont ils faisaient usage pour leurs courses lointaines. M. de Plouvernon leur disait adieu, il était assez ému.

– Je suis désolé de ne pouvoir saluer vos parents, dit-il à Hoëlle. C'est un vrai crève-cœur pour moi de me trouver si près d'eux sans pouvoir les apercevoir !

– Je le leur dirai, promit la jeune femme.

– Dites-leur aussi, je vous prie, que mon absence ne sera pas de longue durée, je reviendrai le plus tôt possible.

Ahès apparut à ce moment et Miguel saisit les rênes.

– Au revoir, monsieur, dit-il. À bientôt peut-être.

La voiture s'éloigna. Alain de Plouvernon demeura tête à tête avec sa nièce.

– Vous avez là, dit-il, une bien charmante cousine ! J'ai beaucoup connu son père, au temps de ma jeunesse, mais nous nous sommes perdus de vue...

– C'est un homme timide, on pourrait même dire timoré, remarqua la jeune fille avec une nuance de mépris dans la voix. Je suis surprise qu'il ose se mêler à un complot !

Alain se mit à rire.

– Vous ne prisez pas beaucoup les gens timides, cela se sent à votre ton ! dit-il. Que voulez-vous... nul ne peut forcer sa nature et Ely a le mérite de combattre malgré ses goûts. Mais, évidemment, ce n'est pas lui qui est l'âme de la conspiration à Kermoal !

– Cela ne m'étonne qu'à moitié ! dit Ahès en riant.

Elle n'osait interroger, craignant d'éveiller la méfiance de son interlocuteur, mais celui-ci était en veine de confidences. Du reste, il croyait s'adresser à une personne fort au courant de la situation.

– C'est sur Pol de Tréguidy que se réunissent tous les espoirs, dit-il. Je n'ai pas le plaisir de le connaître, mais j'ai beaucoup entendu parler de lui ces temps derniers ; chacun vante son intrépidité, sa vaillance, son esprit ingénieux. C'est un chef né.

La jeune fille sourit sans répondre attendant la suite du panégyrique qui ne tarda pas à venir.

– C'est, dit-on, un garçon de très grande valeur. Il ressemble, par certains traits, à son grand-père le vicomte qui, dans son temps, était un vrai lion... mais il serait... comment exprimer cela ?... plus humain, plus compréhensif... moins intransigeant.

– Nous détestions le vicomte quand nous étions enfants, dit Ahès. Il était sévère, plein de morgue !

– Il n'était pas commode, c'est vrai, et je crois que son caractère si tyrannique a rendu Ely timide. Pol, avec l'indépendance et la fougue de la jeunesse, et, je crois, soutenu par sa mère qui est intelligente et fine, a échappé à la terreur que son grand-père inspirait à tous, bien qu'il l'admirât. Mais je vous raconte là ce que vous savez certes bien mieux que moi, ajouta M. de Plouvernon avec bonne humeur. Vous êtes cousins, amis d'enfance !

Ahès ne répondit rien à cela, elle souriait pour elle-même.

– Croyez-vous, dit-elle soudain, que les Blancs aient quelque chance de succès ? Espèrent-ils sincèrement délivrer le roi et le remettre sur le trône, comme autrefois, malgré la volonté de milliers de personnes ?

– Un grand homme a dit, dans des circonstances assez désastreuses pour lui, qu'il n'est pas nécessaire d'espérer pour entreprendre. Cette manière de voir n'a pas mal réussi à Guillaume d'Orange qui a fini par vaincre le roi Louis XIV ! Je pense que des êtres courageux et généreux partent du même principe.

– Et s'ils y laissent leur vie ?

– L'honneur est plus que la vie... murmura M. de Plouvernon, pour certains êtres d'élite à tout le moins. Mais je dois vous importuner avec mes beaux principes ! Racontez-moi plutôt votre existence au manoir, ma jolie nièce, que je vais quitter si vite !

– Peut-être est-ce justement à cause de cela que je vous en parlerai, répliqua-t-elle avec un rire bref. D'ordinaire, je n'aime pas beaucoup parler de moi ! Mon oncle, je vais vous avouer un grand secret : je m'ennuie à périr !

Une gaieté factice masquait assez mal son amertume et ce qui ressemblait à une boutade était incontestablement sincère. Alain hocha la tête.

– Vous regrettez Paris, sans doute ? Vous vous y amusiez !

Elle leva les épaules.

– Je le croyais... mais quand j'y repense maintenant, je n'ai plus envie d'y retourner, de reprendre cette vie... si sotte, si creuse, qu'adore ma belle-mère. Elle ne se lasse pas, elle, des fêtes ou des compliments que lui débitent de ridicules bellâtres ! Moi...

Elle hésitait. M. de Plouvernon se mit à rire.

– Ne goûtez-vous pas les compliments ? Ils sont cependant sincères s'ils s'adressent à vous ! Il ne pourrait en être autrement !

Ahès ricana.

– Oui... des amusettes pour poupées. Ce sont toujours les mêmes, et si absurdes ! Je voudrais...

Elle hésita encore. Parler au frère de sa mère, cet oncle aimable qui l'écoutait attentivement, formuler des pensées qu'elle avait jusque-là gardées enfouies jusqu'au fond d'elle-même, faisait surgir à son esprit des idées nouvelles auxquelles elle n'avait jamais songé jusqu'alors.

– Je voudrais, dit-elle enfin, vivre comme vivaient mes aïeules, celle, par exemple, dont je porte le nom, être libre, puissante, avoir une existence mouvementée et passionnante !

– Peste, ma chère ! Souhaiteriez-vous vraiment, ainsi que l'aïeule dont vous me parlez, faire périr vos époux successifs ? N'est-ce pas une distraction un peu... sauvage pour notre temps ?

Il riait. La jeune fille l'imita.

– Non, dit-elle, je n'ai pas envie de faire mourir mes maris. Ce n'est pas à cela que je pensais ! D'ailleurs, je n'ai pas envie de me marier, je suis bien trop fière pour m'incliner devant la volonté d'un homme !

– Attendez l'amour, dit paisiblement Alain. Quand il viendra, vous verrez qu'il efface bien des préoccupations inutiles, des préjugés enfantins. Voyez votre cousine Hoëlle : personne ne ressemble moins qu'elle à une esclave !

Ahès secoua ses boucles blondes. Elle était un peu vexée d'être traitée, en somme, en petite fille inexpérimentée, et elle sentait trop bien qu'elle ignorait beaucoup de choses ; mais, chose étrange, elle n'en voulait pas à M. de Plouvernon : il avait des manières policées, charmantes, qu'on ne connaissait guère à Ty an Heussa, il faisait allusion à des sujets qu'on n'y abordait jamais. Elle aurait aimé parler encore longtemps avec lui, mais Edern survint à ce moment, annonçant que l'heure du repas sonnait.

Ce repas fut moins joyeux que celui qui l'avait précédé. M. de Plouvernon était gagné par la mélancolie de son départ prochain. La conversation fut contrainte. On se leva de table avec soulagement.

Porspoët entraîna son beau-frère dans la bibliothèque.

– Tout est prêt pour votre embarquement, mon cher Alain, dit-il. Vous pouvez partir tout de suite.

– N'est-il pas imprudent de naviguer en plein jour ?

– Certes pas avec les pêcheurs de la côte qu'on voit chaque jour en mer. On se méfierait d'eux bien davantage si on les voyait sortir leur barque à la nuit !

– C'est juste. Je vais aller chercher mon bagage et présenter mes devoirs à ces dames.

Les adieux furent rapides. Ahès avait un peu de peine et s'en étonnait vaguement. Elle souhaita bon voyage à son oncle.

– J'espère que vous reviendrez bientôt au manoir, lui dit-elle.

Personne ne remarqua l'énigmatique sourire qui passa sur les lèvres d'Edern.

Les deux hommes retournèrent dans la bibliothèque, dont Porspoët referma soigneusement la porte.

– Vous allez connaître, dit-il, le secret qui me permet de venir en aide à ceux qui ont recours à moi, et qui sont certains d'échapper ainsi aux sbires de la révolution !

Il s'avança vers la cheminée et, sur la muraille de droite, fit jouer un ressort. Un panneau tourna sur lui-même, découvrant les marches d'un escalier.

– Voilà, dit Edern, le chemin de la liberté !

– Jamais je n'oublierai ce que vous faites pour moi ! murmura Alain de Plouvernon.

– Vous êtes de ceux qui ont de la mémoire, mon cher ami, dit cyniquement Porspoët. Moi aussi... Je vous en prie, donnez-moi votre bagage.

Le voyageur protestait, il insista.

– Vous ignorez le chemin et j'avoue qu'il ne fait pas très clair à la seule lueur d'une lanterne, dit-il, et, moi, je connais les aîtres. Laissez-moi porter cela. Au fait... n'avez-vous pas besoin d'argent ?

– Je vous remercie, j'en emporte suffisamment, je pense, pour les premiers jours, tout au moins. Ensuite, je trouverai des amis qui m'en prêteront. Votre ami Mainsville regrettait que je n'aie pas davantage, mais je ne croyais pas, en me rendant à Paris, quitter la France aussi rapidement !

Edern réprima une grimace. Une victime cousue d'or lui aurait plu davantage.

– N'importe, dit-il. Allons !

Il précéda son hôte dans l'étroit escalier et s'arrêta dans une sorte de petit vestibule où s'ouvraient plusieurs couloirs.

– Nous arrivons, annonça-t-il.

Il s'effaça pour laisser le passage à Alain et leva sa lanterne pour distinguer les saillies du mur. Il posa la main sur un nouveau ressort : une immense pierre glissa de côté.

– Entrez, dit-il. Je vous éclaire.

Sans méfiance, M. de Plouvernon pénétra dans l'obscurité d'une cave dont il ne distinguait pas les parois. Derrière lui, la lanterne formait un petit cercle de lumière.

– Avancez ! répéta Edern.

Mais, quand le voyageur eut fait quelques pas, il entendit soudain une voix ironique, bien différente de celle du Porspoët qui l'avait si bien accueilli.

– Vous voilà en sûreté, mon cher ! disait la voix. Personne ne viendra vous déranger ici et vous pourrez tout à loisir vous rappeler que les Porspoët n'oublient jamais !

Un éclat de rire démoniaque conclut la phrase et, avec un bruit mat, la muraille reprit sa place.

Tout d'abord, Alain, figé de stupeur, ne comprit pas. Les ténèbres et le silence l'entouraient. Son premier instinct fut d'appeler :

– Edern... où êtes-vous ? Que voulez-vous dire ?

Rien ne répondit, que la vague résonance de sa propre voix et, brusquement, en un éclair, il devina la monstrueuse perfidie des hommes qui le trahissaient : Mainsville et Porspoët, sciemment, l'avaient attiré dans un guet-apens. Dans cette affreuse prison, il ne pouvait attendre que la mort !

Effaré, il chercha la cause de cette terrible vengeance. Il n'avait jamais offensé Edern ! Il était très jeune au moment du mariage de Jeanne, à peine plus qu'un enfant. Il était innocent !

... Lui, sans doute, mais les siens ? Il se souvint du désespoir de son père lorsque Jeanne était partie, et de l'opinion peu flatteuse qu'il avait d'Edern, de tous les Porspoët en général. Sans doute n'avait-il pas dissimulé son mépris à ce gendre qu'il acceptait par force.

« Comment ai-je oublié tout cela ? se demanda Alain. Comment ai-je eu confiance en un homme que tous les honnêtes gens considèrent comme un bandit ? »

Mainsville, certes, avait été fort adroit, et le mariage du fils adoptif d'Edern avec une Tréguidy, survenu après que Porspoët eut sauvé le vicomte, avait endormi les préventions de M. de Plouvernon.

« Il a sauvé le vicomte... ou bien, il l'a conduit comme moi, par traîtrise, dans ce souterrain où il est lentement mort de faim ! » se dit-il avec horreur.

Alain n'était pas un lâche, il était même très brave, mais la perspective d'un aussi abominable trépas lui fit passer un frisson de la tête aux pieds. Il allait mourir ainsi, stupidement, alors que, peut-être, il ne courait pas un danger aussi grand que Mainsville avait voulu le lui faire croire !

La rage le souleva.

« Peut-être arriverai-je à m'échapper ? » se dit-il.

Lentement, il revint en arrière jusqu'à ce que sa main rencontrât la paroi rocheuse ; sans cesser de toucher celle-ci, il avança prudemment et constata qu'il se trouvait dans une vaste caverne : il dut faire trente pas avant de parvenir au premier angle. Il continua à suivre la muraille, sans se douter que c'était là un chemin mortel... En effet, au fond de la cave, s'ouvrait un puits béant que rien ne pouvait permettre de soupçonner.

Soudain, un léger bruit l'arrêta : la porte secrète s'entrebâillait, encadrant la lueur vacillante d'une chandelle. Deux silhouettes surgirent de l'ombre.

Une voix anxieuse demanda :

– Monsieur de Plouvernon, êtes-vous là ?

La chandelle fouillait l'obscurité. Alain reconnut Miguel, et sa femme auprès de lui. Les cheveux d'Hoëlle brillaient faiblement.

Muet de surprise, et plein de méfiance à présent, M. de Plouvernon ne répondit pas. La lumière l'atteignit et Miguel poussa une exclamation de soulagement.

– Grâce au Ciel, vous êtes là ! murmura-t-il. Ne faites plus un seul pas en avant !

Il vit hésiter le frère de Jeanne et, vivement, courut se mettre devant lui. De sa chandelle, il éclaira le puits.

– Voyez ! dit-il seulement. Nous sommes arrivés juste à temps ! Monsieur, je vous en prie, suivez-nous au plus vite, il ne faut pas que vous restiez ici !

Le jeune homme avait-il partie liée avec Porspoët ? se demanda Alain. S'entendaient-ils tous les deux pour le faire périr d'une autre façon ? Il décida qu'après tout mieux valait encore sortir de cette horrible cave. Maintenant, il était sur ses gardes et il pourrait au moins se défendre. Sans un mot, il suivit Miguel et sa femme.

Hoëlle prit les devants, son mari ferma la marche, éclairant le chemin de son mieux. Ils avancèrent longtemps dans ce souterrain que le jeune homme avait parcouru tant de fois et ne s'arrêtèrent, après avoir gravi des marches, que dans une sorte de grotte. On apercevait, par une ouverture, les arbres d'un bois.

– Vous êtes ici à Kermoal, dit Hoëlle de sa douce voix. Mais il vous faut nous jurer sur l'honneur, monsieur, que vous resterez caché dans ce lieu jusqu'à la nuit. Alors, mon frère que j'aurai prévenu viendra vous chercher et, avec lui, vous serez en sûreté. Pour l'amour de Dieu, ne faites pas d'imprudences ! Vous nous perdriez tous !

Devant le regard limpide, la voix qui frémissait d'angoisse, Alain de Plouvernon sut enfin qu'il pouvait avoir confiance. Il hocha affirmativement la tête.

– Ne craignez rien, dit-il, je vous promets de vous obéir. J'attendrai ici... et merci.

– Pardon... murmura Miguel.

Sans bruit, les jeunes gens redescendirent dans le souterrain. Ils marchèrent rapidement jusqu'à un embranchement connu de Miguel et qui leur permit de regagner la campagne, de retrouver la charrette et le cheval qu'ils avaient dissimulés dans un boqueteau.

– Allons à Kermoal, dit Miguel. Cela ne peut paraître étrange à personne.

Il parlait sur un ton de lourde tristesse. La honte le submergeait, devant la monstrueuse perfidie de celui qui était, hélas ! son père adoptif. Il devinait que cet épisode tragique, répétition, à peu de chose près, de celui qui s'était déroulé avec le vicomte de Tréguidy comme victime, se reproduirait.

Dans l'enivrement de son amour, de son bonheur, il avait cru, naïvement, que tout était changé, qu'Edern, satisfait de la vengeance qu'il pensait avoir tirée de Tréguidy, content du meilleur rapport de ses terres mieux administrées, renonçait à sa vie aventureuse.

Hélas ! le démon qui habitait l'âme des Porspoët existait toujours. L'épouvante renaissait à Ty an Heussa !

Par bonheur, il s'en était douté à temps. Après un faux départ, lui et Hoëlle étaient revenus et, cachés dans le souterrain, ils avaient guetté. À présent, il leur faudrait guetter encore, guetter sans cesse pour éviter de nouveaux crimes.

Le docteur Mainsville revint de Paris quelques jours plus tard. Une conversation avec Edern lui prouva qu'il avait calculé juste : Porspoët, enchanté de son forfait, ne demandait plus qu'à en commettre de nouveaux.

– Tu avais raison, mon ami, dit-il, nous nous endormions. Il est temps de nous secouer quelque peu. Retourne à Paris et envoie-moi de nombreux visiteurs... Mais tâche, à l'avenir, de les choisir un peu plus fortunés !

– Sois tranquille ! promit cyniquement le docteur.

Quittant Edern, il se mit à la recherche d'Ahès. Apparemment, Miguel ne s'était douté de rien et, en tout cas, il n'avait rien empêché, mais Mainsville préférait une certitude plus complète.

Il trouva la jeune fille dans le jardin et, craignant d'être dérangé, il l'interrogea aussitôt.

– Vous souvenez-vous de nos conventions, Ahès ? demanda-t-il à brûle-pourpoint. Avez-vous remarqué quelque chose d'insolite dans le comportement de Miguel ?

– Miguel s'en va chaque jour visiter les domaines. Il réussit fort bien. Les paysans semblent l'adorer ! répliqua la jeune fille.

– Et... au manoir ? Que fait-il ?

– Il passe son temps avec sa femme dans leur appartement.

– Ne fait-il aucune phrase... ambiguë ? N'a-t-il pas, parfois, une expression bizarre ?

Ahès regarda son interlocuteur avec dédain.

– Mon pauvre Mainsville, dit-elle, que vous arrive-t-il ? Je crains que votre imagination ne vous égare ! Miguel parle des métairies avec son père ; à part cela, il n'est pas bavard. Et il a l'air le plus naturel du monde. Je regrette vraiment de vous décevoir ! ajouta-t-elle avec un rire moqueur.

– Quel accueil a-t-il réservé à notre ami, M. de Plouvernon ?

– Mais... un accueil courtois. Miguel est bien élevé. Si j'ai bonne mémoire c'est vous qui lui avez enseigné, comme à moi, les bonnes manières. Avez-vous si peu confiance en vos leçons ?

Mainsville préféra passer à une autre question. Évidemment, il s'était trompé sur le compte de Miguel.

– Et les Tréguidy ? demanda-t-il. En savez-vous quelque chose ?

– Rien de plus que ce que M. de Plouvernon nous en a dit, et il a certainement dû vous raconter tout cela, répondit la jeune fille avec lassitude. Vous êtes assommant, Mainsville. Je déteste qu'on m'interroge ainsi sur des sottises !

– Ce ne sont pas des sottises, grommela le docteur. Répétez-moi tout de même ce que vous a révélé M. de Plouvernon.

Ahès s'exécuta de mauvaise grâce.

– Cela n'a, en somme, aucun intérêt, conclut-elle, et cela ne prouve rien. Ce sont de simples racontars. Demandez à Mocaër ce qui se passe à Kermoal !

– Je vous l'ai dit, Mocaër ne voit plus rien !

– Eh bien ! c'est sans doute qu'il ne se passe rien, dit impatiemment la jeune fille. Prenez-en votre parti et laissez-moi tranquille !

Mainsville était dépité. Il fit cependant bonne figure.

– Puis-je espérer que vous continuerez à ouvrir les yeux ? demanda-t-il.

– Je pense que vous pouvez espérer cela, dit Ahès avec un petit rire. Je n'ai pas pour habitude de marcher sans regarder où je vais !

Le docteur dut se contenter de cette assurance décevante.

Deuxième partie

I

Par une porte dérobée qui donnait sur les bois, Miguel et Hoëlle sortirent sans bruit dans la nuit obscure. Le jeune homme portait une lanterne abritée sous son manteau. Ils s'en allèrent, silencieux et furtifs, dans la direction de l'étang. Lorsqu'ils y furent arrivés, sans avoir eu à se concerter, ils s'arrêtèrent près de l'un des rochers qui ceinturaient la petite étendue d'eau. Miguel passa les doigts sur la pierre... Celle-ci tourna sur elle-même, découvrant un passage. Les jeunes gens s'y engagèrent et la pierre, doucement, revint à sa place.

Dans le souterrain, Miguel découvrit sa lanterne. Il prit la main de la jeune femme et tous deux s'en furent d'un pas rapide vers Kermoal. Ils se taisaient toujours et, instinctivement, marchaient avec précaution.

Sans doute, personne, au manoir, n'aurait eu l'idée de se promener dans le labyrinthe des couloirs secrets à cette heure tardive, et les jeunes gens étaient déjà assez éloignés des caves de Trenarvan, mais ils préféraient une prudence exagérée à une trop grande hardiesse. Une rencontre avec Edern de Porspoët en ces lieux eût signifié la mort pour eux, malgré l'attachement du maître du manoir pour son fils adoptif.

Le printemps revenait, après un pénible hiver, un hiver qui avait vu se succéder à Trenarvan un nombre important de visiteurs. Un hiver durant lequel il avait fallu aux jeunes gens demeurer sans cesse aux aguets tout en conservant l'apparence du calme et de la gaieté. Cette perpétuelle comédie leur pesait ; ils ne pouvaient s'accoutumer à cette existence semée d'embûches, de drames sordides, à l'atmosphère de froide perfidie qui les entourait.

Un autre chagrin était venu, quelques jours plus tôt, assombrir encore leur front : Nannie était morte.

Elle s'était éteinte doucement, sans souffrance, entre Hoëlle, sa mère, Miguel et un prêtre qui avait pu venir l'assister en ses derniers instants. Elle était partie en souriant à sa « petite lumière », ainsi qu'elle appelait Hoëlle, et en l'exhortant au courage.

– Bientôt, vous serez à la fin de vos peines, dit-elle d'une voix qui n'était plus qu'un souffle. Bientôt, le bonheur fleurira sous vos pas, votre bonheur... et celui des autres. Le Bien triomphera du Mal... et je veillerai sur vous...

Hoëlle lui avait fermé les yeux. À présent, elle se rappelait, avec des larmes dans les yeux, l'étrange vieille femme et ses extraordinaires propos. Peut-être n'avait-elle pas toute sa raison ? Ou possédait-elle une raison inconnue des communs mortels ? Quoi qu'il en fût, pendant des années, elle avait soutenu, encouragé la petite fée de Kermoal, elle avait exercé sur Miguel une bienfaisante influence et les jeunes gens savaient qu'ils n'oublieraient jamais la sincère affection de cette humble vieille amie.

... Sans encombre, le jeune couple atteignit la vaste salle où, jadis, selon la tradition, s'était réfugié Yves de Porspoët, le trop célèbre imitateur de Gilles de Rais, poursuivi par la vindicte populaire pour ses crimes. Miguel entra, comme il avait pénétré dans le souterrain, en faisant jouer un ressort placé sur la muraille.

Plusieurs personnes se trouvaient réunies dans la caverne, l'apparition des nouveaux venus fut saluée par des exclamations amicales.

– Nous t'attendions impatiemment, mon cher Miguel ! dit Pol de Tréguidy. Il y a du nouveau...

Miguel et sa femme saluèrent ceux qui étaient présents, amis, parents ou voisins des Tréguidy. Il y avait là des hommes de tous les âges et de toutes les conditions, châtelains, paysans et pêcheurs, et aussi un personnage que Miguel n'avait jamais vu. Il arrivait de Paris et ce fut lui qui prit aussitôt la parole.

Il apportait des détails sur la triste nouvelle de la mort du roi Louis XVI, décrivit son paisible courage, puis parla de la guerre qui s'étendait. L'Angleterre, l'Autriche, la Hollande, l'Espagne, le Piémont, s'étaient alliés pour attaquer la France... Enfin, il annonça une loi nouvelle, qui appelait à l'armée tous les hommes en âge de combattre et qui soulevait une grande émotion dans toute la

France.

– À partir du dix mars, dans quelques jours à peine, dit-il, nous devons être arrachés à nos foyers pour nous rendre sur les frontières. Certes, en temps ordinaire, nous aurions tous répondu à l'appel de notre pays, mais, vous le savez, les circonstances sont aujourd'hui bien différentes et notre devoir est autre.

En effet, pour tous ceux qui l'écoutaient, les armées étrangères qui menaçaient la France étaient bien plutôt composées de libérateurs que d'ennemis. Venger la mort du roi, mettre sur le trône le jeune Louis XVII, actuellement prisonnier au Temple, retrouver la liberté d'adorer Dieu et de le servir publiquement en rouvrant les églises, les monastères fermés par les révolutionnaires, c'étaient leurs buts et leur devoir sacrés, comme ceux de centaines, de milliers d'hommes de cœur. Mais ils se savaient impuissants à les atteindre par leurs propres forces et les armées coalisées venaient combattre pour leur cause. Il était très naturel qu'ils refusassent de s'enrôler dans les rangs des partisans de la République nouvelle, qui blasphémaient Dieu, voulaient détruire la religion et refusaient, à qui ne s'inclinait pas devant leur tyrannie, cette liberté dont ils parlaient tant, et si fort.

– Nous avons juré, reprit l'orateur, juré de nous battre, certes, mais contre ceux que nous considérons comme nos véritables ennemis. À la première tentative d'enrôler un seul homme de force, toute la Vendée se soulèvera ; le mouvement est prêt, les paysans sont alertés, et je viens vous demander, au nom de nos vénérés chefs, au nom de notre petit roi Louis XVII, de vous joindre à nous et de nous seconder.

– Nous y sommes tous résolus, répondit Pol de Tréguidy. Déjà, les Bretons se sont soulevés, ont bravement combattu, mais ils ont été trahis. Leurs chefs, arrêtés, ont péri sur l'échafaud...

– Je le sais, hélas ! Peut-être étaient-ils partis trop tôt, insuffisamment préparés. Je crois que, cette fois, nous avons plus de chances de succès. Sans doute n'avons-nous ni beaucoup d'argent, ni beaucoup d'armes... la poudre manque, les canons encore davantage, mais nous avons Dieu avec nous ! Nous vaincrons s'il Lui plaît !

– Nous sommes à vos côtés, déclara Pol solennellement. Nous

suivrons vos instructions.

De temps à autre, un nouveau venu se glissait dans la salle, qui offrait un singulier spectacle. Éclairée tant bien que mal par des bougies et des lanternes apportées par les uns ou les autres, la grotte profonde semblait peuplée d'ombres que reflétaient les murs. Certains des hommes qui étaient là avaient le visage découvert, mais d'autres, désireux de dissimuler leur personnalité, se coiffaient de chapeaux enfoncés jusqu'aux yeux, ou abritaient leurs traits derrière un masque d'étoffe noire. Pol de Tréguidy les connaissait tous, mais beaucoup d'entre eux ignoraient le nom des autres. Tous, cependant, étaient unis par la même inébranlable foi.

Cette salle, découverte jadis par Miguel et indiquée par lui aux Tréguidy, était pour des conjurés un lieu de réunion idéal. Les nombreux embranchements des couloirs secrets aboutissaient à maints endroits dans la campagne ou sur la côte, et il était facile, avec un peu de prudence, d'y accéder sans que nul en sût rien. Plusieurs fois, déjà, elle avait servi à des assemblées nocturnes présidées par Pol qui, depuis longtemps, avait été nommé, à l'unanimité, capitaine de cette région de Cornouaille.

Cependant, le chef vendéen détaillait le plan que chacun devait suivre. Il voulait tout prévoir.

– Dans ce pays reculé, dit-il, il n'y aura peut-être pas de très violents combats, mais, pourtant, il est certain que des engagements plus ou moins nombreux s'y dérouleront... et il y aura des blessés. Vous devrez organiser, pour les soigner, un endroit suffisamment écarté et discret pour que les Bleus ne le découvrent pas. N'oubliez pas qu'un rebelle, tombant aux mains des révolutionnaires, sera passé par les armes...

Tandis qu'il prononçait ces paroles, la porte s'ouvrit encore et trois hommes entrèrent. Ils demeurèrent sur le seuil, écoutant la fin de l'entretien.

– Je crois, dit Hoëlle, intervenant pour la première fois, que je connais un lieu rêvé pour le convertir en hôpital de secours : la chaumière d'une pauvre vieille amie, décédée ces derniers jours...

– La maison de Nannie, la sorcière ? dit l'un des derniers venus, un vieux pêcheur au visage tanné. Oui... certes, je ne crois pas que personne ose se risquer par là ! Mais nos blessés, madame Hoëlle, aimeront-ils s'établir dans une demeure de si mauvais renom ?

La jeune femme eut un rire léger.

– Guénolé, mon ami, je pense qu'ils seront très contents d'avoir un toit sûr pour les abriter, dit-elle. Peut-être la douce ombre de ma chère vieille Nannie écartera-t-elle d'eux ceux qui voudraient leur nuire !

– C'est, ma foi, bien possible ! admit le pêcheur. Mais qui soignera vos blessés ?

– Moi, d'abord...

– Oui, bien sûr, vous, madame Hoëlle, nous savons tous que vous n'avez peur de rien, pas même des sorcières ou de leur fantôme, mais vous serez seule à être si hardie ! Vous ne trouverez personne pour vous aider ! Et s'il se trouve beaucoup de blessés...

– Ma mère me secondera certainement, dit la jeune femme.

– Mme Ely n'est plus jeune... et un homme serait mieux !

– Je vous assisterai, si vous le voulez bien !

Celui qui venait de parler, d'une voix basse et étouffée, était entré avec Guénolé. C'était un jeune homme encore adolescent à en juger par sa taille et sa minceur. Un large mouchoir de cotonnade entourait sa tête jusque sur son front et un masque noir cachait tout le reste de sa figure. Pol de Tréguidy se tourna vers le pêcheur.

– Quel est celui-là ? demanda-t-il. C'est toi qui l'as amené, Guénolé ?

Le pêcheur hocha la tête.

– Oui, monsieur, il est récemment arrivé au pays, c'est pourquoi vous ne le connaissez pas. Il est orphelin et désire se joindre à vous. Il se nomme Yann Kermario.

– C'est bien, dit le jeune homme. Puisque Guénolé répond de toi, tu es des nôtres. C'est entendu, tu soigneras nos blessés avec ma sœur Hoëlle. Mais... je crains que votre bonne volonté ne soit pas suffisante ! À part le docteur Mainsville, je ne connais, hélas ! pas de médecin par ici... et Mainsville ne partage ni nos convictions ni notre idéal !

– Moi, je suis docteur ! dit une voix.

Celui qui parlait était entré, lui aussi, en même temps que Guénolé et Yann. Âgé d'une soixantaine d'années, il était grand et massif et donnait une impression de rare vigueur, malgré ses cheveux gris.

Il avait le teint basané, des yeux noirs comme le charbon et parlait avec un léger accent étranger.

– Comment, señor Pavila, dit Pol, surpris, vous êtes médecin ? Je vous croyais artiste !

– L'un n'empêche pas l'autre, jeune homme ! J'ai exercé plusieurs métiers dans ma vie : ma première profession fut celle de médecin et j'ai soigné nombre de malades, jadis, dans mon pays.

– Cela se trouve on ne peut mieux... Je vous remercie.

Ce señor Agostino Pavila avait été découvert, un jour d'hiver de l'année précédente, par M. Guy de Pénazel, à moitié mort de faim et de froid sur le bord d'une route. Le frère de Mme de Tréguidy était doué, comme sa sœur, d'un cœur compatissant et, renouvelant l'acte charitable du bon Samaritain, il ramassa le malheureux et l'emmena chez lui. L'homme ne tarda pas à reprendre vie.

Il donna à son bienfaiteur peu de détails sur sa vie passée et conta seulement qu'il avait été engagé, quelque vingt ans plus tôt, par un prince allemand pour décorer de fresques la chapelle de son château. Ainsi que M. de Pénazel put en juger par la suite, il possédait effectivement un très beau talent de peintre.

Ensuite, Pavila avait trouvé en Allemagne de nombreuses commandes : cependant, il souhaitait revenir à Paris où il avait vécu pendant sa jeunesse. Il y revint, mais pour peu de temps : la Révolution éclatait bientôt et, manquant de travail dans la capitale, il se rendit en province où on lui confia encore de pieuses images à peindre dans des couvents ou des églises.

Mais le malheur le rejoignit : l'une après l'autre, les communautés religieuses furent supprimées... Pavila, ne sachant où aller, errant de village en village, était tombé dans une profonde misère, et il serait très certainement mort si M. de Pénazel ne s'était trouvé sur son chemin.

Il était donc resté au château de Pénazel. Il n'était pas sot, ne manquait pas d'esprit, et il distrayait le maître du lieu et lui tenait compagnie. Il visitait parfois M. et Mme de Tréguidy, en compagnie de son bienfaiteur, et Miguel l'avait souvent rencontré à Kermoal. Au début, connaissant la nationalité espagnole du peintre, le jeune homme l'avait regardé avec un peu d'inquiétude : il se souvenait des avertissements donnés autrefois par son père adoptif ; Edern lui avait recommandé de se méfier de tout Espagnol... Mais quelques minutes de réflexion l'avaient rassuré. Depuis si longtemps, on avait dû oublier jusqu'à son souvenir dans son pays d'origine et, devenu homme, qu'avait-il à craindre à présent ? Du reste, Pavila ne lui posait jamais aucune question et, visiblement, se souciait fort peu de lui.

La réunion s'achevait. Pol de Tréguidy, debout, invita ses amis à prêter un serment solennel.

– Jurons, dit-il, que nous défendrons jusqu'à la mort la religion et le roi.

D'un grand geste unanime, les conjurés étendirent la main droite.

– Je le jure !

Le cri, s'échappant de toutes les lèvres, fit résonner les murailles de la grotte. Dans l'exaltation générale, personne ne remarqua que, seul, Yann Kermario était resté immobile et silencieux.

Lentement, Miguel et sa femme regagnèrent le manoir. Le jeune homme était soucieux. L'annonce de la révolte ne le surprenait certes pas ; il l'attendait depuis longtemps, comme tous ses amis, comme tout le monde en Bretagne, mais ce qui l'inquiétait, c'était l'existence dangereuse qu'un proche avenir réservait à Hoëlle. Il la savait capable de tous les courages, de tous les dévouements, et ne se reconnaissait pas le droit de l'empêcher de les exercer, mais son cœur amoureux tremblait.

Porspoët, chose étrange, lui avait conseillé de se joindre aux insurgés, après avoir appris par M. de Plouvernon que les Tréguidy faisaient partie de la conjuration. Peut-être pensait-il se garder ainsi contre des représailles possibles des royalistes contre Trenarvan ? À moins qu'il n'eût une autre idée. Miguel, avec douleur, ne pouvait plus croire une seule des paroles de son père adoptif.

Et si les hasards de la guerre civile devaient l'entraîner loin du manoir, le jeune homme frémissait à la pensée d'y laisser Hoëlle sans lui. Ce soir, il se reprochait d'avoir cédé à son amour, de l'avoir épousée.

« Je l'aurais mieux protégée si je n'avais pas été son mari ! » songea-t-il amèrement.

Hoëlle devina qu'il se tourmentait. Elle posa doucement une main sur son bras.

– Qu'as-tu ? murmura-t-elle. Tu es anxieux, Miguel ? Pour moi ? Il ne faut pas, mon aimé.

Il l'entoura passionnément de son bras, la serra contre lui. L'ombre sinistre qui les entourait, la froide humidité du souterrain, lui étreignaient le cœur.

– J'ai peur pour toi, souffla-t-il, peur de tout... et de tous !

– Dieu me protégera, répliqua-t-elle tout bas. Il m'aidera... en toute circonstance.

Par un accord tacite, jamais ils ne faisaient allusion aux crimes de Porspoët. Chaque fois qu'un « visiteur » se présentait à Trenarvan, ils veillaient et venaient ensemble le délivrer. Miguel avait organisé, avec les pêcheurs qu'il connaissait lui-même, une vaste entreprise pour acheminer vers l'Angleterre les suspects obligés de fuir la France ; et, la plupart du temps, les victimes d'Edern, si elles comprenaient qu'on leur avait subtilisé leur or, ne se doutaient pas qu'elles échappaient de justesse à la mort.

Leur sécurité assurée, Miguel et sa femme n'en reparlaient pas et, à Kermoal, les Tréguidy, par estime pour le jeune homme dont ils admiraient le courage et la loyauté, observaient la même consigne de silence. Mais, à cette minute, Hoëlle comprenait très bien quel danger son mari redoutait pour elle.

– Je serai plus prudente encore, promit-elle.

– Si je dois combattre... loin d'ici, parfois... tu resteras seule au manoir.

– Sois tranquille : je ferai... ce qu'il y aura à faire. Je connais les souterrains aussi bien que toi, maintenant. Dieu et la Vierge m'aideront. Ils nous garderont l'un et l'autre... L'un pour l'autre.

Bientôt, les jeunes gens se retrouvèrent à l'air libre. Sans bruit, ils se dirigèrent vers le manoir. Dans la nuit sans lune, éclairée faiblement par la lueur indécise des étoiles, la lugubre demeure se dressait, plus noire que l'obscurité. Miguel ne put réprimer un frisson : Ty an Heussa... la Maison de l'Épouvante ! Comme il comprenait la terrible justesse de ce nom !

Et parce qu'il avait juré de défendre la cause de Dieu et celle du roi de France, il devrait, souvent peut-être, laisser Hoëlle à Ty an Heussa.

II

Le soleil déclinant de cette fin d'après-midi de juin faisait étinceler la mer, l'or des genêts flambait sur les landes. Ahès de Porspoët, vêtue d'une robe d'un bleu-vert qu'elle jugeait en harmonie avec la couleur de ses yeux, sa fine taille serrée dans une large ceinture, se promenait, selon sa vieille habitude.

Tout était calme, même le flot paresseux. On aurait pu oublier que la guerre faisait rage en Vendée, partagée, pour les Blancs, entre les revers et les succès.

En Cornouaille, certes, la paix était bien loin de régner, mais les combats n'étaient guère que des coups de main, destinés à harceler les Bleus, à leur dérober leurs armes, à lutter contre les réquisitions ou à protester contre la disette.

On ne pouvait dire, cependant, qu'il fût très prudent de parcourir la campagne, et Porspoët n'aimait pas que sa fille errât ainsi par monts et par vaux, selon sa fantaisie et souvent très loin du manoir, mais, depuis qu'elle était enfant, Ahès n'en avait jamais fait qu'à sa tête et son père, qui la gâtait par jeu et par insouciance et parce que sa beauté le flattait, avait perdu à peu près toute autorité sur elle.

Elle marchait donc, aspirant l'air tiède et parfumé, lorsque, soudain, d'un buisson au bord du sentier qu'elle suivait, un homme surgit.

– Pour l'amour de Dieu, murmura-t-il, venez à mon aide !

Il était relativement jeune et de traits assez réguliers, mais ses vêtements en loques, ses chaussures poussiéreuses, son visage que couvrait une barbe de plusieurs jours, le rendaient peu agréable à regarder. Ahès devina immédiatement qu'elle se trouvait en présence d'un de ces proscrits dont le nombre croissait chaque jour, de par les lois de plus en plus féroces contre les adversaires de la Révolution.

– Que puis-je faire pour vous ? demanda-t-elle.

– Indiquez-moi un chemin sûr pour parvenir à Kermoal. Je suis traqué, poursuivi depuis trois jours. J'ai réussi, je crois, à brouiller ma trace, mais il faut que j'arrive là-bas le plus vite possible.

– Il serait préférable que vous attendiez la nuit, conseilla la jeune fille. Vous seriez alors moins en danger.

– Ce serait trop tard... et je n'en puis plus. À force de tourner dans des chemins que je connais mal, je suis complètement perdu.

– C'est bon, dit Ahès. Je vais vous conduire.

Elle se dirigea vers la mer. Elle connaissait, dans les rochers escarpés, les failles profondes, les sentiers de chèvres qu'ignoraient ceux qui n'étaient pas du pays et elle guida ce compagnon de mauvaise mine sans lui poser de questions. Elle savait qu'il n'y eût pas répondu et elle s'étonnait qu'il eût confiance en elle. Personne, parmi les familiers des Tréguidy, n'aurait songé à lui demander quelque service que ce soit ! Sans doute ce fugitif ne savait-il pas qu'il s'adressait à Mlle de Porspoët !

Un moment, elle eut la tentation de lui indiquer une fausse direction. Ah ! on se méfiait d'elle à Kermoal ! Eh bien ! on se méfierait à bon droit !

Elle ne suivit pas cette impulsion. Après tout, que lui importait ? Et cela lui semblait divertissant que la fille d'Edern de Porspoët jouât un rôle, si mince fût-il, dans les graves événements qui secouaient la France.

– Voilà, dit-elle après un quart d'heure de marche. Vous ne pouvez plus vous tromper maintenant. Suivez ce sentier droit devant vous et vous arriverez aux bois de Kermoal. Vous les traverserez et vous arriverez en vue du château. Mais... les bois sont touffus à cette époque et vous offrent un abri certain... croyez-moi, demeurez-y jusqu'à la nuit. Et soyez prudent : les murs, parfois, ont des oreilles... ou des yeux !

Elle pensait à Mocaër. Puisqu'elle se mêlait de sauver un homme, mieux valait le sauver tout à fait !

– Je vous remercie. Dieu vous bénisse ! murmura le fugitif avec ferveur.

Elle le regarda s'éloigner avec un haussement d'épaules. La bénédiction de Dieu, pour une Porspoët, n'était guère plus qu'une plaisanterie !

Elle quitta l'abri des rochers, remonta sur la falaise et marcha de nouveau pendant quelque temps. Elle se trouva enfin sur une lande où poussait une herbe rare : deux enfants gardaient là de maigres moutons.

« En somme, se dit-elle avec une certaine fierté, je cours à présent un danger ! Si ces enfants m'avaient vue, tout à l'heure, s'ils me dénonçaient aux sans-culottes, je pourrais être arrêtée ! Il n'en faut pas davantage... »

D'un pas nonchalant, elle traversa la lande, écoutant le bruit léger et soyeux de sa robe. De temps à autre, elle se retournait pour regarder la mer, que le couchant baignait de teintes nacrées. Il était encore trop tôt, à son gré, pour rentrer au manoir, trop tard, cependant, pour continuer sa promenade, et elle se demandait quel parti prendre.

Au moment où elle parvenait à la hauteur des petits bergers, l'un d'eux, un garçonnet d'une dizaine d'années, leva les yeux sur elle. Il y avait de l'effroi dans son regard.

– Prenez garde ! fit-il entre ses dents.

Surprise, la jeune fille se tourna, et elle comprit l'avertissement : des soldats, sous la conduite d'un sergent, s'avançaient dans sa direction. Que devait-elle faire ? Fuir ? N'était-ce pas s'avouer coupable ?

Ahès était énergique. Elle décida de s'arrêter et d'attendre les Bleus. Que lui voulaient-ils ? Peu de chose, peut-être, un renseignement quelconque. Elle allait voir.

À trois pas d'elle, la petite troupe s'immobilisa. Le sergent, d'un ton sec, prit aussitôt la parole :

– Citoyenne, tu as été vue à l'instant avec un rebelle. Où est-il ?

Rapidement, la jeune fille réfléchit. Il semblait fort improbable que personne l'ait aperçue auprès du fugitif et il y avait un grand quart d'heure qu'elle l'avait quitté. Le soldat, furieux d'avoir perdu la trace de celui qu'il poursuivait, espérait retrouver sa piste et tentait d'intimider la première personne qu'il rencontrait. Elle avait tout intérêt à nier.

– Je ne sais ce que vous voulez dire, répliqua-t-elle. Je n'ai rencontré aucun rebelle : je me promène.

L'autre ricana :

– N'essaye pas de me conter des fables, citoyenne ! Il pourrait t'en coûter cher ! Un suspect se cache par ici, il t'a parlé ; dis-nous où il se trouve.

– Je n'en sais absolument rien ! dit Ahès avec hauteur. Cherchez-le vous-même !

Cette arrogance n'était pas faite pour plaire à un sergent de l'armée révolutionnaire. Celui-là fronça les sourcils de façon menaçante :

– Tu te moques de moi ! Et d'ailleurs, qui es-tu ? demanda-t-il avec méfiance en regardant la robe élégante de la jeune fille. Une « ci-devant », toi aussi ? Une aristo ?

Il cracha par terre avec dégoût.

L'instinct empêcha Ahès de décliner aussitôt ses nom et qualité. Cet homme étant étranger au pays, il ne serait nullement impressionné par le fait qu'elle fût une Porspoët de Trenarvan, au contraire, sans doute.

– Je suis une jeune fille de la contrée, dit-elle évasivement. Je n'ai rien à faire avec vos ci-devant ou vos aristos !

– Eh bien ! tu expliqueras cela au commissaire et au tribunal, déclara le sergent. Suis-nous.

Ahès frémit. Elle connaissait la terrible réputation de ces tribunaux révolutionnaires dont la seule sentence était la mort, même pour bien moins encore que ce qu'elle avait fait. Et avant le tribunal, si elle suivait ces hommes, ce serait la prison, après une longue et pénible marche.

– Jusqu'où voulez-vous que je vous suive ? demanda-t-elle sans rien perdre de son arrogance.

Le soldat eut un rire moqueur.

– Jusqu'à Quimper, citoyenne. Puisque tu voulais te promener, tu seras satisfaite !

Quimper était éloigné de deux grandes lieues. Ahès, fort entraînée, pouvait facilement parcourir cette distance. Et, quand la porte de la prison se serait refermée derrière elle, elle n'aurait plus d'espoir. Il ne lui restait que ces deux pauvres lieues, à peine plus de deux heures, pour déjouer la mort.

Elle jugea sage de feindre la docilité.

– C'est bien, dit-elle, je vous suivrai et je parlerai au commissaire ; mais, auparavant, je désire prévenir mon père de mon absence.

Les soldats rirent avec ensemble.

– Excellente idée ! railla le sergent. Tu veux nous attirer dans une embuscade !

Mais nous les connaissons, ces Bretons du diable ! Ton père se passera de notre visite. Allons, assez parlé. En route !

La première ruse avait échoué. Ahès protesta.

– Je ne pourrai jamais marcher aussi longtemps, dit-elle.

– C'est ce que nous verrons. Et je te préviens, citoyenne, au cas où nous rencontrerions des passants, homme ou femme, je t'interdis de leur dire un seul mot, de faire même un geste ! Sans quoi, je tire.

D'un mouvement éloquent, il montra le fusil qu'il avait en bandoulière. Ahès, dédaigneuse, haussa les épaules et ne répondit rien. Les soldats l'encadrèrent.

– En avant ! dit le sergent.

La petite troupe se mit en marche. Ahès réfléchissait fiévreusement. Il lui fallait imaginer un subterfuge, une feinte pour fuir, fuir avant d'atteindre la ville, et la prison ! Presque aussitôt, elle ralentit son pas ordinaire, afin de gagner du temps.

« Je trouverai certainement un moyen de m'échapper ! songea-t-elle. D'ici à Quimper, je rencontrerai nombre de personnes et je n'ai nul besoin de parler ou de faire signe ! Rien qu'à me voir entourée de soldats, on comprendra et on préviendra mon père : il viendra me délivrer. »

Elle poussa un soupir de soulagement. Porspoët ferait intervenir ses amis de l'Assemblée : comment n'y avait-elle pas pensé plus tôt ?

– Tu as tort, citoyen, de t'encombrer de ma personne au lieu de poursuivre ton rebelle ! dit-elle plus aimablement. Mon père est un ami du docteur Marat, et celui-ci, quand il le saura, sera fort en colère que tu aies osé m'arrêter !

Mais, à ce nom qu'elle croyait tout-puissant sur n'importe quel sans-culotte, le sergent ne s'émut pas.

– Le docteur Marat ? répéta-t-il. Je ne connais pas.

– Mais, voyons, c'est un des hommes les plus puissants de la Convention ! Or, je te le répète, c'est un ami !

– Marat... je sais, dit l'un des soldats. Citoyen sergent, n'écoute pas cette femme ! Le citoyen Marat hait ses pareilles et il tuerait celle-là comme une chienne s'il la rencontrait ! Ses boniments ne font qu'aggraver son cas !

– Tes boniments, renchérit le sergent, enchanté du terme, tu les diras, si tu veux, au tribunal. Pour le moment, tais-toi.

Ahès se le tint pour dit. Son optimisme l'abandonnait. Son père, s'il était prévenu à temps, pourrait-il rien pour elle contre ces exaltés qui ne songeaient qu'au massacre ? Et se douterait-il même de ce qui arrivait à sa fille ? Jusqu'à présent, elle n'avait rencontré âme qui vive : les soldats, soigneusement, empruntaient des chemins écartés, évitaient les villages, les fermes et même les chaumières isolées.

Et puis, songea soudain la jeune fille, quiconque apercevrait cette troupe inquiétante d'uniformes que tous craignaient et détestaient, s'empresserait de s'éloigner...

À mesure que de nouvelles pensées naissaient dans son esprit, elle voyait diminuer ses chances de salut.

Pour la première fois de sa vie, Ahès sentit un frisson de peur la parcourir. Ce n'était pas tellement la mort, plus que probable, qui l'effrayait, mais toutes les épreuves qui la précéderaient. Comment supporterait-elle ces abominations ? Et mourir...

Non, elle ne redoutait pas la mort en elle-même, mais mourir, c'est quitter la vie, et Ahès aimait la vie. Elle était jeune et belle, elle avait devant elle un avenir prometteur et il allait falloir renoncer à cela, pour un rien, une sotte promenade ! Elle demeurait certaine qu'on ne l'avait pas vue avec le proscrit : elle mourrait parce que des lâches ne voulaient pas reparaître devant leurs chefs sans prisonnier ! Elle mourrait à vingt ans...

Sa mère aussi était morte, à peine plus âgée...

Ahès ne pensait jamais à sa mère. Ce fut presque une surprise pour elle que le souvenir lui en revînt tout à coup. Elle essaya de se rappeler Jeanne : une image assez vague s'éleva du fond de sa mémoire, celle d'une femme effacée, très douce, timide et triste, et qui agaçait l'enfant remuante et hardie qu'était Ahès.

Et pourtant, dans sa détresse grandissante, c'était la présence de sa mère que la jeune fille souhaitait soudain, avec la passion violente qui caractérisait sa nature emportée. Une mère sait découvrir le moyen de sauver son enfant, se dit-elle. Jeanne l'aurait sauvée...

Mais Jeanne n'était plus là...

Ahès n'avait plus besoin de se forcer pour marcher lentement. L'angoisse, maintenant, l'écrasait, l'étouffait. Jamais elle ne s'était sentie si atrocement seule, si faible, si désemparée. Elle aurait donné n'importe quoi pour qu'une main amie se tendît vers elle, pour un regard de compassion... Et il n'y avait rien autour d'elle que des hommes stupidement décidés à sa perte, et le silence...

Les soldats ne la pressaient pas. Ils étaient las et n'avaient pas envie de courir. Cependant, le sergent ne tarda pas à remarquer la démarche chancelante de sa prisonnière ; il regarda la jeune fille : la crise morale qu'elle traversait creusait ses traits, pâlissait ses joues et il se demanda si elle aurait la force d'aller jusqu'au bout de sa longue course.

Il fit la grimace. Il ne se souciait pas de demeurer en rase campagne après la nuit tombée dans ce pays rempli pour lui de périls.

« Si seulement nous pouvions trouver une carriole, se dit-il, nous en profiterions tous ! Mais, dans ce damné pays, on dirait vraiment qu'il n'y a pas un être humain ! »

– Tâche d'aller un peu plus vite, citoyenne, conseilla-t-il.

Ahès l'entendit comme dans un rêve, un cauchemar plutôt. Elle avait l'impression de marcher depuis des heures, des jours peut-être, et, pourtant, les minutes s'envolaient encore trop vite à son gré. Doucement, le soir tombait. Bientôt, il ferait nuit et elle n'aurait même plus l'espoir d'être reconnue. Que gagnait-elle à prolonger le supplice de l'attente ? Elle eut la tentation d'obéir au sergent, de hâter le pas, d'avancer ainsi le dénouement de sa tragique aventure...

Un instinct plus fort que sa volonté la retint. Elle secoua la tête.

– Je ne peux pas... murmura-t-elle d'une voix rauque.

Le sergent jura. Lentement, toujours plus lentement, ils poursuivirent leur chemin.

Soudain, un bruit lointain s'éleva dans le soir muet : le pas d'un cheval, là-bas, sur la route. Il approchait...

– Halte ! dit le sergent.

Plusieurs minutes s'écoulèrent avant qu'un très vieux véhicule émergeât de l'ombre, traîné par un cheval qui avançait en trébuchant et qui était peut-être encore plus vieux que la voiture. Un homme enveloppé dans une vaste houppelande le conduisait, en fumant une pipe de terre. Un chapeau sans forme et sans couleur le coiffait. Le sergent le héla :

– Eh ! citoyen !

L'équipage continua comme si de rien n'était ; le sergent répéta son appel sans plus de succès.

– Le bonhomme doit être sourd ! grommela-t-il. Arrêtez-le.

Les soldats entourèrent la voiture, l'un d'eux prit le cheval par la bride, tandis que le sergent hurlait de toute sa voix :

– Conduis-nous à Quimper, citoyen !

Le « citoyen », les épaules courbées, le visage gris de crasse, une raide chevelure tombant autour de son chapeau jusque sur son dos, était certainement sourd, en effet, et probablement assez lent d'esprit. La main derrière son oreille, ou plutôt derrière les cheveux qui la recouvraient, il se fit répéter trois fois la phrase et répondit enfin d'une voix cassée :

– Vous conduire à Quimper ?

– Quel imbécile ! gronda le sergent. Il lui faut du temps, vraiment, pour comprendre ! Allez, montez, vous autres, et faites monter la citoyenne.

Le bonhomme regarda les passagers inattendus qui envahissaient sa charrette et il hocha la tête d'un air dubitatif.

– Mon Sultan ne pourra pas tirer tant de monde, dit-il.

Le nom pompeux de la pauvre rosse fit s'esclaffer les soldats, mais le sergent n'était pas d'humeur à rire.

– Il nous tirera ou, sans cela, gare à toi ! dit-il brutalement. Tu recevras une correction qui te remettra peut-être le dos droit !

Le voiturier parut comprendre du premier coup, cette fois, cette algarade prometteuse. Il leva une épaule et attendit, résigné, que toute la troupe eût pris place.

– N'oublie pas mon avertissement ! dit rudement le sergent à Ahès. Pas un mot, ou je t'assomme !

Elle ne prit pas la peine de répondre, la recommandation semblait très inutile. Que pouvait faire pour elle un malheureux sourd à moitié « demeuré » ?

– En route ! dit le sergent.

La charrette s'ébranla en grinçant, emportant dans la nuit maintenant noire Ahès de Porspoët vers son destin.

III

La jeune fille s'imaginait qu'elle parviendrait à la ville plus vite, finalement, qu'elle ne pensait, mais elle perdit bientôt cette illusion. Le pauvre Sultan adoptait une allure de tortue et son conducteur ne faisait rien pour l'inciter à se presser. À ce train, elle ne serait pas à Quimper avant une heure, et encore !

Le sergent trépignait d'impatience.

– Hâte ta bête, citoyen ! commanda-t-il. Nous n'arriverons jamais au but !

Il lui fallut répéter son ordre trois fois. Le voiturier ne répondit que par un vague grognement.

Au premier carrefour, il tourna dans un chemin encaissé entre des talus plantés de pommiers ; sur le sol raboteux, la voiture, même à sa vitesse plus que restreinte, fut secouée par des soubresauts inquiétants. Visiblement, elle était prête à se rompre en morceaux.

– Pourquoi prends-tu ce chemin impossible ? gronda le sergent dans l'oreille du bonhomme.

– Pour arriver plus tôt ! répliqua celui-ci d'un ton rogue.

Sultan allait toujours à pas traînants. Le sergent, avec un geste irrité, se résigna à suivre l'humeur du vieux Breton et de son haridelle. Mais Ahès songeait.

Le hasard ne lui offrait-il pas une chance inespérée ? Dans l'obscurité, ne pouvait-elle sauter de la charrette, s'échapper, se cacher ? Si elle apercevait un bois, à proximité du chemin...

Elle hésitait cependant. Comment parviendrait-elle à tromper la surveillance des soldats ? Si même elle arrivait à sauter de la voiture à leur insu, ils l'entendraient, la poursuivraient, distinguant sa silhouette claire, et son sort en deviendrait encore plus critique...

Ah ! si cette malheureuse guimbarde se brisait ! À chaque instant, elle y semblait prête. Il y aurait alors de l'affolement, tout au moins de la surprise dont elle pouvait profiter. Si pareille aventure pouvait se produire !

Ahès leva les yeux vers le ciel où, derrière un voile de brume, les étoiles brillaient faiblement. Souvent, elle avait entendu Hoëlle invoquer Dieu, Lui demander l'aide ou Le remercier. Existait-il vraiment, cet Être tout-puissant, et s'il existait, écouterait-Il sa prière ? Elle ne s'était jamais souciée de Lui. Et comment doit-on s'adresser à ce mystérieux personnage ? Comment entend-Il les appels des humains ?

De nouveau, la jeune fille pensa à sa mère. Où sont les morts ? Près de Dieu, disent les bonnes gens. Alors...

« Mère ! supplia Ahès du fond de son cœur, si vraiment vous êtes là-haut, sauvez-moi ! Je ne veux pas mourir ! Pas mourir ainsi, tout au moins ! »

Ce fut à ce moment que le sergent perdit patience une fois de plus et la perdit tout à fait.

– Tu te moques de nous, vieux sacripant ! clama-t-il. As-tu oublié ce que je t'ai promis tout à l'heure ? Veux-tu recevoir tout de suite la raclée que tu mérites, par ma foi, depuis longtemps ?

Le voiturier ne s'émut pas. Retirant sa pipe de sa bouche, il répondit tranquillement :

– Je veux bien presser Sultan, citoyen ! Mais ce sera tant pis pour toi s'il y a de la casse !

Il remit sa pipe entre ses dents, saisit son fouet et en cingla avec une vigueur inattendue les côtes saillantes du pauvre animal. Celui-ci, sous l'effet de la surprise, bondit en avant et se lança dans un galop spasmodique ; oscillant d'un côté à l'autre du chemin, la charrette sautait sur les ornières, se balançait comme un bateau ivre.

Les soldats rirent tout d'abord, puis prirent peur. Ils tentèrent, par des cris furieux, de faire cesser cette course folle, mais leurs hurlements ne faisaient, semblait-il, qu'exciter le cheval et son conducteur : ce dernier, comme pris de frénésie, frappait sans relâche le malheureux animal.

Ahès, le cœur battant, les yeux fixés sur la route, guettait le moment, qui lui paraissait inévitable, où la charrette verserait, et lorsqu'une roue, soudain, glissa dans le fossé et que l'attelage bascula dans un grand bruit, elle sauta aussi loin qu'elle le put et roula, assez rudement, sur le talus.

Sa tête heurta une racine... elle entendit, dans une sorte de brouillard, des vociférations, des jurons...

Deux bras robustes l'entourèrent, elle se sentit soulevée de terre, emportée... elle entendit encore des cris, quelques coups de feu et perdit connaissance.

79

Quand elle reprit son esprit, elle était étendue sur un lit. Une chandelle éclairait à demi une salle étroite et basse, au sol de terre battue. Comme elle ouvrait les yeux, une voix joyeuse s'écria :

– Ah ! Dieu merci, la voilà qui revient à la vie !

Une vieille Bretonne en coiffe blanche se penchait vers elle en souriant.

– Ne craignez rien, Ahès ! dit une autre voix. Vous êtes au milieu d'amis !

Quelqu'un s'avançait. La jeune fille, stupéfaite, reconnut Pol de Tréguidy.

– Où sont... les soldats ? balbutia-t-elle.

– Partis, sous bonne garde, pour un lieu où ils ne pourront plus vous nuire. Vous êtes-vous fait du mal en tombant ?

– Oui... non... je ne sais pas. Je me sens tout engourdie ; j'ai eu tellement peur !

– Votre délivrance a été un peu brutale, dit le jeune homme avec confusion. Je vous demande pardon... nous n'avions pas le choix des moyens !

– Je ne veux pas dire l'accident... c'est avant... je... je pensais à... la prison, à... l'échafaud...

Ahès s'exprimait avec difficulté. Elle était encore étourdie par le choc.

– Ce n'était pas là des perspectives très réjouissantes, admit Pol en souriant, mais nous ne vous aurions pas laissée aller jusque-là, ajouta-t-il gaiement.

Ahès le regarda sans comprendre. Elle ne parvenait pas à retrouver ses idées nettement.

– Vous ne m'auriez pas laissée... répéta-t-elle. Et... le vieux sourd ? demanda-t-elle soudain. Qu'est-il devenu ?

– Il a été chaudement félicité. À vrai dire, vous lui devez une fière chandelle, ma chère ! dit Pol en riant. Mais ne vous inquiétez pas de lui, il se porte à merveille. Du reste, le voici, vous allez pouvoir lui parler.

La détente nerveuse aidant, Ahès éclata de rire quand le voiturier s'approcha d'elle. Elle l'avait peu examiné en montant dans la charrette et son apparence était pour elle une surprise ; de petite taille, il était engoncé dans une houppelande beaucoup trop vaste pour lui et qui traînait par terre. Les manches trop longues dépassaient largement le bout de ses doigts, de sorte qu'il avait l'air muni de bras de singe ; le chapeau informe enfoncé jusqu'aux oreilles achevait le ridicule de son accoutrement.

– Je vous demande pardon, citoyenne, de vous avoir traitée si rudement ! dit-il de sa voix cassée.

Ahès riait toujours, essayant vainement de se calmer pour lui répondre. Il ajouta avec bonne humeur :

– Je vous divertis, citoyenne ? C'est vrai que je ne suis pas très joli garçon !

D'un geste prompt, il rejeta d'une main l'ample vêtement tandis que de l'autre il se débarrassait du chapeau. Ahès s'arrêta de rire ; sur son visage effaré, la stupeur remplaçait la gaieté.

Car ce n'était autre qu'Hoëlle qui se tenait là au pied du lit, rieuse à son tour, les joues barbouillées de poussière, une lueur malicieuse dans les yeux.

– Que pensez-vous de mon élégant costume, citoyenne ? demanda-t-elle avec la voix éraillée du voiturier.

– Hoëlle ! articula la jeune fille. Hoëlle ! c'était vous ! Mais comment... ?

– Je vais tout vous expliquer, dit Hoëlle en s'asseyant sans façon sur le bord du lit. Deux petits bergers vous avaient vu emmener par les soldats... le garçon a eu la bienheureuse idée de venir, en courant, prévenir à Kermoal ; grâce à Dieu, nous nous y trouvions, Miguel et moi, et nous avons compris tout de suite, car un ami de Pol venait d'arriver, grâce à vous...

– Comment avez-vous deviné qu'il s'agissait de moi ?

– C'était facile, d'après la description qu'a faite de vous le fugitif que vous aviez mis dans le bon chemin. Bref, tandis que Miguel courait alerter quelques gars de nos amis, Pol a été chercher dans les écuries le pauvre vieux Sultan et la charrette qui vous a si bien secouée. Pendant ce temps, je m'habillais de manière convenable...

Pol l'interrompit :

– Tu vas trop vite ! dit-il. Tu oublies, ma petite sœur, qu'en quelques secondes, alors que Miguel et moi nous nous affolions quelque peu, tu as imaginé dans tous ses détails le plan qui a si parfaitement réussi !

Elle rit. Ses yeux couleur de mer pétillaient de malice.

– Si tu veux, concéda-t-elle. Nous aimions beaucoup nous costumer quand nous étions enfants et nous possédions dans un coin du grenier tout un arsenal de vêtements hors d'usage parmi lesquels je trouvai tout de suite ce qu'il fallait.

Gaiement, elle reprit l'extraordinaire couvre-chef.

– Ce chapeau ! J'y avais cousu, jadis, de longs cheveux sur tout le tour ! J'ai béni aujourd'hui la fantaisie qui m'avait poussée alors !

– Mais ensuite ? Comment m'avez-vous rejointe ? demanda Ahès.

– De loin, la sœur du petit berger vous avait suivie. Elle est revenue sur ses pas pour nous indiquer la route que vous aviez prise. De toute façon, il était probable qu'on vous emmenait à Quimper. Je gage que vous n'avez rencontré personne ? Et pourtant, nombre de gens vous avaient vue ! Suivre votre trace n'était qu'un jeu. Ce qui semblait moins facile, c'était de vous faire monter dans mon carrosse, mais les petits bergers vous avaient entendue dire aux soldats que vous étiez fatiguée, que vous ne pourriez fournir cette longue course ; nous nous sommes doutés que c'était là une feinte, nous vous savons très bonne marcheuse, mais cela suffirait-il pour que vos gardiens consentent à vous faire transporter à la ville par moi ?

– À la vérité, dit la jeune fille, j'étais si angoissée que je marchais avec peine ; je me traînais... et puis, je voulais gagner du temps, sans trop savoir pourquoi, car je n'avais plus grand espoir de m'en tirer !

– Dieu vous a inspirée, dit gravement Hoëlle. Vous avez grandement facilité mon rôle !

– Et où se trouvaient Miguel, Pol et les autres ?

– Ils nous accompagnaient en se dissimulant de leur mieux le long des haies et des murs, prêts à m'aider en cas de besoin. Si les soldats n'avaient pas fait usage de ma voiture, ils les auraient attaqués dès qu'il aurait fait suffisamment nuit. Mais tout s'est passé pour le mieux et vous avez pensé à sauter si adroitement que vous ne vous êtes pas fait trop de mal.

Ahès regarda longuement sa cousine.

– Vous risquiez la mort, dit-elle enfin.

Si on vous avait démasquée, malgré votre déguisement... et vous pouviez vous rompre le cou dans cet accident !

Hoëlle rit.

– Ma foi, confessa-t-elle, je n'ai pas songé à tout cela. Je crois que je n'en ai pas eu le temps. Le plus grand danger, c'était vous qui le couriez ! Je n'avais qu'une crainte, c'est que le pauvre Sultan n'ait pas la force nécessaire pour jouer son rôle... il a été admirable jusqu'au bout.

Sa voix s'attristait. Ahès répéta :

– Jusqu'au bout ?

– Il s'est abattu, épuisé, entraîné par la charrette, dit la jeune femme. Et il ne s'est plus relevé. C'est une belle fin pour un animal, ajouta-t-elle doucement, que mourir en sauvant une vie humaine !

Ahès demeura silencieuse un moment. Elle avait passé par tant d'émotions depuis quelques heures qu'elle avait peine à reprendre son équilibre.

– Où est Miguel ? demanda-t-elle enfin.

– Il a été quérir une autre voiture pour vous ramener à Trenarvan.

La jeune fille se rembrunit.

– Mon père doit me croire perdue ! s'exclama-t-elle.

Hoëlle secoua la tête.

– Tranquillisez-vous : avant de quitter Kermoal, avant même de revêtir le costume que vous savez, j'ai envoyé Mocaër au manoir prévenir que Miguel et moi allions vous rejoindre dans votre promenade et que nous rentrerions certainement très tard. Je crois...

Elle hésita quelques secondes et rougit un peu.

– Je crois qu'il serait préférable de ne pas raconter votre aventure, Ahès ! Une indiscrétion est si vite commise ! Il n'en faudrait pas davantage pour que vous deveniez suspecte et vous seriez sans cesse en danger.

– Et vous, ne l'êtes-vous pas ?

La jeune femme fit un geste évasif.

– Je ne circule jamais seule, dit-elle.

Elle n'ajoutait pas que, de tous côtés, elle était sûre de trouver des amis pour la défendre contre qui que ce fût. La petite fée de Kermoal récoltait la moisson d'amour et de dévouement qu'elle avait semée depuis sa tendre enfance. Ahès était loin d'une telle popularité.

La jeune fille comprit ce qu'on ne lui disait pas et répondit seulement :

– Vous avez sans doute raison. Je ne dirai rien.

– Et soyez prudente à l'avenir, recommanda Hoëlle. Le danger est partout, maintenant.

Elle se leva.

– Il faut que j'aille me laver la figure, dit-elle en riant.

– Une vraie pâte de cendre et d'eau ! répliqua gaiement la jeune femme. J'ai ensuite fait des grimaces pour la craqueler, cela a fait de superbes rides ! À tout à l'heure !

Elle reparut bientôt, ayant retrouvé sa fraîcheur de fleur.

– J'entends une voiture, dit-elle. C'est sûrement Miguel.

Miguel entra, en effet, et s'enquit de la santé de sa sœur d'adoption. Ahès lui tendit la main.

– Ta femme est une héroïne, Miguel ! dit-elle gravement.

Le jeune homme enveloppa Hoëlle d'un regard de tendre admiration.

– Hoëlle, reprit Ahès, je n'oublierai jamais...

Un cabriolet attelé d'un cheval attendait devant la maisonnette. Miguel et Pol aidèrent Ahès à y prendre place. La jeune fille se sentait encore étourdie et douloureuse de partout.

– Au revoir, Ahès ! lui dit Pol. À l'avenir, ne vous écartez plus trop du manoir !

– Oh ! s'exclama-t-elle, allez-vous rentrer à pied à Kermoal ? En nous serrant un peu, ne pouvons-nous tenir quatre dans cette voiture ?

– Ma foi, peut-être, dit le jeune homme en riant. Je n'en serais pas fâché !

Ils se tassèrent dans l'étroit véhicule. Miguel prit les rênes et le cheval partit au trot.

– J'aime mieux ce voyage-là que l'autre... murmura la jeune fille.

Elle éprouvait un extraordinaire sentiment de sécurité, de soulagement. Une chaleur inconnue dilatait son cœur.

– Et votre ami, Pol, demanda-t-elle, celui dont j'ai failli prendre la place, qu'est-il devenu ?

Ahès de Porspoët, chose étrange, se mettait à penser à d'autres qu'elle-même.

– Il est en lieu sûr. Dans deux jours, il gagnera l'Angleterre.

Ahès demeura silencieuse pendant tout le reste du trajet. Ses compagnons, la sachant lasse, respectèrent son mutisme et l'imitèrent. Ils supposaient qu'elle s'était endormie.

Mais elle ne dormait pas. Trop de pensées s'agitaient dans sa tête pour lui permettre le sommeil.

Cette Hoëlle de Tréguidy ! Elle l'avait crue sotte... et voilà qu'elle venait de montrer, si simplement, une audace, une crânerie incroyables !

Et ni elle ni Pol n'avaient hésité un seul instant à risquer leur vie pour sauver la fille des Porspoët...

IV

Par cet après-midi de juillet, le docteur Mainsville arpentait d'un pas nerveux les bois qui entouraient le manoir de Trenarvan.

Il était agité par de multiples soucis, et ces soucis, il ne pouvait ou ne savait y porter remède, ce qui augmentait son déplaisir.

D'abord, tandis qu'il revenait quelques jours plus tôt de l'un de ses fréquents séjours à Paris, son cabriolet avait été arrêté plusieurs fois par des troupes d'hommes armés, soldats républicains ou conjurés royalistes ; les uns comme les autres le regardaient de travers, avaient fouillé de fond en comble ses bagages (heureusement, il n'emportait jamais d'argent avec lui), et enfin l'avaient obligé à crier « Vive la nation ! » ou «Vive le roi ! » selon les cas.

Mainsville ne demandait pas mieux que de crier tout ce qu'on voulait, s'il pouvait y trouver avantage ; il aurait volontiers ajouté : « Vive le pape ! » ou « Vive le diable ! » pour peu qu'on le lui eût demandé, mais il n'en jugeait pas moins désagréable et même inquiétant de voir ainsi son voyage interrompu et sa sécurité menacée. Il lui était très indifférent de voir mourir son prochain, mais il tenait vivement à sa propre existence.

Ce n'était pas là, cependant, son plus grave sujet de préoccupation.

Depuis des semaines, il parcourait la capitale, à la recherche de « suspects » désireux de quitter la France et qu'il entendait « aider » à sa façon, avec le concours de son ami Edern de Porspoët, à échapper aux tribunaux révolutionnaires et à la guillotine. Il n'avait pas exercé pendant plusieurs mois son abominable activité sans connaître de nombreuses portes auxquelles frapper pour trouver les victimes qu'il souhaitait.

Or, au cours de ce dernier séjour à Paris, s'il avait rencontré bien des gens qui ne songeaient qu'à fuir, ceux-ci, avec un singulier ensemble, avaient opposé à ses offres de service une fin de non recevoir sans équivoque. Ils l'avaient même assez mal accueilli, avec des airs ironiques qui en disaient long. On eût juré qu'ils savaient à quoi ils s'exposaient en acceptant le concours de Mainsville !

Et cela lui donnait à penser. Naguère, les hommes que menaçait la mort écoutaient avec joie et reconnaissance celui qui leur promettait la liberté à brève échéance. Pour quelle raison faisaient-ils maintenant la sourde oreille ?

Mainsville avait beau tourner et retourner la question dans son esprit subtil, il ne parvenait qu'à une seule explication : ces hommes avaient été prévenus du guet-apens dans lequel on voulait les entraîner. Qui pouvait les avoir avertis ?

Qui... ? Sinon les ennemis séculaires de Ty an Heussa, ceux qui toujours avaient cherché à entraver les entreprises criminelles des Porspoët : les Tréguidy de Kermoal.

Les Tréguidy... oui, certes, le docteur ne voyait qu'eux pour être responsables de ce nouvel état de choses. Mais comment savaient-ils ce qui se passait au manoir ?

Avaient-ils là quelque espion ? La servante ? Ou Hoëlle ? Ou Miguel ?

La servante... non, c'était franchement impossible. Même si elle se doutait de quelque chose, et c'était bien improbable, elle n'eût pas osé en parler. Du reste, lorsque Porspoët emmenait ses victimes dans les souterrains, il passait nécessairement par la bibliothèque et sa porte secrète, et nul ne pouvait être témoin de ses gestes dans cette salle sans qu'il le sût. Ce fait, évidemment, valait aussi bien pour la servante que pour Hoëlle ou Miguel.

Et pourtant, sans aucun doute, les Tréguidy et leurs nombreux amis connaissaient le danger qui guettait les hôtes de Ty an Heussa !

Hoëlle ou Miguel...

Edern avait-il été assez sot pour se confier à eux ? Certes, cela lui ressemblait peu, mais il avait tant changé !

« En somme, se dit Mainsville avec irritation, il se moque de tout cela à présent ! Ce maudit Miguel, que le diable l'emporte ! trouve moyen de faire payer exactement leurs fermages aux cultivateurs de Trenarvan, et Porspoët, ne manquant de rien, juge très bon de se reposer ! »

Miguel... il en revenait toujours à lui, à lui et à sa femme : autant dire aux Tréguidy... Comme il haïssait ceux-là ! Et cet imbécile d'Edern oubliait les rancunes ancestrales à cause du joli visage d'Hoëlle. Il acceptait maintenant n'importe quoi : sous prétexte d'aider Miguel à échapper à la loi de conscription, il l'autorisait à aller, de temps à autre, se battre en Vendée avec les Blancs ! Et pendant l'absence de son fils adoptif, lui-même veillait à ce que Linda se montrât courtoise envers Hoëlle ! Ah ! cette petite sotte l'avait bien circonvenu !

Quel rôle jouait-elle exactement ? Quel rôle faisait-elle jouer à son mari ?

« Il faudra que j'en aie le cœur net », songea Mainsville.

Mais par quel moyen ?

Il venait de voir Edern et de lui annoncer une nouvelle qui était encore un de ses soucis : le docteur Marat, quelques jours plus tôt, avait été assassiné par une femme que révoltait son inextinguible soif de sang et de massacres. Marat disparu, un très grand appui manquait désormais à Porspoët et à son ami ; ils ne connaissaient plus personne qui occupât à la Convention une place importante. Là aussi, la guillotine avait fait des ravages et les événements politiques se déroulaient à une telle cadence que nul ne pouvait, à l'heure actuelle, être sûr du lendemain.

Mais Edern, selon sa nouvelle habitude, montrait un tranquille optimisme. L'alliance de Miguel avec les royalistes protégeait Trenarvan contre ces derniers, et la situation du manoir, dans une contrée peu accessible, mal connue de ceux qui n'étaient pas du pays, le mettait à l'abri des révolutionnaires. Il n'y avait pas à le sortir de là...

Mainsville avait tenté, ensuite, d'interroger encore Ahès. Mais la jeune fille le décevait. Elle ne voyait rien, ne devinait rien. Murée dans son égoïsme, elle ne s'intéressait visiblement qu'à elle-même.

Irrité, le docteur cherchait une inspiration. Sans doute avait-il la ressource de dénoncer les Tréguidy au commissaire de la Convention, à Quimper... Mais les Tréguidy agissaient avec tant d'adresse, tant de discrétion, qu'il semblait très difficile, sinon impossible, d'acquérir de véritables preuves de leur rébellion. En vain, Mainsville avait interrogé les paysans ou les pêcheurs sur les gens de Kermoal : on lui répondait invariablement que Mme Ely visitait les malades et les malheureux, ainsi qu'elle l'avait toujours fait, que son mari et son fils administraient leurs domaines, comme par le passé. À des lieues à la ronde, tout le monde chérissait les Tréguidy. Essayer de leur nuire auprès des pouvoirs publics serait s'attirer une vengeance certaine.

Partagé entre la crainte et son désir forcené d'augmenter son trésor, le docteur marcha longtemps dans les bois silencieux, fouillant son esprit inventif. Il voulait trouver une solution.

Peu à peu, une idée germa, prit corps. Elle n'était pas facile à réaliser, elle exigerait des efforts, le concours d'un complice très malaisé à découvrir... et cependant...

« Ainsi, je serais fixé, conclut Mainsville. Ce serait déjà un pas de fait... un grand pas. »

Et enfin, il rentra chez lui pour réfléchir encore. Il guetterait l'occasion, il la saisirait, il la provoquerait au besoin ; il finirait par écraser, par sa diabolique astuce, celui qui osait se mettre en travers de ses desseins !

V

Contrairement à ce que redoutait Miguel, la guerre civile ne l'obligeait pas très souvent à quitter le manoir, au moins pour de longues absences. Parfois, un engagement important en Vendée nécessitait le secours des Bretons, mais, la plupart du temps, ceux-ci étaient plutôt chargés de tenir l'ennemi en haleine par des embuscades, afin d'empêcher la Convention d'expédier les troupes cantonnées en Bretagne vers la Vendée.

Les gars de Kermoal, passés maîtres dans l'art des coups de main inattendus, conduits par un capitaine tel que Pol de Tréguidy qui alliait la sagesse à l'audace et qui savait préparer minutieusement d'adroites manœuvres, comptaient peu de blessés dans leurs rangs. Aussi, la chaumière de Nannie connaissait-elle un calme relatif.

Cela n'empêchait pas, quand sonnait l'heure de l'alerte, Hoëlle, le señor Pavila et Yann Kermario de s'y rendre aussitôt pour y attendre les éclopés éventuels. Ceux-ci, du reste, n'y demeuraient pas longtemps. Pavila leur donnait les premiers soins, avec l'aide de ses compagnons, et, ensuite, ses « clients » se faisaient ramener chez eux par leurs camarades. Mme Ely et sa fille allaient alors les soigner, sans grand risque : on était si habitué, dans la contrée, à les voir visiter les malades !

C'était toujours pendant la nuit que la « maison de la sorcière » accueillait ses hôtes d'infortune. Hoëlle y allait discrètement, grâce à un souterrain qui aboutissait près de là ; les deux autres la rejoignaient par des sentiers détournés. Mme Ely n'y paraissait pas : ses enfants jugeaient préférable qu'elle demeurât au château aux heures nocturnes.

L'Espagnol, Hoëlle et Yann étaient assis, par une chaude nuit d'août, dans la petite salle où si souvent la jeune femme était venue écouter les étranges discours de sa vieille amie. Les volets de bois étaient tirés soigneusement, on ne pouvait distinguer du dehors la lueur de l'unique chandelle qui les éclairait. Dans la chambre attenante, des lits de camps attendaient leurs occupants, qu'on espérait peu nombreux.

Hoëlle se leva pour confectionner du café. D'ordinaire, après leurs équipées, Miguel, Pol et quelques conjurés venaient rejoindre la jeune femme et ses amis dans la maisonnette et ils étaient contents d'y trouver un peu de réconfort.

La jeune femme, ayant apprécié les avantages du déguisement lors du sauvetage d'Ahès, avait adopté, pour ses veilles dans le petit hôpital, le costume traditionnel des paysannes bretonnes : ample jupe et corselet ajusté, à larges manches bordées de velours, tablier fleuri et coiffe neigeuse. Cela suffisait, pensait-elle, pour que ceux qui ne la connaissaient pas la prissent pour une quelconque fille du pays. Et elle n'avait à redouter que des étrangers à la Cornouaille.

Elle jugeait ce costume plus discret que le masque noir dont Yann s'obstinait à couvrir son visage et qui le dissimulait des cheveux au menton, ses cheveux mêmes étant cachés par le mouchoir qu'il tenait serré autour de sa tête. Semblable accoutrement, songeait Hoëlle, était bien plus propre à éveiller des soupçons qu'à protéger celui qui le portait.

Elle en avait fait la remarque au jeune homme, mais celui-ci avait seulement secoué la tête.

– Chacun n'est-il pas libre de se vêtir à son gré ? demanda-t-il.

Hoëlle n'insista pas, mais elle se dit que si, par malchance, un Bleu entrait un soir dans la chaumière, à moins qu'il ne fût aveugle ou imbécile, il comprendrait aussitôt à qui il avait affaire. Yann, avec son parti pris de mystère, était assez compromettant.

Cependant, à part ce caprice qui avait peut-être, après tout, un motif plausible, il se montrait un auxiliaire précieux. Lorsqu'un combat était prévu, Guénolé, le pêcheur, se chargeait de le prévenir et il ne manquait jamais à l'appel ; il était adroit, complaisant, actif et ne grognait jamais. Il parlait peu, d'une voix basse et seulement pour prononcer les paroles indispensables. Hoëlle se demandait parfois quel pouvait être cet inconnu, si désireux de conserver l'incognito.

Du señor Pavila, on ne pouvait dire qu'il fût un très aimable compagnon. Lui, se plaignait tout le temps, de tout, maudissait le « pays de sauvages », la maisonnette où « tout manquait », la France où les gens ne savaient s'entendre. Il donnait, d'une voix dure, des ordres brusques aux jeunes gens et les faisait travailler sans vergogne, en se reposant lui-même le plus possible. Par ailleurs, il était dévoué envers les blessés et les soignait avec une rare habileté. Ainsi que le disait très justement Hoëlle, c'était précisément ce qu'on attendait de lui. Elle lui prêtait, avec un caractère difficile, un cœur compatissant et elle ne lui en demandait pas davantage.

Elle-même, il fallait l'avouer, ne se sentait pas d'humeur joyeuse en ces nuits d'attente où elle savait son mari et son frère en danger. À chaque fois, c'était pour elle un déchirement que de quitter Miguel. Le jour viendrait-il jamais, songeait-elle, où ils pourraient vivre heureux et tranquilles, sans la perpétuelle menace de la guerre et l'incessante crainte de voir se perpétrer au manoir de nouveaux forfaits ? Depuis quelques semaines, il ne s'était pas présenté de nouveaux « visiteurs » à Trenarvan, mais elle n'osait espérer que cette trêve devînt définitive.

Elle pensait à tout cela, comme si souvent, quand elle tressaillit : des coups violents ébranlaient la porte.

Les trois amis se regardèrent. Qui, à cette heure, s'annonçait de cette manière insolite ?

De nouveaux coups retentirent. Une voix masculine cria, péremptoire :

– Au nom de la Nation, ouvrez !

Hoëlle jeta un regard anxieux vers Yann. Allait-il se décider à retirer son dangereux masque ?

Le jeune homme mit un doigt sur ses lèvres et, sans bruit, passa dans la chambre voisine, dont il referma la porte derrière elle. Hoëlle éleva la voix :

– Qui est là ? demanda-t-elle.

– Un officier de l'armée républicaine ! lui fut-il répondu fièrement. Ouvre, si tu ne veux pas que j'enfonce la porte !

D'un pas mesuré, Hoëlle traversa la pièce et obéit. Trois hommes entrèrent ; celui qui les commandait était jeune et d'allure distinguée. Il parut surpris en se trouvant devant cette gracieuse jeune femme. Il balbutia :

– Pardon, citoyenne, mais... un de mes hommes a vu, tantôt, un rebelle se cacher dans ta maison et...

Hoëlle frémit. Yann ! C'était lui, sans doute, qu'on recherchait ! Comment le sauver ?

– Il n'y a personne ici, dit-elle fermement, que moi et mon grand-père. Ne faites pas attention à lui, ajouta-t-elle, il n'entend que le breton.

C'était là la consigne qui avait été imposée à Pavila : en cas de danger, il devenait le grand-père d'Hoëlle et de Yann et ne savait pas parler français. Cela lui permettait de garder le silence et de ne pas révéler son accent espagnol.

– Ne tente pas de me leurrer, citoyenne, reprit l'officier sur un ton d'excuse. Un homme est caché ici et nous sommes venus l'arrêter. Il ne peut nous échapper, la maison est cernée.

Il parlait avec un visible embarras. La beauté saisissante de la jeune femme l'impressionnait évidemment et aussi le charme très doux qui émanait d'elle.

– Vraiment, dit Hoëlle, je ne sais ce que vous voulez dire ; un jeune homme est venu, en effet, il y a peu de temps, voir si mon mari était rentré, mais il est reparti. Nous-mêmes ne sommes arrivés que tard dans la soirée : j'étais chez mes parents et mon grand-père travaillait aux champs.

Elle jugeait sage de dévoiler des détails suffisamment exacts pour inspirer confiance à son interlocuteur et le retenir là, à discuter, le plus longtemps possible, afin de donner à Yann quelques minutes supplémentaires. S'il pouvait avoir une idée pour se cacher... Mais où, hélas ?

L'officier hocha la tête.

– Je sais tout cela, dit-il. Un homme surveillait la maison. Mais comment se fait-il, citoyenne, qu'à cette heure tardive, tu sois encore debout ?

Une inspiration providentielle éclaira la jeune femme : il lui fallait donner à tout des explications vraisemblables et elle pensait, soudain, à la pièce voisine, aux lits nombreux, qui surprendraient, à bon droit, ses visiteurs !

– J'attends mon mari et mon frère, dit-elle. Ils sont partis pêcher en mer et vont revenir avec l'équipage de la barque. Voyez : je leur préparais du café.

Elle dut faire effort pour ne pas rire de la mine anxieuse de son interlocuteur.

Certes, la perspective de se trouver soudain face à face avec des pêcheurs bretons ne lui souriait pas.

– Je regrette, citoyenne, dit-il. Il nous faut fouiller la maison.

Pavila, silencieux, jusque-là, bredouilla les quelques mots bretons qu'il avait appris pour les besoins d'un cas semblable. Hoëlle, qui parlait couramment la langue, lui répondit longuement.

– Mon grand-père s'étonne de votre présence, expliqua-t-elle aux Bleus. Vraiment...

Elle rougit et baissa les yeux.

– Je ne pourrais héberger ici qui que ce soit, murmura-t-elle. Mon mari est… très jaloux et m'interdit d'ouvrir la porte à nul autre que lui. Il a fallu, citoyen, que vous me donniez un ordre formel pour que je lui désobéisse !

– Je ne veux pas dire que je te soupçonne en aucune façon ! répliqua vivement l'officier. L'homme s'est caché sous ton toit à ton insu… Je te prie de nous laisser le chercher.

Il n'y avait plus à résister : prolonger la discussion eût fait naître une dangereuse méfiance. Hoëlle, jetant silencieusement une prière vers le Ciel, ouvrit la porte de la chambre.

– Entrez, citoyen, dit-elle seulement.

Un soldat prit sur la table la chandelle pour éclairer la scène. La pièce était vide, mais les visiteurs négligeraient-ils la soupente qui servait de cuisine et où Yann se trouvait sûrement ?

– C'est là la chambre qu'occupent mon frère et les pêcheurs, expliqua la jeune femme.

Elle parvenait, à force de volonté, à conserver une voix paisible, tandis que son cœur battait à l'étouffer.

Les soldats examinèrent les murs, les frappèrent pour en vérifier l'épaisseur. Ils entrèrent dans la soupente…

Hoëlle faillit pousser un cri de joie : il n'y avait personne dans la soupente !

Les alentours de la chaumière furent visités avec autant de soin, mais sans plus de résultat. Hoëlle se sentait renaître.

– Peut-être, suggéra-t-elle, mon mari pourra-t-il vous renseigner ? Attendez-le citoyen ! Il ne va pas tarder maintenant, l'heure s'avance…

Le soldat semblait déçu et, pourtant, soulagé. Il ne désirait pas, sans doute, amener de graves ennuis à une jeune femme aussi ravissante ! Il secoua négativement la tête.

– Je ne veux pas te déranger plus longtemps, citoyenne, dit-il. Tu disais vrai : il n'y a personne ici. Sans doute mon homme se sera-t-il trompé.

– Vraiment, insista Hoëlle, vous ne voulez pas attendre ?

Les soldats étaient plutôt très désireux de s'en aller avant l'arrivée des pêcheurs. Avec un mot d'excuse et un salut, l'officier donna l'ordre du départ. Hoëlle et Pavila l'entendirent appeler les soldats qui montaient la garde au-dehors, puis leurs pas s'éloignèrent.

– Mon Dieu, merci ! murmura la jeune femme avec ferveur.

Elle ouvrit doucement la fenêtre pour être bien certaine du départ des importuns. Bientôt, elle ne les entendit même plus.

– Tu as été... magnifique, petite ! grommela Pavila.

L'Espagnol avait adopté la familiarité révolutionnaire. Un compliment, dans sa bouche, était chose rare et Hoëlle sourit de plaisir.

– Mais où diable est passé Yann ? ajouta-t-il.

– Je me le demande...

À ce moment, une voix qui semblait descendre du ciel héla la jeune femme.

– Mon Dieu, c'est lui ! s'écria-t-elle. Où êtes-vous ?

– Sur le toit. Venez m'ouvrir la lucarne de la soupente.

Le cœur battant de joie, Hoëlle s'élança. La lucarne était si petite que les soldats n'y avaient prêté aucune attention ; Yann l'avait refermée de l'extérieur et ne pouvait la rouvrir. Hoëlle s'empressa de pousser le panneau.

La tête de Yann et son indispensable masque apparurent.

– Fais attention, dit-il, oubliant dans l'émotion du moment le « vous » respectueux qu'il employait d'ordinaire. Je ne suis pas seul. J'envoie l'autre...

Hoëlle le vit se pencher, puis s'avancer, courbé en deux comme s'il tirait quelque chose de très pesant. Enfin, elle aperçut avec stupeur deux pieds qui s'engagèrent à travers la lucarne, puis deux jambes et, enfin, un corps assez élégamment vêtu.

Un homme d'une cinquantaine d'années, après avoir passé péniblement par l'étroite ouverture, resta debout sur le sol, immobile, affreusement pâle.

– Je crois qu'il a besoin du docteur Pavila, remarqua Yann qui l'avait rejoint d'un saut léger. La peine qu'il s'est donnée pour grimper sur ce bienheureux toit l'a tué plus qu'à demi, j'en ai peur ! J'ai cru que je n'arriverais jamais à le hisser là-haut, puis à l'y maintenir... mais la peur donne des forces et tu nous as ménagé du temps ! Sans quoi...

Avec un rire étouffé, il fit, de la main, le geste de se trancher la tête.

– Nous y avons échappé grâce à toi, dit-il. Maintenant, mettons ce citoyen sur un lit.

Pavila aida les jeunes gens à étendre le malheureux. Il l'examina longuement.

– Il a le cœur gravement atteint, constata-t-il. Pour le tirer de là, il faudrait des soins constants...

Miguel et Pol revinrent sur ces entrefaites, seuls : la chance les avait favorisés, il n'y avait aucun blessé à soigner. En quelques mots, ils furent mis au courant de la situation. Yann conta les détails de l'aventure.

– En entendant les soldats, dit-il, je m'élançai dans la chambre et, de là, dans la soupente, non sans avoir écouté un peu de la conversation. À ma consternation, je trouvai dans la soupente cet homme, à moitié mort de fatigue et d'émotion. Je compris que c'était lui qui nous attirait cette désagréable visite et je pensai que si nous ne voulions pas, tous, tâter de la prison... et du reste, il fallait nous cacher, et nous bien cacher ! J'avisai la lucarne : elle n'est pas grande, mais, par chance, je suis mince et notre hôte l'est aussi ! En trois mots, je lui expliquai mon dessein et le convainquis de m'accompagner sur le toit !

Il rit, un peu nerveusement.

– Je me demande maintenant comment j'ai fait pour monter avec lui ! dit-il gaiement, il n'avait presque plus de forces et me semblait peser le poids d'une montagne ! Enfin, nous parvînmes à nous hisser ; je repoussai le panneau et m'allongeai sur le chaume auprès de mon compagnon, tout à fait évanoui cette fois. Dès que j'ai entendu le señor Pavila parler français, j'ai pensé que tout danger était écarté et j'ai appelé Hoëlle.

– Mais, dit la jeune femme, les soldats ne vous ont pas vus ?

– La nuit était très obscure et ils étaient surtout fort occupés à écouter ce qui se disait dans la maison et puis ils n'ont pas songé à regarder en l'air.

– Vous avez été tous pleins de courage et de sang-froid, dit Pol. Yann, je te félicite : ta présence d'esprit, ton énergie, ton ingéniosité, sont au-dessus de tout éloge. Tu peux être fier de toi !

– Merci... dit le jeune homme très bas.

– Et maintenant, reprit Pol, qu'allons-nous faire de ce malheureux ? Et qui est-il ?

– Le marquis de Bellefontaine, répondit Yann. Il me l'a dit quand je l'ai découvert dans la soupente !

– Laissons-le ici, suggéra Hoëlle, ma mère et moi viendrons le soigner, et le señor Pavila...

Miguel secoua la tête.

– Ce n'est pas prudent, dit-il. Si jamais les soldats s'avisaient de revenir...

– Alors... Kermoal ?

– Non, répliquèrent avec ensemble Miguel et Pol qui songeaient à Mocaër.

– Voyons ! s'exclama la jeune femme, on ne peut laisser mourir un chrétien sans se préoccuper de lui !

– J'ai peut-être une idée, dit Pavila.

Tous l'écoutèrent attentivement.

– Il y a par ici un médecin nommé Mainsville, commença l'Espagnol. Je ne le connais pas personnellement, mais je sais qu'il est très capable et dévoué pour ses malades. Je pourrais lui demander de prendre le nôtre en pension jusqu'à sa guérison, après quoi Pol et Miguel organiseraient sa fuite.

Un silence un peu gêné accueillit cette suggestion. Yann, le premier, y répondit :

– J'ai entendu dire que ce docteur Mainsville est fort sympathique à la révolution. Serait-il sage d'aller, en quelque sorte, vous livrer à lui ?

– Il ne me connaît pas, dit Pavila, et je me garderai de lui fournir trop d'explications.

– Sans doute... mais quelle sera son attitude vis-à-vis d'un suspect ? Consentira-t-il à le soigner et, à plus forte raison, à le recevoir ? Ce pauvre homme serait-il là en sécurité ?

– Si ce Mainsville est ami des Bleus, notre malade sera parfaitement en sûreté chez lui, bougonna l'Espagnol, et je pense qu'un médecin ne peut que consentir à soigner un mourant, qu'il soit du même bord ou non. Je soigne bien vos blessés, moi, et Dieu sait si je me moque des royalistes autant que des républicains !

– Oui, cher señor Pavila, dit doucement Hoëlle, mais, vous, vous êtes bon.

Jamais encore, au cours de son existence mouvementée, Pavila n'avait reçu semblable compliment. Il en resta interloqué et jeta un regard à la jeune femme, se demandant si elle parlait sérieusement, mais le visage d'Hoëlle n'exprimait que la sincérité de ses sentiments.

– Quoi qu'il en soit, grogna-t-il, avez-vous une autre solution à proposer ? Le temps presse : nous risquons tous notre vie pour ce moribond !

– Peut-être qu'en proposant pour M. de Bellefontaine une généreuse somme au docteur Mainsville, obtiendrait-on son concours ? Le marquis est riche, sans doute.

– Oui... on peut essayer, mais cela ne change pas grand-chose à la situation.

Pol de Tréguidy intervint :

– Vous pouvez tenter la chance auprès du docteur Mainsville, señor Pavila. Si vous échouez, nous en serons quittes pour revenir au point où nous en sommes présentement.

– Je peux le menacer de terribles châtiments s'il refuse, suggéra l'Espagnol.

Mais Hoëlle n'était pas de cet avis.

– Demandez-lui seulement cet acte de charité, dit-elle. Pourquoi lui retirer tout mérite, s'il était prêt à se dévouer ?

– Tu es bien trop bonne pour ce monde mauvais, petite ! marmonna le peintre-médecin entre ses dents. Je ferai comme tu voudras.

– Et... ne parlez pas de la richesse possible de M. de Bellefontaine, ajouta Miguel. Il me semble que c'est très inutile. Si le marquis a sur lui une somme importante, il pourra la confier à Pol et ne garder que ce qui lui est nécessaire pour le prix de sa pension.

La décision prise, Pol en fit part au malade qui était prêt à approuver n'importe quoi. Il fut enroulé dans une couverture et transporté en lieu sûr, c'est-à-dire dans le souterrain, et Pavila demeura près de lui. Miguel, Pol et Hoëlle restèrent dans la chaumière de Nannie pour y passer la fin de la nuit, afin de ne faire naître nulle méfiance au cas où les soldats y reviendraient. Yann, par contre, s'en fut, selon sa coutume, sans dire où il allait.

Aucune visite intempestive ne dérangea les jeunes gens. Au petit matin, Miguel et sa femme regagnèrent Trenarvan, tandis que Pavila, ayant été chercher une charrette à Kermoal, chargeait le marquis et se rendait chez le docteur Mainsville.

Celui-ci justifia les pronostics de l'Espagnol ; il consentit immédiatement à héberger et à soigner le fugitif. Il promit d'être discret et ne posa aucune question, se contentant des explications très brèves de Pavila.

– Soyez tranquille, affirma-t-il. Je ferai l'impossible pour guérir cet homme.

Pavila ne remarqua point le sourire de cruel triomphe qui se jouait sur les lèvres de son confrère...

VI

Le docteur Mainsville ne croyait pas à la Providence, mais il pensait qu'une forte volonté jointe à une tenace patience finissent toujours par apporter l'occasion désirée à celui qui la guette.

Cette occasion, un inconnu la lui avait apportée. À peine l'Espagnol eut-il prononcé quelques mots, Mainsville comprit la chance inespérée qui se présentait à lui.

Selon sa promesse, il ne négligea ni son temps, ni sa peine, ni sa science pour remettre sur pied l'infortuné M. de Bellefontaine. Ce n'était, du reste, qu'à la suite d'une fatigue excessive que celui-ci s'était écroulé ; sa constitution demeurait robuste et avec l'aide de médicaments judicieusement octroyés, il reprit bientôt ses forces.

L'esprit érudit et distingué de Mainsville en faisait un très agréable causeur, et le proscrit ne tarda pas à l'apprécier. La façon dont on le traitait ne pouvait que lui donner confiance... Il se prit d'amitié pour le docteur et lui confia son désir, que l'autre avait déjà deviné, de passer en Angleterre. Mais il demeura muet, obéissant en cela aux recommandations de Pavila, sur le rôle joué par les jeunes gens de la chaumière dont il ignorait d'ailleurs le nom. Il conta qu'un Espagnol l'avait trouvé mourant sur le bord de la route.

Mainsville avait remarqué l'accent de Pavila. Le mot « espagnol » lui faisait toujours dresser l'oreille. Il résolut de rechercher plus tard l'homme qui lui avait amené le malade.

Pour le moment, il ruminait la proche exécution de son affreux projet et se gardait d'éveiller la méfiance de son hôte en l'interrogeant sans discrétion.

– Je crois avoir trouvé un sûr moyen de vous faire passer en Angleterre, lui dit-il un matin. J'ai près d'ici un ami auquel de nombreux pêcheurs de la côte sont tout dévoués et à qui ils seraient heureux de rendre service. Si vous le désirez, je vais aller trouver cet ami et voir avec lui ce qu'il peut faire pour vous. Le pauvre marquis accepta l'offre avec joie. Il se sentait très bien, affirma-t-il, et voulait au plus vite débarrasser son bienfaiteur de son encombrante personne.

Mainsville, en se frottant les mains de satisfaction, se rendit à Trenarvan.

– Je viens te demander une faveur, dit-il à Edern. Peux-tu, par l'habituel moyen, me débarrasser d'un homme qui est actuellement chez moi ? Malheureusement, il ne possède aucune fortune et ce n'est certes pas une affaire que je te propose !

Porspoët n'en était pas à un meurtre près...

– Je te rendrai ce petit service avec plaisir ! dit-il cyniquement. Envoie-moi ton homme...

– Je crois même que je te l'amènerai, dit le docteur. Il me connaît et ne se méfiera pas si je suis là. Nous pourrions... déjeuner avec toi ensemble demain, avant... l'expédition, cela te convient ?

– Cela me convient parfaitement. Je vous attends donc demain tous les deux !

Le jour suivant, Hoëlle et Miguel, entrant dans la salle pour le repas de midi, reçurent un compréhensible choc en voyant le rescapé de naguère prendre place à table avec le docteur Mainsville. Ils craignirent un instant que le marquis ne montrât qu'il les connaissait, mais par bonheur il n'en fut rien. Sans doute M. de Bellefontaine était-il si mal en point lorsqu'il avait rencontré les jeunes gens qu'il avait oublié leurs traits. Mais tous deux firent un grand effort pour dissimuler leur tristesse et leur dégoût... Si Mainsville avait amené son patient au manoir pour lui faire subir le sort des autres « visiteurs », Edern et lui allaient commettre un crime encore bien pire que leurs autres forfaits. Ils trahissaient la confiance d'un être sans défense, et ils agissaient aujourd'hui, semblait-il, par une sorte d'amour du mal pour le mal ! La vengeance ou l'appât du gain ne sont certes pas des excuses au meurtre, mais ils sont à tout le moins une explication. Or, cette fois, l'une et l'autre de ces explications manquaient.

Souvent, depuis son mariage, Miguel avait eu la tentation presque irrésistible de fuir Ty an Heussa, de s'en aller avec Hoëlle très loin de la sinistre Maison de l'Épouvante : Hoëlle l'avait retenu.

– Si nous partons, disait-elle, pense à tous les infortunés qui trouveront la mort dans les souterrains ! Connaître ce terrible secret nous impose un devoir, Miguel ! Nous n'avons pas le droit de nous y soustraire !

Porspoët et le docteur trouveraient-ils toujours, indéfiniment, de nouvelles victimes ?

Après le repas, M. de Bellefontaine salua gravement Linda, Hoëlle et Ahès, serra la main de Miguel, et suivit Edern et Mainsville dans la bibliothèque. Miguel, sans perdre un instant, partit avec sa femme dans la voiture qui les emmenait chaque jour.

Edern, fort aimable, échangea quelques phrases avec son hôte, après quoi, jugeant le moment propice, il l'invita à le suivre dans l'escalier secret. Tout se déroula comme de coutume... le proscrit, conduit dans la prison souterraine, y fut abandonné...

– Prenez patience, lui avait dit Porspoët, vous serez bientôt libre !

– Ah ! comment vous dire ma gratitude ! s'écria l'infortuné. Je vous remercie du fond de mon cœur, monsieur ! Et à vous aussi, docteur Mainsville, je dis toute ma reconnaissance ! Je souhaite, un jour, vous rendre service à mon tour !

Le docteur eut un sourire cynique.

– La vie est faite d'étranges coïncidences, dit-il. Peut-être serai-je bientôt votre obligé...

– J'en serais plus heureux que je ne puis le dire !

– Eh bien ! je vous souhaite tout le bonheur possible ! ricana Edern.

La lourde porte retomba sur le marquis de Belle-fontaine.

– Voilà l'affaire faite, dit légèrement Porspoët. Es-tu satisfait, mon cher Mainsville ?

– Très satisfait. Je te remercie.

Le docteur scrutait le couloir voûté.

– Ces souterrains sont curieux, remarqua-t-il. Je n'y étais jamais venu encore... Cela te déplairait-il, Edern, que je m'amuse à les explorer quelque peu ?

– Cela ne me déplairait nullement, mais si tu veux un conseil, ne les explore pas trop : ils forment un lacis fort compliqué et il doit être facile de s'y perdre. Pour ma part, je ne m'y suis jamais risqué, je ne dépasse jamais cet endroit qui du reste est le seul qui me soit utile.

– Je serai prudent, affirma Mainsville.

Il accompagna Edern jusqu'au haut de l'escalier, apprit de lui comment ouvrir la porte qui donnait sur la bibliothèque, puis reprenant la lanterne qui les avait éclairés, il redescendit dans les profondeurs du sol. Il retrouva sans peine l'emplacement de la salle au puits, et là, éteignant sa lumière, il se tapit contre le mur et attendit.

Jusque-là, le plan qu'il avait élaboré depuis des semaines avait réussi point par point : le hasard lui avait fourni une victime, l'appât qui peut-être attirerait ceux qui « savaient », ceux qui avaient sûrement alerté les Tréguidy... l'appât était en place maintenant.

Il n'eut pas à faire preuve de beaucoup de patience. Bientôt, une vague lueur éclairant l'autre extrémité du souterrain lui apprit que quelqu'un venait. Il recula encore...

Hoëlle apparut. Elle portait une très petite lanterne et avançait vite. Sans hésiter, elle s'arrêta devant le mur fatal et fit jouer le ressort ; elle appela doucement :

– Monsieur de Bellefontaine... êtes-vous là ?

– Mais oui, répondit la voix du marquis. Oh ! mon enfant, c'est vous qui venez me chercher ?

– Mon mari et mon frère s'occupent de prévenir un marin qui vous transportera cette nuit en Angleterre, dit la jeune femme. Nous allons les rejoindre... ailleurs qu'ici. N'êtes-vous pas fatigué ? Nous avons une assez longue distance à parcourir.

– Non, je ne suis pas fatigué le moins du monde. Je me suis reposé ici un bon moment en attendant M. de Porspoët. Je croyais que c'était lui qui se chargeait de trouver pour moi un bateau ?

Hoëlle secoua la tête sans répondre. De sa lanterne, elle éclaira le chemin et M. de Bellefontaine se mit à marcher auprès d'elle, sans se douter que la pierre qui masquait à présent l'entrée de la cave sinistre aurait dû être celle de son tombeau. Ignorant ce détail, il était très gai.

– Ainsi, dit-il, vous m'aurez sauvé deux fois !

La jeune femme sourit.

– Je me demandais si vous nous aviez reconnus ?

– Je n'en étais pas certain jusqu'à l'instant où je vous ai vue dans la pénombre. J'ai reconnu votre silhouette. Combien vous avez été bonne pour moi ! C'est le Ciel qui m'a guidé vers vous, l'autre soir !

– Certes... murmura Hoëlle.

– On dit que les êtres humains sont mauvais 1 reprit le marquis, emporté par son enthousiaste gratitude, et je n'ai rencontré par ici que des cœurs généreux ! Vous, votre mari et votre frère, ce docteur Mainsville qui m'a si parfaitement soigné, M. de Porspoët... Et j'oubliais, reprit-il, cet autre médecin, celui qui a passé près de moi cette affreuse nuit que je croyais bien être la dernière de mon existence ! J'étais si malade que j'en ai, par ma foi, perdu la tête ! À peine ai-je remercié cet homme si charitable !

– Je lui transmettrai vos remerciements, promit Hoëlle.

– N'est-il pas étranger ? Il a un accent particulier.

– Oui, il est Espagnol.

– Et il est passé dans les rangs des royalistes ?

La jeune femme sourit.

– Je ne sais s'il est très attaché à la cause du roi, dit-elle. Comme nous avions grand besoin de ses services, il nous les a prodigués par bonté... mais il est parfois un peu bourru !

– Quel est le nom de ce bienfaisant bourru ? demanda M. de Bellefontaine. Lorsque la paix sera rétablie et que je reviendrai en France, j'aimerais lui faire savoir que je ne suis pas un ingrat !

– Il s'appelle Pavila... Le señor Agostino Pavila, répondit la jeune femme.

Derrière elle, Mainsville, qui suivait dans l'ombre, tressaillit.

Pavila ! L'étranger qui l'avait intrigué quelques jours plus tôt était Agostino Pavila !

Après un silence, le proscrit remarqua :

– Ce souterrain est d'une longueur extrême ! Où conduit-il ?

– Il a plusieurs issues, dans la campagne, sur la côte...

– C'est extraordinaire ! Et où allons-nous ?

– Dans une salle secrète qui n'est pas éloignée de la mer et où mon mari et mon frère doivent nous rejoindre.

Elle répondit laconiquement, jugeant inutile de révéler trop de détails à ce bavard compagnon.

– Il doit y avoir là de nombreux couloirs, des embranchements compliqués ! s'exclamait le marquis.

– Certes...

– Comment faites-vous pour vous y reconnaître ?

– J'ai l'habitude, répliqua simplement la jeune femme.

– Et par où êtes-vous arrivée ? Comme moi, par la bibliothèque du manoir ?

– Non, dit-elle, je suis entrée par une autre porte.

– Ah !... c'est extraordinaire ! répéta l'autre. Extraordinaire !

Hoëlle espéra qu'il avait épuisé sa curiosité, mais il n'en était rien. Il interrogeait sans cesse, sans s'apercevoir qu'elle ne répondait plus que par monosyllabes. Ainsi que chaque fois qu'elle circulait dans les sombres couloirs, la jeune femme ressentait un pénible malaise : ils évoquaient pour elle tant de crimes, de drames, de souffrances endurées par d'innocentes victimes, ceux dont elle avait connaissance, ceux qui s'étaient déroulés jadis, qu'elle ignorait sans doute, mais que ce qu'elle savait de la race maudite des Porspoët lui permettait d'imaginer. Et, ce jour-là, le malaise habituel était beaucoup plus violent, il l'étreignait d'une angoisse presque impossible à supporter. Elle avait l'impression d'être guettée par des forces maléfiques et son instinct redoutait une attaque mystérieuse. L'effroi l'envahissait... Elle tentait vainement de se raisonner : la peur, sans cesse croissante, lui serrait la gorge de sa main glacée.

Hoëlle pressa le pas. Une hâte fébrile la possédait d'atteindre son but, la vaste caverne où jadis s'était réfugié Yves de Porspoët. À

103

peine entendait-elle la voix du proscrit...

Enfin, ils se trouvèrent devant la porte. La jeune femme fit jouer le ressort qui en commandait l'ouverture et elle poussa un cri de joie, car Pol et Miguel étaient déjà là. Avec effort, elle maîtrisa l'impulsion qui la poussait vers les bras de son mari. Elle ne voulait pas l'inquiéter.

– Vous voici ? dit Miguel avec soulagement. Tout est prêt pour votre départ, monsieur de Bellefontaine. Nous allons immédiatement vous conduire chez le pêcheur qui vous emmènera.

Dans le couloir, Mainsville n'eut que le temps de s'écraser contre la muraille. Il ne s'attendait pas à ce que ceux qu'il épiait ressortissent si vite de la cave. Épouvanté, il retint sa respiration : il ne se souciait pas de se trouver en face de deux robustes gaillards comme Miguel et Pol et d'être pris par eux en flagrant délit d'espionnage... Mais les jeunes gens ne le virent pas. Ils s'éloignèrent rapidement et disparurent bientôt à un tournant du souterrain. Le docteur poussa un long soupir ; le danger l'avait épargné ! Et il savait maintenant ce qu'il voulait savoir, il en avait même découvert bien davantage que ce qu'il espérait apprendre, et devant le plein succès de son entreprise, une joie monstrueuse le souleva.

Cet instant de triomphe ne fut que de courte durée. Il s'agissait, à l'heure présente, de regagner Trenarvan, et pour cela de parcourir une longue distance dans une obscurité complète.

Mainsville jura entre ses dents. Il n'avait pas réfléchi à ce détail en se lançant à la poursuite d'Hoëlle et du marquis de Bellefontaine ! Sans doute, inconsciemment, avait-il supposé que ceux-ci le guideraient vers une sortie du souterrain et qu'il retrouverait là l'air libre et la lumière du jour ; dans sa hâte, il avait omis d'envisager que les choses pouvaient se passer autrement...

Évidemment, il aurait pu continuer à suivre les jeunes gens, mais c'était là un parti plein de risques : espionner une faible femme et un convalescent ne présentait pas grand danger, mais que ceux-ci soient accompagnés de deux hommes changeait singulièrement la situation.

« J'aurais dû dissimuler ma lanterne sous mon manteau et l'emporter avec moi ! » songea le docteur avec irritation.

Maudissant son étourderie, Mainsville, les mains étendues devant lui, revint sur ses pas, tâtant la paroi pour se diriger. Il n'avait, à l'aller, rencontré aucun obstacle, le sol était uni et plat. En continuant ainsi, droit devant lui, il reviendrait forcément à son point de départ, retrouverait l'escalier et la bibliothèque.

Il s'accoutuma bientôt à cette marche d'aveugle et son pas devint moins lent. L'air raréfié du souterrain l'oppressait un peu, et aussi le pesant silence et ces opaques ténèbres, mais il repensait à sa victoire et un affreux rire lui tordait la bouche. Ah ! Miguel et sa femme avaient voulu jouer aux plus forts ! Ils le paieraient ! Comme il avait eu raison de se méfier d'eux !

Avec délices, il se remémora toutes les phrases qu'il avait surprises : il les noterait, en rentrant chez lui, pour n'en pas oublier un seul mot !

Brusquement, il s'arrêta, figé sur place : une question du proscrit lui revenait, et la réponse d'Hoëlle :

« Il doit y avoir des embranchements compliqués ? Comment faites-vous pour vous y reconnaître ? »

« J'ai l'habitude... »

Et ces deux phrases lui en rappelaient une autre, prononcée par Edern, sur l'enchevêtrement des couloirs.

« Pour ma part, avait-il ajouté, je ne m'y suis jamais risqué ! »

Un frisson glacé parcourut le maigre corps du docteur. Combien de temps avait-il marché seul, dans la nuit ? Il lui semblait soudain qu'il avait perdu les jeunes gens de vue depuis des heures. Était-il toujours dans le bon chemin ? Des embranchements...

Il s'avisa qu'il avait, dans son émotion, lâché le mur directeur : il le rechercha d'une main fébrile, eut de la peine à le retrouver. Était-ce bien celui-là qu'il voulait, ou la fatalité avait-elle fait retomber son bras au moment précis où un autre couloir s'ouvrait près de lui ?

Il tenta de se raisonner : n'importe quel couloir le conduirait quelque part, dans la campagne, ainsi que l'avait dit Hoëlle, ou sur le bord de la mer. Il fallait simplement marcher sans perdre la tête !

Il se remit en route, avançant aussi vite qu'il le pouvait, essayant d'évaluer les minutes écoulées. Par moments, sa main ne rencontrait plus que le vide... Avec une terreur croissante, il fouillait les ténèbres, recherchant le rocher humide et froid qui demeurait son seul espoir, et quand ses doigts le rencontraient enfin, il se ruait en avant, le souffle court, le cœur battant. Il haletait, mais ne pouvait se résoudre à ralentir son allure, il ne pensait plus qu'à Trenarvan, à la bibliothèque familière d'où il était parti tout à l'heure en ruminant son affreux projet, prêt à conduire, pour le réaliser, un innocent à la mort.

M. de Bellefontaine, et même Hoëlle et Miguel ne représentaient plus rien pour lui maintenant : il n'était plus qu'un animal traqué ; une sueur d'agonie l'inondait. Il marchait toujours plus vite, poussé par une indicible horreur.

Le moment vint où il fut certain de s'être égaré. Il y avait bien plus de temps qu'il avait quitté la porte de la caverne qu'il n'en fallait pour regagner le manoir. Et il n'arrivait nulle part. Peut-être un génie malfaisant avait-il imaginé ces couloirs, les avait-il dessinés de telle sorte qu'il était impossible d'en sortir si l'on n'en possédait pas le plan ? Peut-être tournaient-ils indéfiniment sur eux-mêmes, faisant décrire à l'imprudent qui s'y engageait sans les connaître un cercle infernal et sans issue ?

Mainsville marchait comme un dément. Ses jambes devenaient pesantes et raides, mais il avançait toujours. Il savait trop bien que s'il s'arrêtait, s'il se laissait aller à se reposer, ne fût-ce qu'une minute, il ne pourrait plus repartir : il subirait le sort qu'il avait infligé à tant d'autres, il mourrait de faim et de soif, lentement... Il n'aurait même pas, pour abréger son supplice, la ressource de se jeter dans le puits sans fond des oubliettes.

Peu à peu, son cerveau s'embruma. Il ne fut plus qu'une sorte de machine qui accomplissait des gestes d'automate, une machine talonnée, pourtant, par la peur.

Il ne distingua pas une lueur vague qui éclairait le fond du souterrain et ne la vit qu'au moment où une lanterne, et celle qui la portait, furent à deux pas de lui. Une voix ironique l'interpella :

– Avez-vous fait une bonne promenade, docteur Mainsville ?

Il crut rêver. Ahès de Porspoët ressemblait sans doute à une apparition surnaturelle, avec une longue robe de soie rose, ses yeux clairs et ses cheveux brillants.

– Je... je crois que je me suis perdu... balbutia-t-il d'une voix rauque.

– Eh bien ! vous avez de la chance que ma fantaisie m'ait poussée à me promener par là, moi aussi ! ricana la jeune fille. Vous êtes d'ailleurs tout près du but, si votre but est Trenarvan, ce que je suppose, mais, tout proche qu'il soit, vous ne l'auriez sans doute pas atteint de sitôt !

– Oui... Trenarvan... la bibliothèque... bégaya-t-il.

– Suivez-moi.

Mainsville suivit en titubant. Il n'était pas certain, cependant, de ne pas être l'objet d'une hallucination. Son cerveau restait étrangement obscurci, il ne savait plus très bien ce qu'il faisait là et pourquoi il s'y trouvait. Il respirait difficilement.

– Voilà l'escalier de la bibliothèque, et voici, je pense, votre lanterne. Bonsoir, mon cher Mainsville !

Trébuchant comme un homme ivre, le docteur monta les degrés. À tâtons, sa main tremblante trouva le ressort, le fit jouer... la paroi tourna.

Il était sur le seul de la bibliothèque, éclairée par des flambeaux, car la nuit était tombée. La pièce était vide. Edern, sans doute, avait été appelé au dehors.

Mainsville se retourna pour livrer passage à Ahès, mais il ne vit plus personne. Un profond silence régnait dans le souterrain.

Péniblement, il se traîna dans la salle et se laissa tomber sur un siège. Près de lui, sur une table, il aperçut une bouteille d'eau-de-vie et un verre : Edern avait pris la mauvaise habitude de l'alcool depuis quelque temps et le docteur l'en blâmait ; mais, aujourd'hui, il ne songeait plus à ses remontrances. Il versa un verre du breuvage brûlant et le but d'un trait.

Un peu de force lui revint, avec l'appréhension de revoir Porspoët et de subir ses railleries. Au reste, il n'avait plus qu'un désir : rentrer chez lui... se reposer.

Il prit une feuille de papier, y écrivit quelques mots pour rassurer Edern et l'avertir de ce que, « sa promenade terminée », il regagnait son logis. Puis, d'une démarche incertaine, il sortit discrètement du manoir.

VII

Mainsville arpentait sa chambre de long en large comme un fauve en cage. Une nuit de sommeil profond avait effacé son épuisement de la veille et il se sentait, ce matin, reposé et remis de ses émotions, mais il ne parvenait pas encore à retrouver toute la froide lucidité de son cerveau. Son esprit était comme englué de haine et de rage.

Son ressentiment contre Miguel et sa jeune femme était décuplé par la terreur abjecte qui l'avait possédé la veille dans le souterrain et, cela, il savait qu'il ne le leur pardonnerait jamais. Il était maintenant possédé par la même soif de vengeance qui, si souvent, avait servi de mobile aux forfaits de son ami Porspoët.

Mais cette vengeance, justement, il voulait l'exercer d'une manière implacable, avec tous les raffinements que lui dicterait sa rancune, et il était si bouleversé de fureur qu'il ne réussissait pas à maîtriser son agitation. Les plus noirs projets se pressaient dans sa tête ainsi qu'une fulgurante succession de livides éclairs ; aucun ne prenait le temps de mûrir, de s'ordonner, et tous, finalement, lui apparaissaient comme irréalisables.

Dénoncer Miguel à Edern ? Décrire à ce dernier la traîtrise de son fils adoptif ? Mainsville ne savait trop comment Porspoët accueillerait cette délation. Il s'était trop attaché au jeune Espagnol et, de plus, son mépris de tout honneur, de toute honnêteté, lui ferait peut-être considérer avec indulgence la conduite du jeune homme...

... Appeler l'attention des pouvoirs publics sur les activités des Tréguidy ? Cette solution comportait l'avantage certain de rendre à Mainsville un appui qui lui manquait à la Convention depuis la mort tragique de son ami Marat : il se ferait apprécier par le commissaire de Quimper en lui livrant des victimes de choix, et ces victimes s'en iraient très certainement à l'échafaud, en passant par les prisons révolutionnaires !

Mais, pour cela aussi, Mainsville redoutait la colère d'Edern. D'une part, celui-ci considérait les Tréguidy comme ses ennemis personnels et trouverait sans doute fort mauvais qu'un autre se mêlât de les supprimer à sa place, et, d'autre part, ne répétait-il pas que sa prétendue réconciliation avec eux le protégeait contre la vindicte des royalistes ? De toute façon, il semblait difficile et dangereux au docteur d'agir trop vite. Du reste, il avait peur des Blancs : s'il trahissait certains d'entre eux, malgré tout le mystère dont il s'entourait, il risquait fort de s'attirer leur rancune, et il n'aurait plus, à ce moment, à invoquer, pour se défendre, l'alliance de son ami Porspoët avec Kermoal !

Mainsville jura de laide façon. Cette vengeance, tant et si ardemment souhaitée, lui apparaissait difficile à élaborer.

Peu à peu, cependant, ses nerfs s'apaisèrent et il commença à raisonner plus froidement. Une fois de plus, il rappela ses souvenirs de la veille, repassant toutes les phases de la conversation qu'il avait surprise ; il ne voulait plus, pour le moment tout au moins, songer à son terrible retour dans les ténèbres, et il négligeait le rôle de sauveteur joué par Ahès. Du reste, il n'était pas certain de l'intervention de la jeune fille : peut-être avait-ce été simplement une aberration de ses sens bouleversés ? De toute manière, cela n'offrait pas une grande importance : Ahès pouvait fort bien se promener dans les souterrains, cela cadrait bien avec son goût de l'aventure.

Comme il se remémorait les propos d'Hoëlle et du marquis, Mainsville poussa une exclamation : le nom d'Agostino Pavila revenait brusquement à sa mémoire.

Pavila ! Cet homme que lui et Porspoët avaient cherché pendant des années se trouvait actuellement en Bretagne ! Comment et pourquoi y était-il venu ? Qu'y faisait-il ?

Le docteur fouilla dans ses souvenirs, se reportant à l'époque où il essayait de retrouver le mystérieux Espagnol. Il se rappela le brocanteur qui lui avait donné sur Pavila quelques renseignements : il avait parlé, sans doute, à mots couverts, mais son discours était néanmoins fort clair pour qui savait comprendre. Pavila, lié d'amitié, probablement, avec l'énigmatique Fernando Enrique, le bandit de grands chemins qui avait enlevé Miguel enfant et l'avait envoyé en France sous la garde de Linda, Pavila devait être chargé d'écouler à Paris une partie des objets dérobés. Peut-être avait-il été dénoncé, découvert ! Il avait été contraint de fuir et Mainsville n'avait jamais pu retrouver sa trace.

Aujourd'hui, Pavila reparaissait... dans les rangs des royalistes, devenu l'allié des Tréguidy, de leurs amis... de Miguel ! Et, sans doute, ni lui ni le jeune homme ne savaient que, vingt ans plus tôt, leurs chemins eussent dû se croiser !

Mainsville s'assit et mit sa tête dans ses mains pour méditer plus profondément. Il entrevoyait la ligne de conduite à suivre, mais ne se dissimulait pas ses difficultés.

Pavila était, somme toute, l'ami de Miguel...

... Mais Pavila était, ou tout au moins avait été, un vulgaire bandit...

Un à un, tous les détails rapportés jadis par Linda revenaient au docteur, avec leur signification, leurs conséquences logiques, comme les fils d'un écheveau embrouillé se dégagent peu à peu, se rangent et s'ordonnent dans la main qui les démêle. Fernando, avait dit la jeune femme, était un être farouche, redouté de tous...

... Et ce Fernando n'avait pas hésité à envoyer à Pavila, sans explications, un enfant dont le sort lui importait évidemment beaucoup, en lui demandant seulement de garder Miguel, de le dissimuler à tous et de s'appliquer à lui faire oublier même son nom !

Or, on ne confie pas une mission aussi importante à quelqu'un dont on n'est pas sûr. Fernando était donc sûr de Pavila, sûr de son obéissance autant que de sa discrétion : il le tenait à sa merci, ou il le savait prêt à faire n'importe quoi moyennant une récompense, ou encore il le savait indéfectiblement dévoué à lui. Un bandit, d'ordinaire, ne se fie pas à un honnête homme ! De prime abord, il semblait donc vraisemblablement que Pavila, apprenant que l'enfant, envoyé par Fernando, et Miguel ne faisaient qu'un, oublierait facilement l'amitié qui le liait au jeune homme pour rendre à Fernando le service demandé vingt ans plus tôt.

C'était vraisemblable. Ce n'était pas certain...

Tant de choses peuvent se passer en vingt ans.

D'abord, rien ne prouvait que Fernando vécût toujours. Ensuite, Pavila pouvait avoir changé de vie, de conduite ; les hommes sont versatiles... Un homme de soixante ans peut n'être plus le même que dans sa jeunesse ou dans l'âge mûr !

Cependant, il était possible que Pavila, entretemps, eût revu Fernando : dans ce cas, ils avaient forcément parlé de Miguel, et même si Pavila ne voulait pas s'occuper maintenant de cette affaire, il donnerait sans doute à Mainsville de précieuses informations ; rien n'empêchait ensuite le docteur d'aller trouver soit Fernando s'il vivait encore, soit la famille de Miguel si Pavila la connaissait. D'un côté comme de l'autre, il y aurait certainement un important profit à récupérer... si Pavila consentait à parler...

Le docteur fit la grimace : le succès de son plan dépendait de bien des « si » !

... Et ce plan-là lui arracherait peut-être sa vengeance !

Il balança un moment entre son amour de l'or et son désir d'assouvir sa rancune, puis haussa les épaules.

« Je n'ai aucune décision à prendre tout de suite ! décida-t-il. Avant d'entreprendre quoi que ce soit, il faut que je sois renseigné, il faut que je voie Pavila et que je l'interroge. »

De nouveau, il se leva et se remit à marcher de long en large : la première difficulté surgissait déjà ; découvrir la retraite de l'Espagnol serait sans doute relativement facile, mais, cela fait, comment Mainsville serait-il accueilli ? Pavila, sans aucun doute, savait déjà par Miguel que le malade amené par lui à son confrère avait été d'abord soigné, puis entraîné dans un mortel guet-apens !

Au fait... Miguel n'avait pas vu de ses yeux Mainsville conduire M. de Bellefontaine dans les oubliettes de Trenarvan, rien ni personne ne pouvait prouver qu'il ait participé au crime et rien ne l'empêchait, lui, Mainsville, de feindre l'ignorance des menées de Porspoët ! Il jouerait les bons apôtres, s'indignerait de la duplicité d'Edern et s'acquitterait de son rôle avec tant d'astuce que l'autre le croirait sur parole.

Ensuite, d'après ce qu'il apprendrait, il choisirait le meilleur parti à prendre. Il tirerait de la situation autant d'or qu'il le pourrait et réussirait par surcroît, peut-être, à se venger malgré tout de Miguel. Il se fiait pour cela à son ingéniosité. Étant parvenu à ces conclusions, Mainsville sortit de chez lui et se mit immédiatement en campagne pour retrouver Pavila.

Le docteur était un homme sans foi ni loi et dépourvu du moindre scrupule, mais il avait cependant une qualité : il aimait sa profession de médecin et cherchait sincèrement à soulager ou à guérir les malades qui s'adressaient à lui. Très instruit, très intelligent, il était fort habile et nombreux étaient ceux qui lui gardaient une grande reconnaissance pour ses soins et ses avis éclairés. Aussi, en dépit de son amitié bien connue pour Porspoët et malgré son apparence peu séduisante, était-il bien considéré dans le pays. C'était du reste grâce à cette sorte de popularité, jointe à sa subtilité et à sa ruse, qu'il parvenait à obtenir maints renseignements sur les uns ou les autres, pour peu qu'il se donnât la peine de faire des investigations.

Il entreprit une tournée de visites à ses malades, anciens ou récents, dans les bourgs avoisinants. Il entrait dans les chaumières, un sourire sur les lèvres, d'aimables paroles à la bouche, et paysans et pêcheurs furent flattés de ses attentions. De leur santé, de celle de leurs enfants, ils parlaient volontiers et, ainsi mis en confiance, ils répondirent sans se faire prier aux questions qu'on leur posait.

Les premières démarches du docteur n'apportèrent aucun résultat ; il les poursuivit avec persévérance. Mainsville, comme un chien à l'affût, savait faire preuve d'une patience presque illimitée quand son intérêt se trouvait en jeu. Jour après jour, il continua ses randonnées, certain qu'il finirait par apprendre ce qu'il voulait.

Entretemps, il se rendit au manoir : il voulait y étudier l'attitude de Miguel et de sa femme à son égard.

Comme il s'y attendait, il dut subir les plaisanteries d'Edern à propos de sa longue promenade dans les souterrains, mais il constata que son ami ignorait le rôle joué par Ahès en cette affaire.

– J'étais décidé, si tu ne reparaissais pas après l'heure du souper, à partir à ta recherche, lui conta Porspoët. J'aurais appelé Miguel à la rescousse, car cela ne me tentait pas de me perdre comme toi dans ce labyrinthe ! Cela n'a pas été nécessaire. Que faisais-tu donc ?

– Ma foi, dit Mainsville, j'ai marché sans méfiance, droit devant moi, puis je suis revenu, croyant prendre le même chemin, mais j'ai marché fort longtemps sans revenir à mon point de départ.

– Tu auras sans doute tourné dans un autre couloir sans t'en rendre compte, dit Edern en riant. Je me demande par quel hasard tu as fini par revenir ici ?

Prudemment, Mainsville prit un air vague :

– J'ai, tout à coup, aperçu l'escalier qui conduit à la bibliothèque...

– Eh bien ! mon cher ami, tu as eu de la chance. J'ai été fort content, en revenant d'une courte absence, de trouver ton mot sur ma table. Es-tu désireux de renouveler l'expérience ?

– Ma foi... Je sais à ce sujet tout ce que je voulais savoir, répliqua le docteur. Cela me suffit pour le moment.

Edern rit aux éclats.

– Je reconnais bien là ton habituelle circonspection ! s'écria-t-il.

À vrai dire, je m'étonnais de te voir, tout d'un coup, si aventureux ! Quelle mouche t'a piqué ?

– La curiosité, répliqua brièvement Mainsville.

Porspoët rit plus fort. Il voyait très bien que son ami était vexé et il devinait son angoisse lorsqu'il s'était senti perdu dans les couloirs : tout cela l'amusait énormément. Le docteur le laissa épancher sa verve moqueuse, tout en rageant en son for intérieur. Il fut soulagé lorsque la servante vint annoncer que le souper attendait les convives.

Pendant le repas, Mainsville observa les jeunes gens sans en avoir l'air, mais il ne distingua rien, dans leur manière d'être ou dans leurs paroles, qui indiquât leur état d'esprit. Miguel, comme à l'ordinaire, parlait peu. Hoëlle se montrait enjouée et souriante ; Linda ne manqua pas de se lamenter sur la monotonie de l'existence au manoir, appelant à grands cris Paris et ses plaisirs. Ahès n'était jamais bavarde. Mainsville quitta Trenarvan convaincu que nul ne l'y soupçonnait de quoi que ce soit.

Il reprit ses investigations avec un entrain accru. Le naturel de Miguel et de sa femme lui faisait espérer qu'ils n'avaient pas parlé de lui à Pavila dans des termes malveillants et la partie délicate qu'il entendait mener à bonne fin s'en trouvait simplifiée.

Après quelques jours, sa persévérance fut enfin couronnée de succès : Agostino Pavila avait élu domicile chez M. Guy de Pénazel depuis près d'une année. Il exerçait le métier de peintre.

Ce détail ne laissa pas que de surprendre le docteur : il était certain que, jadis, l'Espagnol se livrait à des activités très éloignées de l'art et, dernièrement, on lui prêtait des connaissances médicales ! Cependant, cette singulière succession de professions si différentes ne lui déplut pas.

« Ce Pavila doit être un astucieux compère ! se dit-il. Il s'arrange sans doute à sa façon pour inspirer confiance à tous et il est fort possible qu'il se fasse passer pour ce qu'il n'est pas. Voilà qui serait très encourageant pour moi ! »

Il fallait à présent obtenir un rendez-vous avec le personnage. Mainsville pensa lui écrire en lui expliquant que, manquant d'occasions pour s'entretenir de son métier avec un confrère, il serait particulièrement heureux de rencontrer celui-là. À la

réflexion, il jugea cette démarche imprudente : les écrits restent...
et Mainsville préférait demeurer dans l'ombre autant que possible.
Il était préférable de s'adresser de vive voix à l'Espagnol.

Quelques questions habilement posées à ses informateurs lui
apprirent que le « peintre » sortait presque chaque jour du château
de Pénazel avec sa toile et ses pinceaux et allait s'installer ici ou là
pour composer un tableau. Ces derniers jours, il avait choisi un
coin de la lande que l'automne teintait de couleurs particulièrement
chatoyantes. Mainsville se fit indiquer l'endroit très précisément et
rentra chez lui, satisfait ; le lendemain même, il verrait le señor
Pavila.

VIII

– Señor Pavila, je suis très heureux de vous rencontrer !

Assis à l'ombre d'un pin tordu, une large palette étalée sur sa main,
Pavila peignait effectivement. Sur la lande, devant lui, la bruyère
fanée avait pris des couleurs d'incendie où les sombres ajoncs
semaient des taches noires. Mainsville s'avança et jeta un regard
sur la toile.

– La science médicale ne vous empêche pas d'être un grand
artiste ! remarqua-t-il.

Pavila n'aimait pas qu'on le dérangeât et ne se gênait pas pour le
faire sentir aux intrus qui se risquaient hors de propos à ses côtés.
Un compliment, même sincère, ne l'adoucissait pas. Il grommela :

– Connaissez-vous quelque chose de la peinture ?

– Je m'y intéresse depuis nombre d'années, répliqua le docteur
sans se laisser décontenancer. Pratiquer un art n'empêche pas d'en
apprécier un autre. N'êtes-vous pas médecin en même temps que
peintre ?

Délibérément, il s'assit sur un rocher non loin de l'Espagnol,
indiquant par là qu'il était décidé à poursuivre l'entretien.

Pavila continua de peindre pendant un moment sans prononcer
une parole. Constatant que le silence se prolongeait, Mainsville le
rompit d'une voix tranquille :

– L'existence dans un bourg perdu est, dans un sens, reposante,
dit-il, mais elle offre des inconvénients ; celui, par exemple, de

l'isolement intellectuel. On y a peu, ou pas du tout, de contacts avec des esprits ouverts et distingués. C'est pour cette raison que je me suis permis de vous aborder aujourd'hui, señor Pavila. Je suis peu sociable par nature, mais une occasion comme celle-ci me décide à sortir de mon habituelle réserve !

– Je n'ai rien d'un intellectuel ! grogna l'Espagnol.

– Vous êtes médecin et artiste.

Il y eut un nouveau silence. Mainsville réprima un mouvement d'humeur. Apparemment, il ne tirerait rien de cet interlocuteur ombrageux en continuant la conversation sur ce ton. Il prit aussitôt le parti d'attaquer Pavila sans autre préambule et d'aller droit au but.

– La vie est faite d'étranges coïncidences, dit-il. Je vous cherche depuis vingt ans, monsieur, et le hasard vous conduit ici, à une lieue de chez moi !

Pavila leva un sourcil. Sa curiosité, semblait-il, s'éveillait.

– Je vous ai cherché à Paris, reprit Mainsville doucement. Je possédais votre adresse, mais vous aviez quitté la ville ; je n'ai jamais réussi à savoir où vous étiez allé... Vos faits et gestes, d'ailleurs, ne me regardaient en aucune façon, mais votre disparition m'a empêché de remplir auprès de vous une mission... Je me demande s'il est trop tard pour vous en parler aujourd'hui ?

L'Espagnol abandonna son travail et regarda Mainsville en face : il était visiblement intrigué. La question qu'il posa ne fut cependant pas celle qu'espérait le docteur.

– Comment va notre malade ? demanda-t-il.

– Parfaitement bien ou, du moins, je le présume. Je l'ai tiré d'affaire sans trop de peine et il m'a quitté pour passer en Angleterre. Je suppose qu'il s'y trouve à présent. N'avez-vous pas eu de ses nouvelles par... nos amis communs ?

Mainsville avait jeté la phrase non sans appréhension. La réponse le rassura.

– Je n'ai vu personne ces jours derniers.

Pavila se tut encore, mais au lieu de se remettre à peindre, il tourna machinalement son pinceau entre ses doigts. Il n'en fallut pas plus à Mainsville pour deviner son désir d'en savoir davantage sur la

« mission » mentionnée un peu plus tôt, mais le docteur attendit d'être sollicité pour s'expliquer plus avant.

Après quelques minutes, Pavila le regarda de nouveau.

– Pourquoi donc me cherchiez-vous jadis ?

Mainsville répondit par une autre question :

– Connaissez-vous, en Espagne, un certain Enrique ? D'après ce que j'en sais, il devait être votre ami...

– Il y a beaucoup d'Enrique en Espagne, répliqua l'autre. J'en ai, certes, connu plusieurs.

– Celui-là se faisait aussi appeler Fernando. Il vous avait envoyé... un colis, avec une lettre d'instructions. Le destin, le hasard ou la tempête ont voulu que ce... colis et la lettre qui l'accompagnait vinssent échouer sur cette côte. Je vous ai cherché vainement, ainsi que je vous l'ai dit, pour vous remettre l'un et l'autre. Peut-être, par la suite, avez-vous revu ce señor Enrique, ou Fernando, et celui-ci vous a-t-il parlé du service qu'il vous avait demandé et que vous n'avez pas pu lui rendre ?

Pavila secoua la tête.

– Je n'ai pas entendu parler de cette affaire, dit-il sans hésiter. Je vous écoute, senor médecin !

L'espace d'un éclair, Mainsville se demanda ce qu'il devait faire. Pavila était pour lui un inconnu : pouvait-il, sans danger, se confier à lui ? Il pensa qu'à tout le moins il lui était possible de dissimuler quelques détails et de s'entourer de garanties. Il parla.

– Je vous connais fort peu, dit-il, et il semble que vous ayez perdu tout contact avec le señor Fernando. Est-il bien nécessaire, après tant d'années, que je vous mette au courant d'une histoire qui a peut-être aujourd'hui perdu tout intérêt ?

Pavila haussa les épaules avec une indifférence qui n'était certes pas feinte.

– À votre aise ! dit-il. Gardez pour vous votre vieille histoire, docteur Mainsville !

Mainsville comprit qu'il faisait fausse route. Il insista :

– Je ne suis pas certain que ce soit là le parti le plus sage, déclara-t-il. Voyez-vous...

Il affecta l'hésitation, puis lança l'argument qui devait mieux que tout autre l'éclairer sur le personnage auquel il avait affaire.

– Il se pourrait que cette vieille histoire, comme vous dites, soit pour vous et moi la source d'un profit important. Si ce détail vous intéresse et que vous consentiez à me donner sur vous-même quelques renseignements, je vous dirai ce qu'il en est.

– Autrement dit, vous désirez des garanties, répliqua l'Espagnol avec un demi-sourire.

– Qui n'en souhaiterait avant de partager avec un autre un secret peut-être considérable ?

Pavila hocha la tête.

– C'est juste. Vous voulez savoir si je suis honnête homme ?

Son sourire s'accentua et, dans son regard, brilla une étincelle narquoise. Mainsville savait juger les hommes d'un coup d'œil.

– Je veux surtout savoir si vous êtes un homme d'action, riposta-t-il, ou si de vains scrupules risquent de vous barrer la route... de la fortune.

– Vous commencez à vous exprimer clairement, remarqua Pavila. Je suppose que je suis... à peu près exactement ce que vous désirez. J'accepte volontiers les scrupules, à condition qu'ils ne me dérangent pas. Cela vous suffit-il ?

– J'aimerais, pardonnez-moi, des précisions sur votre passé, dit Mainsville avec un sourire engageant.

– Comme vous l'entendrez. Je suis issu d'une bonne famille espagnole, bien considérée, mais peu fortunée. Je commençais dans ma jeunesse mes études de médecine et j'y étais assez avancé quand mon père mourut. Ma mère ne pouvait plus subvenir à mes besoins et j'aimais cette profession à laquelle j'allais devoir renoncer. J'étais révolté contre l'injustice du sort quand je fis, par hasard, la connaissance d'Enrique...

Il s'interrompit pour interroger abruptement :

– Que savez-vous d'Enrique, ou de Fernando, comme il vous plaît de le nommer ?

– Peu de chose. Je suppose seulement qu'il vivait... quelque peu en dehors des lois établies.

– À vrai dire, je n'en sais pas beaucoup plus long. Du moins, pas avec certitude. Il était, à l'époque dont je vous parle, un homme extraordinaire : violent, brutal, impitoyable ; mais était-ce dû à sa volonté, à son intelligence ou à une sorte de mystérieux pouvoir ? On pouvait difficilement lui résister. Quoi qu'il en soit, il me remarqua et je lui contai mes difficultés ; il m'offrit son aide. Il avait besoin, me dit-il, d'un médecin, car il employait un certain nombre d'hommes, vivait dans un château isolé, en Galice. Si je consentais à m'attacher à sa personne, il me paierait la fin de mes études. J'acceptai avec joie. Il paya généreusement toutes mes dépenses et, fidèle à notre contrat, dès que je fus enfin possesseur de la qualité de médecin, j'allai m'installer chez lui.

– Ainsi, observa Mainsville, vous êtes vraiment médecin ? Le goût de la peinture vous est venu par la suite ?

– Oui, et bien d'autres goûts en même temps. Chez Enrique que, par parenthèse, ses compagnons nommaient Fernando, j'avais parfois beaucoup de travail, mais souvent beaucoup de loisirs et il m'arrivait de m'ennuyer. Le château était rempli de fort beaux tableaux : l'idée me vint d'essayer de peindre, mais cela n'est qu'un détail de mon histoire. J'appréciais la vie large et confortable que je menais chez Fernando et la personnalité de mon maître me fascinait. Il m'emmena avec lui dans une expédition particulièrement délicate, nous en rapportâmes un butin considérable et cela me grisa. De plus en plus fréquemment, je suivis Fernando et ses compagnons ; cette vie de risques et d'aventures m'amusait et me changeait de la monotonie de mon existence passée.

– Mais pourquoi êtes-vous allé à Paris ? demanda Mainsville.

– J'en venais à ce détail. L'audace de Fernando grandissait, ses succès aussi. Il n'hésitait plus à s'attaquer à d'importants transports de marchandises ; il était si habile et si rusé qu'il sortait indemne des plus grands périls, mais cela devint pour lui un problème d'écouler tous les objets de valeur qu'il rapportait de nos expéditions : les jeter inconsidérément sur le marché risquait de le démasquer. C'est alors que j'eus l'idée d'aller à Paris m'occuper de ses intérêts ; il m'enverrait, par un de ses fidèles, les objets les plus compromettants et je les vendrais pour lui. C'est ce que je fis.

– J'ai parlé de vous à un dénommé Grûbler... il ne m'a rien révélé de positif, naturellement, mais j'avais deviné quelque chose de ce que vous me rapportez là, dit Mainsville. J'ai supposé que, par suite de circonstances fâcheuses, vous aviez été obligé de quitter Paris précipitamment...

Pavila fit un petit salut.

– Je rends hommage à votre perspicacité, dit-il. Effectivement, après plusieurs années de fructueuses affaires, les envois de Fernando cessèrent brusquement. Il parvint à me faire savoir que ses faits et gestes avaient cessé de passer inaperçus et qu'il se trouvait pour un temps, dont il ignorait la durée, contraint à la prudence. Sur ces entrefaites, je m'aperçus que j'étais surveillé : des policiers me suivaient constamment ; ma situation devenait malaisée en attendant de devenir tragique ! Mes moyens d'existence m'étaient supprimés...

– C'est alors que vous avez décidé de partir ?

– Mes occupations à Paris me laissaient beaucoup de loisirs, expliqua l'Espagnol. J'en avais profité pour étudier plus à fond l'art que j'avais appris à aimer. Je me rendais chaque jour dans l'atelier d'un peintre renommé et je travaillais sous sa direction. La chance me fit rencontrer là un prince allemand qui voulait changer la décoration de son palais : il me proposa de m'emmener avec lui et de me confier ce soin. J'acceptai avec enthousiasme. Je partis sans laisser d'adresse...

– Et, depuis lors, vous êtes demeuré en Allemagne ?

– Oui, pendant plusieurs années, j'y trouvai du travail, quand le palais fut achevé. Une suite de circonstances sans intérêt pour vous finit par me faire échouer ici. M. de Pénazel me recueillit, mourant de faim, et mon histoire en est là...

– Vous oubliez, remarqua Mainsville ironiquement, que vous êtes devenu l'ami et le soutien d'un groupe de fanatiques, défenseurs de la religion catholique et du roi de France !

Pavila sourit.

– Mon cher ami, dit-il, mon goût pour la peinture ne m'a pas détourné de l'intérêt que je portais à la médecine. Toute occasion de l'exercer m'est bonne, et quant à l'amitié... Lorsqu'un homme souffre de la faim, il se soucie fort peu des idées de la personne qui le nourrit !

Mainsville approuva de la tête. Le cynisme de Pavila faisait fort bien son affaire.

– J'ai accédé à votre désir, dit l'Espagnol, je vous ai conté ma vie et mes aventures ; il me semble que votre tour de parler est venu !

– Aussi vais-je vous satisfaire, répliqua le docteur. Au mois de septembre 1774, une tempête jeta sur les récifs un navire anglais ; le seul survivant du naufrage était un tout jeune enfant sur lequel on découvrit une lettre, adressée à vous et signée « Enrique-Fernando », qui vous priait de garder ce petit garçon. Il réclamait de vous ce service en retour de celui qu'il vous avait rendu jadis. L'enfant devait vous être amené par une femme... Mais la fatalité en a décidé autrement : je vous ai cherché pendant des mois et sans succès...

– Et... l'enfant ? A-t-il dit son nom ?

Mainsville secoua la tête.

– Il ne parlait pas encore, dit-il, mentant effrontément. Je l'ai fait élever par de braves gens, pensant qu'il serait sans doute avantageux de le rendre un jour à Fernando... ou à sa famille si l'on parvenait à la retrouver.

– Comment est-il ? demanda encore l'Espagnol. Peut-on, par son apparence, deviner quelque chose de son origine ?

– Peuh !... c'est difficile... L'éducation qu'il a reçue l'a rendu semblable aux garçons de chez nous, dit le docteur. Il n'empêche que le mystère qui l'entoure, le fait que Fernando vous l'ait expédié avec si peu de renseignements, prouve qu'il s'agit là d'un jeune personnage qui gênait quelqu'un, ou qu'il était intéressant de soustraire à son milieu et à son pays. Qu'en pensez-vous ?

Pavila gardait le silence. Mainville insista :

– Fernando avait certainement pour but de garder cet enfant à portée de sa main pour en retirer un avantage, sans quoi, tel que vous me l'avez décrit, je ne pense pas qu'il se fût fait scrupule de le supprimer purement et simplement. Sans doute cet avantage existe-t-il toujours... et en votre absence, c'est moi qui ai assumé tous les frais d'entretien et d'éducation de ce petit inconnu. J'aimerais connaître votre avis sur mes hypothèses.

Pavila eut un rire bref.

– Mon avis est que vous pouvez très bien avoir raison, docteur Mainsville, dit-il enfin. Malheureusement, je n'ai jamais revu Fernando et je n'ai eu aucune nouvelle de lui...

Il songea un instant et ajouta :

– Mon avis est aussi que vous êtes venu me trouver avec un autre mobile que la curiosité : vous désirez, je le présume, que j'aille faire en Espagne une enquête sur votre... protégé... afin, par la suite, de le livrer au plus offrant ?

– Il est agréable de s'entretenir avec un homme d'esprit, répondit le docteur sans se troubler. Pareille entreprise vaut-elle la peine d'être tentée ?

– Si elle en vaut la peine, le profit serait sans doute partagé entre vous et moi ? Vos frais contrebalanceraient mon habileté et la peine que je prendrais, car cette mission n'irait pas sans risques et sans difficultés.

Mainsville s'attendait à se voir poser cette condition. Il hocha affirmativement la tête.

– Votre exigence est équitable, dit-il. Je l'accepte.

Délibérément, il mettait Porspoët en dehors de l'affaire et, pour cette raison, il avait passé sous silence l'existence de Linda et pris quelque liberté avec la vérité. De plus, il jugeait prudent d'égarer les soupçons possibles de Pavila en transformant la personnalité de Miguel.

– Je crois, suggéra-t-il, que le plus tôt vous partirez, le mieux ce sera.

Pavila acquiesça.

– C'est bien ainsi que je l'entends... mais vous omettez un détail qui a son importance, cher ami ! Je suis un pauvre homme, recueilli par charité... et un voyage en Espagne coûte cher !

Mainsville fit la grimace. Certes, son interlocuteur lui semblait être l'homme qu'il fallait pour mener à bien l'entreprise, mais il avait, en son honnêteté, une confiance très relative.

– Il faudrait donc, dit-il, que je vous avance le montant des frais probables...

Il regarda l'Espagnol.

– Et je vous connais mal, señor Pavila ! S'il vous prenait fantaisie, une fois revenu dans votre pays natal, de vous y établir pour la fin de vos jours en me laissant votre jeune compatriote sur les bras, quel recours aurais-je contre vous ?

L'aventure projetée par le docteur tentait Pavila ; le profit entrevu le tentait davantage encore. Mais il comprenait facilement les réticences de son interlocuteur. Pour obtenir sa confiance et pouvoir effectuer cet intéressant voyage, il eut une inspiration qui devait l'entraîner à deux doigts de sa perte.

– Vous m'avez fait tout à l'heure un compliment en me traitant d'homme d'esprit, rétorqua-t-il, je puis vous retourner votre phrase flatteuse ! Mais je pense avoir de quoi vous tranquilliser : je possède, seul vestige des jours dorés d'autrefois, un bijou de grand prix, une bague ornée d'un gros diamant ; je l'ai conservée en dépit des épreuves d'où elle aurait pu me tirer, attendant toujours le moment où elle me serait absolument indispensable. Cette bague, je vais vous la confier, moyennant que vous m'en donniez un reçu. Si, dans un délai d'un an, je n'ai pas reparu, elle vous appartiendra. Si je reviens, vous me la rendrez. Cet arrangement vous convient-il ?

– Je vous le dirai quand j'aurai examiné le diamant, répliqua Mainsville.

Pavila rit avec bonne humeur.

– Vous me plaisez, señor médecin, dit-il. C'est plaisir qu'organiser quelque chose avec vous, vous pensez à tout ! Moi aussi, du reste. Prévoyons donc tout ce qui peut se produire : ou cette affaire sera fructueuse, auquel cas nous partagerons, par parties égales, les dépenses comme le profit, ou bien j'échouerai : Fernando peut être mort et la famille de l'enfant introuvable. Dans ce cas-là, vous me rendrez ma bague, mais vous supporterez seul la dépense. Je ne suis pas venu vous chercher et j'entreprends cette expédition surtout pour vous être agréable.

Mainsville hésita un instant. Il lui était douloureux de se dessaisir d'un peu d'or sans avoir la certitude de le récupérer. Cependant, il se souvint du souterrain, de la prison au puits tragique et il sourit : maintenant qu'il connaissait le véritable visage de Miguel, il pourrait, dans les circonstances de son choix, éviter l'intervention du jeune homme et agir sûrement contre n'importe qui.

Il saurait garder, de toute façon, la bague de l'Espagnol.

– C'est bien, dit-il, votre raisonnement est juste. Je viendrai demain matin, en ce même lieu, vous apporter l'argent nécessaire et vous me remettrez la bague ; je préparerai un reçu. Ensuite, vous partirez aussitôt.

– Je serai exact au rendez-vous, promit l'Espagnol.

Mainsville s'en retourna, l'air satisfait. Pavila était subtil et rusé à souhait : s'il y avait l'ombre d'une chance de succès dans cette entreprise, il saurait la saisir et il avait tout intérêt à se montrer discret.

Quant à Miguel...

Le contentement rendait le docteur ingénieux. Si cette histoire, par hasard, tournait pour le bonheur du jeune homme, les soldats de la Convention, prévenus au bon moment, seraient là pour lui faire prendre le chemin des prisons révolutionnaires et non celui d'une réunion familiale.

Mainsville eut un rire féroce. Sa vengeance, il la tenait ! Et il en arrivait à souhaiter que Miguel retrouvât une famille riche, illustre et tendre : il lui annoncerait cette joie, lui donnerait cet espoir merveilleux... puis s'arrangerait pour qu'une geôle mortelle se refermât sur lui.

Et l'implacable haine du docteur serait satisfaite.

Troisième partie

I

De l'aveu même du señor Pavila, le docteur Mainsville pensait à tout. Et cependant, il n'avait pas prévu que, ce soir-là, il y aurait alerte au camp des royalistes.

L'Espagnol en fut avisé, ainsi qu'il l'était toujours en pareilles circonstances : rendez-vous lui était donné à la chaumière de Nannie après l'heure du souper.

Cette nouvelle lui fit plutôt plaisir : il avait conservé de sa jeunesse un grand respect de la courtoisie. Il ne se fût pas gêné pour envoyer de vie à trépas un homme qui lui portait préjudice, mais il aimait, sous ses dehors assez rudes, avoir des manières d'un grand seigneur. Aussi était-il enchanté à l'idée de se rendre à la maisonnette : il pourrait ainsi prévenir Hoëlle de son départ et lui faire correctement ses adieux.

Il trouva la jeune femme soucieuse et triste : les rares informations qui arrivaient de Paris n'étaient certes pas de nature à égayer les cœurs ! La Terreur régnait, emplissant les prisons, envoyant à l'échafaud un nombre toujours plus grand de victimes. Il semblait que ce flot sans cesse grandissant de sang et de larmes allait submerger la France entière, la privant de ses meilleurs enfants et, devant tant d'horreur, Hoëlle, malgré son courage, s'affolait.

Yann cherchait à l'apaiser quand l'Espagnol entra. Le jeune homme estimait, avec une certaine désinvolture, qu'il est bien inutile de s'appesantir sur l'infortune d'autrui et que mieux vaut penser à soi-même avant tout, mais il ne parvenait pas à faire partager cette conviction à sa compagne.

– Señor Pavila, dit-il de sa voix basse, avec un petit rire étouffé, venez à mon aide ! Cette enfant a le cœur trop sensible ! Elle se désespère parce que beaucoup de têtes tombent sur l'échafaud... À mon avis, tant que la mienne demeure sur ses épaules, à quoi bon soupirer pour des inconnus ?

– Je ne peux pas rester indifférente ! gémit la jeune femme. Il y a trop de souffrances, trop de chagrins autour de nous, trop d'angoisse, trop de peur et trop de méchanceté ! Tout cela m'étreint, m'étouffe, il me semble que l'air que nous respirons a une odeur de sang !

Ses yeux brillaient de larmes qu'elle retenait avec peine et son doux visage était revêtu d'une expression tragique. Pavila jeta sur Hoëlle un coup d'œil d'artiste : il avait toujours admiré sa beauté, mais ce soir, dans son émotion, elle lui parut plus merveilleuse que jamais. Et ce fut avec une douceur presque tendre qu'il répondit :

– Vous avez un très grand besoin d'énergie, de forces et de courage, Hoëlle, pour aider et soigner ceux qui sont proches de vous et eux aussi ont grand besoin de votre force... Ménagez-la, mon enfant, et si la souffrance des autres, ceux qui sont loin et pour lesquels vous ne pouvez rien, vous bouleverse à ce point, tâchez de n'y pas songer. Pensez avant tout à votre devoir.

– C'est vrai... murmura la jeune femme.

Après avoir ainsi parlé, Pavila eut envie de rire. Était-ce bien lui qui prêchait de telle sorte ? Et sincèrement encore ! Un beau et doux visage possède-t-il donc la puissance de faire des miracles ?

Tout en poursuivant la conversation avec Hoëlle et Yann, essayant de distraire la jeune femme de ses tristes pensées, il comprit qu'il s'était profondément attaché à Hoëlle. Peut-être ces veillées passées auprès d'elle en attendant les blessés, dans l'anxiété de l'incertitude, et ces heures où, infatigable, elle soignait avec lui ceux qu'un sort contraire avait frappés, ces moments où elle déployait une activité intelligente, une adresse et une volonté jamais en défaut, tout en restant docile et douce, avaient-ils créé entre l'Espagnol et la petite fée de Kermoal un mystérieux lien d'affection ?

Parce qu'il allait cesser de la voir, sans doute, Pavila faisait cette découverte. Il savait que, quoi qu'il advînt au cours du voyage qu'il allait entreprendre, il se souviendrait d'Hoëlle, de ses yeux embués de larmes bravement refoulées, de sa voix pure.

Et sans s'apercevoir qu'il ne se mêlait plus à l'entretien des jeunes gens, Pavila se perdit dans un rêve. Il se revit jeune étudiant, passionné par les énigmes de la science, honnête encore et loyal. S'il n'avait pas rencontré Enrique... peut-être se serait-il marié ? Peut-être aurait-il eu un foyer, une fille... une petite fille ? Il aurait aimé que cette petite fille ressemblât à Hoëlle.

Il secoua brusquement ces amollissantes pensées. Que lui arrivait-il ? Vieillissait-il pour se laisser aller à ces songeries sentimentales ? Il se reprit avec humeur et, comme le temps passait, il jugea sage de prévenir Hoëlle de son départ sans plus attendre.

Elle fut consternée.

– Señor Pavila, murmura-t-elle avec effroi, que vont devenir sans vous nos pauvres blessés ?

– Vous pouvez maintenant les soigner aussi bien que moi, affirma-t-il. Vous et Yann m'avez tant assisté que vous en savez presque aussi long que votre serviteur !

– Je ne le crois pas, soupira la jeune femme, et puis serait-ce vrai que...

Elle leva vers l'Espagnol son regard clair.

– Vous nous manquerez terriblement, « grand-père ! » dit-elle avec un sourire tremblant. Grâce à vous, ces longues soirées, ces nuits souvent terribles, passaient sans crainte. Auprès de vous, je n'ai jamais eu peur et je suis sûre que Yann partage mon sentiment.

Pavila étouffa un soupir. Le moment était mal choisi, pensa-t-il, ou trop bien choisi, au contraire, pour lui dire de semblables paroles. Elles l'émouvaient comme jamais des mots prononcés par des lèvres humaines ne l'avaient ému...

– Vous me manquerez aussi, petite Hoëlle, dit-il doucement, mais, malgré tous mes regrets, je suis obligé de partir. Des affaires de famille importantes m'appellent dans mon pays.

– Votre pays ?... répéta la jeune femme. L'Espagne ?

– Sans doute...

Elle le regarda encore. Une lueur soudaine s'allumait dans ses yeux.

– Señor Pavila, murmura-t-elle d'une voix qui tremblait, vous allez en Espagne... Y circulerez-vous beaucoup ?

– Je le suppose...

– Alors... Oh ! si vous pouviez... si vous vouliez...

Elle paraissait bouleversée. Pavila lui sourit amicalement.

– Puis-je vous rendre quelque service ? Vous ne songeriez pas à émigrer, vous aussi, par hasard ?

Cette question amena un pâle sourire sur les lèvres de la jeune femme.

– Oh ! non, dit-elle vivement, mais mon mari...

Elle hésita. Elle savait par Miguel que Porspoët avait mis en garde celui-ci contre tous ses compatriotes.

– J'ai confiance en vous, señor Pavila, dit-elle enfin. Je vais vous dire un secret : de votre discrétion dépend peut-être la sécurité et même la vie de celui que j'aime plus que tout au monde !

– Soyez certaine que je saurai le garder, dit gravement l'Espagnol, et je vous remercie de votre confiance.

– Mon mari, reprit la jeune femme très bas, a été trouvé, voici près de vingt ans, dans un vaisseau en perdition, un vaisseau anglais...

D'une traite, elle rapporta tout ce qu'elle savait sur le sauvetage de Miguel, tout ce que Miguel en savait lui-même, du moins, à quoi s'ajoutaient quelques détails fournis par Catherine.

– Quelle singulière aventure ! remarqua l'Espagnol. Connaissez-vous la date du naufrage de ce vaisseau ?

– Pas d'une façon précise : Catherine se rappelait seulement qu'il eut lieu en septembre de l'année 1774.

– Et Miguel fut l'unique rescapé ?

– Oui, avec cette dona Linda Morales qui devint par la suite la seconde Mme de Porspoët.

– Qui était-elle ?

– Je ne sais pas. On lui avait confié l'enfant qu'elle devait conduire à Paris chez un homme dont j'ignore le nom et qui n'a jamais été retrouvé.

– Miguel connaît-il le nom de cet homme ? demanda Pavila que ce récit intéressait très vivement.

– Non. Catherine ne l'avait pas entendu prononcer : elle savait seulement que le docteur Mainsville et M. de Porspoët l'ont cherché vainement pendant fort longtemps à Paris. C'est alors que M. de Porspoët s'est décidé à garder Miguel à Trenarvan et il en a finalement fait son fils adoptif.

– Je vois... murmura l'Espagnol.

Il resta songeur un moment, puis interrogea de nouveau :

– De quoi se souvient exactement Miguel ?

– De fort peu de chose, expliqua la jeune femme. Il était très petit à l'époque du naufrage, il avait quatre ou cinq ans. Catherine m'a dit qu'il avait été très secoué, il est resté plusieurs jours comme inconscient. Il a seulement pu dire son nom et parlait de sa mère : dona Mercedes. Il était très silencieux, du reste, et malheureux, je crois, ajouta Hoëlle. Miguel ne se plaint jamais, mais j'imagine ce qu'a pu être pour lui ce brutal changement d'existence, la tendresse de sa mère devait lui manquer affreusement !

– Cette dona Linda ne s'occupait donc pas de lui ?

– Non. La seule à lui manifester de l'affection était Mme de Porspoët, dont il a conservé un souvenir très ému, mais elle mourut quelques mois plus tard.

– Je vois... répéta Pavila.

Il réfléchit, comme si l'histoire qu'il venait d'entendre représentait pour lui un problème compliqué.

– À présent, dit-il enfin, Miguel est heureux ; il vous aime, il est établi dans ce pays où il est aimé de tous, il possède un père adoptif et une famille : la vôtre. Est-il bien nécessaire pour lui de retrouver ses attaches espagnoles ?

– Nécessaire, non, dit franchement Hoëlle, mais Miguel souffre de ne rien savoir des siens, de ne pas connaître ses parents. Pensez donc, señor Pavila, si son père et sa mère vivaient encore ! Songez au chagrin qui doit être le leur, malheureux auxquels on a arraché leurs fils ! Miguel ne m'en parle guère pour ne pas m'attrister, mais je suis sûre qu'il y pense sans cesse. Et puis, ce mystère qui plane sur lui est si pénible !

Elle jeta sur l'Espagnol un regard suppliant.

– Je vous en prie ! Si vous pouviez savoir quelque chose, je vous serais si reconnaissante !

Pavila hocha gravement la tête.

– Je ferai tout ce que je pourrai pour vous, petite Hoëlle, dit-il. Vous avez eu raison de vous confier à moi.

Yann, qui était resté silencieux pendant tout ce dialogue, intervint soudain :

– Comment ferez-vous pour gagner l'Espagne, señor Pavila ? Ce n'est pas facile de nos jours !

– Aussi passerai-je d'abord en Angleterre : là, je trouverai certainement un navire qui m'emmènera dans mon pays.

– Mais... s'écria Hoëlle, un tel voyage coûte très cher et...

Elle rougit, confuse, Pavila sourit.

– Et je suis un pauvre hère, acheva-t-il.

– Señor Pavila, si je pouvais... si... je suis sûre que mon père...

Elle ne savait trop comment achever sa phrase, craignant de blesser l'orgueil de l'Espagnol. Celui-ci comprit.

– Ne vous inquiétez pas de moi, dit-il en souriant. Un... ami va m'avancer la somme nécessaire. Il me l'apportera demain matin.

– Je crois, dit Yann, que j'entends des pas : voici nos hommes !

– Señor Pavila, dit précipitamment Hoëlle, ne parlez pas de notre conversation à Miguel ! Je ne voudrais pas lui donner un espoir qui sera peut-être déçu.

– Je garderai le secret, soyez en repos. Oui, il est préférable que Miguel ne sache rien, approuva l'Espagnol.

Il y eut plusieurs blessés à soigner, cette nuit-là. Hoëlle et Yann se multiplièrent et Pavila leur donna tous les éclaircissements, toutes les explications possibles pour qu'ils pussent le remplacer pendant son absence.

– En cas de besoin, vous pourrez vous adresser au docteur Mainsville, remarqua-t-il.

Il observa le mouvement de recul d'Hoëlle, aussi bien que le sourire sarcastique qui se jouait sur les lèvres de Yann. Évidemment, Mainsville n'était très apprécié ni de l'un ni de l'autre. Il insista :

– Vous connaissez bien le docteur, Hoëlle ? N'est-il pas un familier du manoir ? Vous m'avez dit que durant des années il a veillé à l'instruction de votre mari !

– Oui, dit-elle tout bas, mais... je n'ai pas grande confiance en lui, señor Pavila ! Il... il me fait peur !

– Il a cependant fort bien reçu et soigné notre malade, l'autre semaine !

– Certes... je ne voudrais pas que vous me croyiez ingrate ou injuste, dit la jeune femme avec embarras, mais...

Elle se demandait avec angoisse si elle devait révéler à l'Espagnol la véritable personnalité du médecin ; dénoncer qui que ce fût lui faisait horreur. Yann lui vint en aide :

– L'instinct est parfois plus sage que la raison, dit-il. Si l'instinct d'Hoëlle l'incite à se méfier du docteur Mainsville, elle fait bien, sans doute, d'obéir. Du reste, ajouta le jeune homme, voici que nous entrons dans la mauvaise saison, il y aura peut-être une accalmie.

– Je m'efforcerai de revenir le plus tôt possible, promit Pavila.

– Quand partez-vous ? demanda encore le jeune homme.

– Demain soir, je pense. J'ai organisé la première partie de mon voyage avec le patron d'une grande barque.

– Je prierai pour vous et pour le succès de vos entreprises, murmura Hoëlle, celle que je vous confie, et l'affaire familiale qui vous appelle si loin de nous...

Le petit jour semait sa grisaille argentée sur la mer quand les amis quittèrent enfin la chaumière de Nannie. Les blessés avaient été emmenés un à un par leurs compagnons ; le señor Pavila reprit le chemin du château de Pénazel, Miguel et sa femme s'en furent, par le souterrain, à Trenarvan.

Yann Kermario s'engagea dans le sentier qui suivait la côte et longea celle-ci dans la direction prise par l'Espagnol. Après avoir marché assez longtemps, il s'arrêta, regarda autour de lui, avisa un creux de rocher suffisamment abrité du vent et s'y faufila avec une grimace : ce n'était pas un gîte très confortable !... mais il n'avait pas l'intention d'y rester plus de quelques heures.

Lorsque le jour fut tout à fait levé, le jeune homme sortit de son abri : il avait retiré son masque noir et l'avait mis dans sa poche. Quittant le sentier, il se mit à gravir la falaise avec une adresse de chèvre. Lorsqu'il atteignit le haut du rocher, il examina la lande devant lui : il se trouvait non loin du château de Pénazel, à quelques pas de l'endroit où Pavila, depuis plusieurs jours, venait peindre chaque matin.

Yann gagna promptement un point où les ajoncs poussaient en un taillis dense ; il s'étendit de tout son long au pied des tiges aux épines acérées et attendit.

II

L'hiver vint, le tragique hiver de 1793-1794, avec son cortège de morts, de souffrances, de famine. Au mois de décembre, l'armée royaliste fut écrasée près du Mans... La reine Marie-Antoinette fut jugée et guillotinée à son tour...

Ces douloureuses nouvelles jetèrent la consternation parmi les Blancs de Bretagne. Partout, la crainte régnait ; sans cesse, les cultivateurs étaient harcelés par les agents de la Convention qui venaient réquisitionner leurs récoltes. S'ils résistaient, leurs maisons étaient fouillées de fond en comble et les récalcitrants, emmenés en prison, ne reparaissaient plus.

Sans doute, les hommes de Cornouaille tentaient-ils de résister par la force aux lois qui menaçaient de faire mourir de faim leurs familles, mais les Bleus étaient les plus puissants ; sur les frontières de la France, les armées républicaines remportaient maintenant de brillants succès, et par une conséquence trop humaine, elles ralliaient des partisans de plus en plus nombreux.

Les Tréguidy, Miguel et leurs amis, rongeant leur frein, se virent bientôt réduits à une inaction presque complète. Tout ce qu'ils pouvaient faire à présent, c'était aider les suspects pourchassés à fuir, et le nombre en allait croissant. La salle secrète qui avait maintes fois servi de lieu de réunions et de délibérations aux royalistes bretons se transforma en une sorte d'asile pour les fugitifs. Ils attendaient là que Miguel et Pol organisassent pour eux leur évasion, avec l'aide de pêcheurs dévoués, tâche qui devenait de plus en plus difficile et exigeait une très grande prudence.

Devant la misère grandissante, Hoëlle eut une inspiration providentielle. Sur ses conseils, Miguel, Pol et quelques jeunes gens de leurs amis passèrent des nuits à transporter des vivres dans les souterrains. Grâce à cette idée généreuse, il leur devint possible, ensuite, de porter secours à ceux que les réquisitions privaient même du nécessaire.

Hoëlle et sa mère, ainsi qu'elles l'avaient toujours fait, allaient constamment visiter tous les malheureux de la contrée, apportant à tous réconfort d'aliments indispensables, soignant les malades, encourageant chacun.

– Ayez confiance ! répétait la jeune femme. Dieu nous aidera ! Les mauvais jours passeront...

Mais si elle parvenait à rendre l'espoir à ses humbles amis, elle n'obtenait aucun succès à Trenarvan. Là, comme ailleurs, l'abondance avait fait place à la disette et les Porspoët trouvaient fort mauvais d'avoir à se priver. Edern reprochait à Miguel de ne pas recevoir des cultivateurs de ses terres des produits plus abondants ; le jeune homme lui rappelait avec patience que le sort du manoir était le sort commun et qu'il faut se passer de ce qui n'existe pas... Son père d'adoption finissait par admettre la dure réalité, mais reprenait bientôt ses récriminations.

Du moins pouvait-on discuter avec lui. À Linda, il était impossible de faire entendre quoi que ce fût. Cette femme égoïste et frivole se souciait uniquement d'elle-même : peu lui importait que d'autres fussent encore plus déshérités, elle voulait pour elle la chère savoureuse des jours d'autrefois. Il ne s'écoulait pas un repas sans qu'elle fît d'aigres remarques, ou même des scènes furieuses à cause de sa frugalité.

Porspoët haussait les épaules et la laissait dire. Il n'avait plus beaucoup d'autorité sur elle, et lui, secrètement, se consolait de la tristesse des temps en puisant fréquemment dans sa réserve d'eau-de-vie. Mainsville, en venant le voir, le trouvait souvent le verre à la main.

– Tu as tort ! lui disait-il. Tu n'es plus d'âge à supporter des excès de ce genre, Edern !

Porspoët ne faisait que rire de cet avertissement.

– Cela finira mal ! annonça le docteur.

Et le drame se produisit, en effet. Linda en fut la cause immédiate.

Elle gémissait, selon son habitude, sur la médiocrité du repas, un jour. Hoëlle tenta de la raisonner, sans obtenir d'autre résultat que d'attiser la colère de l'Espagnole.

– Tout cela est votre faute, cria-t-elle, et celle de Miguel ! Vous voulez simplement me faire périr d'inanition !

Porspoët ne se faisait pas faute de morigéner son fils adoptif, tout aussi injustement, mais l'absurdité de l'accusation, prononcée par une autre que lui, lui fit perdre patience.

– Linda, tu es parfaitement ridicule ! grommela-t-il. À quoi bon soupirer sans cesse ? Cela ne change rien !

– Toi aussi, tu veux ma mort ! s'exclama-t-elle, le visage tordu de fureur, je ne t'ai pas épousé pour mener une existence de pauvresse !

– En vérité, riposta Edern, tu me fais regretter ma pauvre Jeannette ! Elle, du moins, se contentait de ce que je lui donnais et ne me cassait pas les oreilles avec des jérémiades !

Cette remarque mit Linda hors d'elle. Oubliant toute prudence, elle hurla :

– Ah ! ah ! ta « pauvre Jeannette » ! Tu n'en parlais pas sur ce ton, jadis ! Tu as été bien content de te débarrasser d'elle parce que je te plaisais davantage !

– Tais-toi ! gronda Edern.

– Et pourquoi me tairais-je ? Je ne suis pas idiote, moi ! Je sais très bien que Mainsville et toi vous êtes arrangés pour que ta femme tombe malade et ne guérisse pas ! Mais sois sans crainte, je ne me laisserai pas faire comme elle ! Si tu oses m'attaquer, je saurai me défendre. Non, reprit Linda en ricanant, ne me regarde pas ainsi, c'est inutile : je connais ton moyen de faire pression sur la volonté des autres, de substituer la tienne à la leur et je sais maintenant te résister. Tu es sans pouvoir sur moi ; je n'ai plus peur de toi, car tu es vieux et fini !

Edern devint tour à tour blême et violet. Il porta la main à son cou, comme s'il étouffait, et oscilla sur son siège. D'un même geste, Ahès et Hoëlle s'élancèrent pour le soutenir tandis que Miguel entraînait avec peine hors de la salle Linda en proie à une crise de nerfs.

Il reparut bientôt ; Hoëlle et sa cousine, avec l'aide de la servante, étaient parvenues à étendre Porspoët sur un canapé et elles lui baignaient le front d'eau fraîche. Le maître de Trenarvan avait perdu connaissance.

– C'est toi, Miguel ? dit Hoëlle sans se retourner. Il faut aller tout de suite chercher le docteur Mainsville.

– J'y vais répondit le jeune homme. Si tu pouvais t'occuper de Linda ? Elle aussi a besoin de soins...

– Laisse-la se soigner toute seule ! gronda Ahès, les dents serrées. Si sa méchanceté l'étouffe, tant pis pour elle !

– Nous n'avons pas le droit de la laisser sans secours, murmura Hoëlle.

Pas plus qu'Ahès, cependant, elle n'avait envie d'aller vers Linda. Ses affreuses paroles l'avaient glacée d'horreur : comment avait-elle pu les prononcer en présence de la fille de Jeanne ? Elle en voulait davantage à l'Espagnole qu'à Porspoët, soupçonné pourtant d'un forfait plus abominable que tous les autres ; son instinct lui disait qu'Edern, ce jour-là, commençait à expier ses crimes...

Et elle ne voulait pas quitter sa cousine. Ahès, les traits tendus, le regard tragique, ne se soutenait qu'à force de volonté. La jeune femme demanda à la servante d'aller veiller sur Linda. Elle et Ahès demeurèrent auprès de Porspoët qu'elles essayaient en vain de rappeler à la vie. Enfin, le docteur Mainsville entra.

Edern demeura plusieurs jours entre la vie et la mort ; Ahès et Hoëlle ne le quittaient guère et Mainsville le soignait avec dévouement, mais sans optimisme.

– J'espère le sauver, dit-il, mais dans quel état sortira-t-il de cette grave crise ? Il peut rester infirme...

Hoëlle imagina le terrible maître de Ty an Heussa immobilisé, diminué, et elle frémit. Ahès se cantonna dans un lourd silence.

Les deux cousines ne quittaient guère le malade ; elles se parlaient peu, trop absorbées par leurs soucis. La nuit, elles se relayaient à son chevet.

Par bonheur, la présence d'Hoëlle n'était plus nécessaire dans la chaumière de Nannie. Il n'y avait plus de combats.

Miguel et Pol, cependant, ne connaissaient pas une minute de repos. Ils ne cessaient pas de circuler, jour et nuit, apportant des vivres à ceux qui en manquaient et aux proscrits cachés dans la salle souterraine. Ils effectuaient souvent de très longues randonnées et refusaient l'aide de leurs amis pêcheurs et paysans : ceux-ci, mal nourris, avaient déjà tant de peine à accomplir leur travail quotidien !

– Si seulement Yann avait l'idée de venir nous prêter main-forte ! dit un jour Miguel. C'est singulier, il était toujours là pendant les nuits de combat, et maintenant que par force, hélas ! nous ne nous battons plus, il disparaît !

– Nous n'avons pas songé à l'appeler, remarqua Pol. Je vais lui faire dire par Guénolé que nous avons besoin de lui.

Mais le pêcheur se montra réticent. Il n'avait pas vu le jeune homme depuis longtemps, dit-il, et quand Pol le pria d'aller trouver Yann de sa part, il manqua d'empressement.

– Je veux bien essayer, dit-il enfin, mais je ne suis pas sûr de le rencontrer. Peut-être a-t-il quitté le pays ?

– Ce Yann Kermario est un énigmatique personnage ! dit Pol à Miguel en lui rapportant sa conversation avec Guénolé. Peut-être avons-nous eu tort de l'accueillir parmi nous. Quel peut être ce garçon ? C'était au moins étrange cet entêtement à dissimuler ses traits !

Miguel haussa les épaules.

– Qu'importe, s'il est parti ? murmura-t-il.

Un jour vint où la vie d'Edern ne fut plus en danger, mais les prédictions de Mainsville se réalisaient : Porspoët restait à demi paralysé. Lorsqu'il s'en rendit compte, il eut une terrible explosion de fureur et de révolte, puis de désespoir, blasphémant et sanglotant à la fois. Devant l'épreuve, cet homme, qui n'avait jamais hésité à jeter autrui dans la souffrance, se montrait d'une invraisemblable lâcheté.

Le docteur lui prodigua les bonnes paroles.

– Prends patience, dit-il. Tu es doté d'une santé robuste, tes forces reviendront peu à peu, tu guériras avec le temps !

Mais sa voix ne rendait pas un son très convaincu et Porspoët n'en fut pas dupe ; il continua à gronder et à pleurer, jusqu'à ce que, épuisé par sa colère, il sombrât dans un morne silence.

Ahès n'avait pu supporter très longtemps cette scène atroce, elle quitta la chambre de son père, le visage crispé, les larmes aux yeux. Hoëlle priait tout bas dans un coin. Certes, la main de Dieu frappait justement, mais le cœur compatissant de la jeune femme était navré de chagrin ; son horreur pour les crimes de Porspoët cédait le pas à la pitié... et elle trouva les mots qu'il fallait pour relever le courage de l'homme terrassé. Elle s'approcha de lui et, pour la première fois, s'obligea à le nommer comme elle ne l'avait jamais fait encore.

– Père ! dit-elle doucement, jamais rien n'a pu abattre un Porspoët ! Souvenez-vous de vos aïeux... et rappelez-vous que vous n'êtes pas seul dans votre malheur : vous avez votre fille, votre... fils et moi-même...

Edern leva les yeux et la considéra. Elle n'était que charme, beauté, douceur, et, pourtant, il émanait d'elle une force singulière. Un triste sourire erra sur les lèvres du malade.

– Mon enfant... murmura-t-il, tu as raison, peut-être...

Ce fut un dur hiver que celui-là pour la petite fée de Kermoal. Si le demi-rétablissement de Porspoët lui donnait quelques loisirs, lui permettant d'aider sa mère, son mari et son frère à soulager nombre de malheureux, elle ne pouvait jamais s'éloigner très longtemps du manoir. Edern, cloué sur son fauteuil, avait de fréquents accès de colère ou de désespoir dont elle seule pouvait le tirer. Il la réclamait sans cesse, sans souci de la fatigue, de la tension nerveuse qu'il lui imposait. Le despote, en lui, vivait toujours.

L'indisposition de Linda n'avait été que de courte durée, mais son égoïsme et sa rancune la tenaient éloignée du chevet de son mari qui, du reste, ne parlait jamais d'elle. Elle errait dans la maison silencieuse, dans le cloître envahi par le vent glacé ou dans le jardin que dépouillait l'hiver, en marmottant des phrases inintelligibles. Peut-être l'ennui qui la submergeait avait-il eu raison, peu à peu, de l'équilibre de son cerveau ? Linda payait-elle le rôle néfaste qu'elle avait joué au manoir ?

Miguel se réjouissait, plutôt qu'il ne le déplorait, que ses préoccupations charitables l'entraînassent tout le jour hors de Trenarvan. Il n'y avait plus, à son côté, Hoëlle, constamment retenue par Edern. Seul, il ne pouvait plus supporter l'affreuse tristesse de la vieille demeure et il se demandait comment il avait pu y vivre tant d'années, sans Hoëlle, et n'être pas devenu fou.

« Il est vrai que j'avais son image dans le cœur, songeait-il, et je ne savais pas encore ce que c'était que la tenir dans mes bras ! »

Hoëlle ! Il lui suffisait de la retrouver pendant quelques minutes pour faire provision d'espoir et d'énergie. Grâce à Hoëlle, la Maison de l'Épouvante n'était pas tout à fait la maison du désespoir...

Il ne s'en fallait pas de beaucoup.

Edern, pour la première fois, connaissait l'angoisse de la mort. Il avait toujours eu l'esprit ouvert sur toutes sortes de questions et s'intéressait à la science médicale sur laquelle il avait maintes fois interrogé Mainsville. Il savait très bien, à présent, que son état était grave et ne pouvait s'améliorer, il savait qu'il était à la merci d'une crise semblable à celle dont il s'était relevé avec tant de peine. Et cette crise, si elle se produisait, serait fatale sans doute.

Porspoët avait toujours méprisé la vertu, se targuant de ressembler en tous points à ses criminels aïeux. Aujourd'hui, il se sentait beaucoup moins sûr de lui. Il n'avait pas de remords, mais il avait peur...

En vain luttait-il contre les souvenirs trop précis de tous ceux qu'il avait trahis, bafoués, assassinés lâchement. En vain repoussait-il l'image de Jeanne, et de tant d'autres... elles le poursuivaient inlassablement. Dans la journée, il parvenait à se distraire, il lisait, écrivait sa propre histoire afin de l'ajouter au volumineux manuscrit de Budic, mais voilà qu'il n'osait plus écrire, cyniquement, la vérité : il inventait un nouveau personnage, chevaleresque, généreux, qui n'avait qu'une ressemblance physique avec le vrai Porspoët.

Ses nuits étaient hantées par ses victimes. Cent visages lui apparaissaient, convulsés de douleur ou de haine, cent bouches lui criaient des reproches ou des menaces ; il s'éveillait d'un cauchemar pour sombrer dans un autre et le sommeil ne lui permettait pas de ruser, de transformer de manière flatteuse le triste héros qu'il avait été.

Pendant quelque temps, son orgueil l'aida à supporter ses tourments, mais, bientôt, cette dernière force s'usa, il lui devint impossible de garder secrète l'horreur de ces nuits d'enfer.

Ce ne fut pas à son ami Mainsville qu'il s'en ouvrit, mais à Hoëlle. Hoëlle était maintenant la seule dont le regard limpide ne l'épouvantât pas... et Hoëlle dut entendre, prononcés d'une voix étranglée, hachée par la terreur, des récits atroces, de hideux détails. Certes, ils n'étaient pas une surprise pour elle, elle connaissait de longue date la réputation de Porspoët, mais cet étalage de crimes ne l'en bouleversait pas moins. La vraie figure d'Edern lui apparaissait en pleine lumière, et c'était la figure de Satan !

Bien souvent, elle eut envie de fuir pour ne plus entendre les terribles confessions et, dans son cœur, l'horreur fut très près de prendre l'avantage, mais elle se souvint de la parole de Jésus : « Je suis venu sauver ce qui était perdu... » et elle accepta la douloureuse mission que lui confiait la Providence.

Mission difficile, à vrai dire ! La jeune femme devinait que les douces paroles qui apaisent les âmes simples n'apporteraient point la sérénité à cet être farouche. Confiante, elle espéra que Dieu l'inspirerait, le moment venu, et elle écouta patiemment les affreux récits, sans rien témoigner de ce qu'elle ressentait.

Une telle attitude ne manqua pas de surprendre Edern et le désir lui vint de savoir ce que pensait cette enfant si pure, qui entendait sans sourciller décrire des « exploits » monstrueux. Il interrogea enfin Hoëlle.

Elle lui répondit tranquillement, sans acrimonie, avec une hardiesse qui le stupéfia. Elle donnait son avis, simplement, comme s'il se fût agi d'une personne étrangère. Porspoët se mit à discuter, elle répondit, lui tenant tête sans jamais l'accabler, mais en défendant son point de vue avec énergie et logique.

Chose étrange, il l'entendit sans colère. Elle lui ouvrait des horizons insoupçonnés qui l'intéressaient malgré lui... et lorsque, tout doucement, elle commença à parler de regret, de pardon, s'efforçant de faire naître une conscience qui n'avait jamais existé, il ne lui imposa pas silence...

III

Les semaines, les mois passaient sans que Pavila reparût. Il était naturel que son voyage durât un temps assez long et Mainsville ne s'inquiétait pas. Cependant, lorsque le printemps vint reverdir la terre et les arbres, il commença à s'impatienter.

Il ne perdait pas de vue sa vengeance envers Miguel et les Tréguidy, vengeance que l'infirmité de Porspoët lui permettait maintenant d'exercer sans risques, mais il voulait aussi profiter jusqu'au bout de la situation. Ainsi qu'un enfant gâté, il voulait tout : gagner par Miguel une importante somme d'argent, garder le diamant magnifique que lui avait confié Pavila et, enfin, perdre Miguel, sa femme et les siens.

Pour parvenir à ces résultats contradictoires, le docteur mettait à la torture son fertile cerveau. Il savait que l'Espagnol était, sans doute possible, de taille à se défendre et, pourtant, dans presque tous les domaines, sa personne gênait Mainsville. Si Pavila obtenait sur la famille de Miguel des renseignements intéressants, il voudrait voir le jeune homme ; il refuserait, sans cela, de remettre à son complice la récompense espérée. Et il réclamerait sa bague !

En ce qui concernait Miguel, il faudrait ruser, atermoyer. Peut-être avoir recours à une substitution, cela devait pouvoir se faire assez facilement. Quant à la bague...

« Je l'emmènerai la chercher dans le souterrain ! se dit Mainsville en ricanant. Il la retrouvera peut-être au fond du puits ! »

Mais, pour gagner la salle des oubliettes, il fallait passer par le manoir, ce qui surprendrait certainement l'Espagnol. De plus, il y avait danger à l'introduire à Trenarvan : une rencontre avec Linda, Hoëlle ou Miguel serait fort embarrassante pour le docteur. Hoëlle ne quittait plus guère la vieille demeure depuis que ce sot Edern ne pouvait plus se passer de sa compagnie... et si Hoëlle ou Miguel voyaient Pavila disparaître avec Mainsville dans la bibliothèque, il y avait cent à parier contre un que Pavila sortirait indemne de l'aventure, mettant en très grand danger la vie de son complice !

Mainsville fit la grimace. Il n'aimait pas du tout le danger pour lui-même.

C'est alors qu'une phrase dite par Hoëlle à M. de Bellefontaine revint à sa mémoire. Elle avait parlé de multiples issues des souterrains.

« Comment n'ai-je pas songé à cela plus tôt ! se dit le docteur impatiemment. Imbécile que je suis ! N'est-elle pas arrivée, elle, par un autre côté ? Si je parviens à éviter de traverser le manoir avec Pavila, je suis sûr du succès ! »

Mais, pour arriver à ce résultat, il fallait connaître ces issues mystérieuses et la seule idée d'explorer de nouveau les couloirs obscurs donnait le frisson à Mainsville. Il écarta le moyen qui lui répugnait si fort.

Puis il alla regarder la bague. La vue de l'étincelante gemme le fit hésiter de nouveau. Pour la conserver, si Pavila revenait, il fallait supprimer Pavila. Et, pour ce faire, la sinistre salle au puits rendait la tâche si facile...

La cupidité aiguillonnait le docteur. Elle finit par vaincre son effroi. Mainsville pouvait, à son aise, évoluer dans le manoir : il y venait chaque jour, à la fin de l'après-midi, rendre visite à Edern. Personne ne s'étonnerait si on le voyait entrer dans la bibliothèque.

Comme Miguel l'avait fait jadis, il prit ses dispositions pour se retrouver dans les obscurs méandres ; il s'arma d'une forte lanterne et de gros pelotons de fil, puis, un soir, tremblant malgré ces précautions, il ouvrit la porte secrète, la tira derrière lui, non sans en avoir vérifié le mécanisme, et descendit l'escalier.

Il retrouva sans peine la porte des oubliettes et, ayant solidement fixé au mur l'extrémité de son fil, il s'avança dans le couloir. Il voulait le suivre jusqu'au bout et savoir où il conduisait. Il marcha droit devant lui, examinant soigneusement les parois à droite et à gauche, en notant les tunnels qui s'y ouvraient.

La longueur du couloir central le stupéfia ; il n'était pas étonnant qu'il se soit senti si terriblement las lors de sa première randonnée sous terre ! Il commençait à désespérer d'atteindre le but qu'il s'était proposé, lorsqu'un bruit insolite frappa son oreille : il tressaillit, le cœur battant, posa promptement sa lanterne sur le sol et la recouvrit de son épais manteau. Il écouta intensément...

Le même son retentit de nouveau : un rire de femme, un rire

étouffé qui semblait venir de la paroi rocheuse. Puis il y eut un murmure de voix... Mainsville reprit sa lanterne et la promena lentement le long de la muraille ; à hauteur de la main, il aperçut un petit disque brillant, semblable à celui qui commandait l'ouverture de la porte secrète, dans la bibliothèque. Il était arrivé à la salle où Hoëlle avait conduit le marquis, et cette salle était présentement habitée ! Le dédale souterrain recelait encore plus de mystères que le docteur ne l'avait supposé...

Il n'osa continuer dans la même direction, car sa retraite pouvait fort bien être coupée à un moment ou à un autre. Il valait mieux revenir en arrière et tenter de découvrir une autre sortie.

Il battit en retraite, assez précipitamment, mais non sans marquer l'emplacement probable de cette nouvelle porte d'un trait de craie blanche, et il continua à jalonner ainsi sa route. Il la reconnaîtrait ainsi plus facilement dans l'avenir.

Il ne tarda pas à rencontrer une des bifurcations qu'il avait laissées de côté à l'aller et suivit ce nouveau chemin.

Il faisait nuit noire quand il revint dans la bibliothèque et il était très fatigué, mais il était pleinement satisfait : il avait découvert une entrée assez éloignée du manoir, dans un petit bois ; il devenait aisé pour lui de revenir dans les souterrains quand il lui plairait, avec qui lui conviendrait, sans attirer l'attention de personne. Et, avant d'y entraîner qui que ce soit, il voulait revenir seul pour tirer au clair l'énigme des voix qu'il avait entendues.

Chaque jour, Mainsville reparut dans les souterrains. L'oreille tendue, il n'avançait qu'avec la plus extrême prudence, toujours prêt à dissimuler sa lanterne sous son manteau. D'autres, beaucoup d'autres peut-être, connaissaient les chemins secrets et il ne désirait faire aucune rencontre... mais il ne s'en accoutumait pas moins à l'atmosphère pesante, au silence, aux ténèbres, à la complication des voies embrouillées. Une à une, il découvrit toutes les entrées, sauf celle qui seule, jadis, intéressait Miguel, celle qui débouchait dans le parc de Kermoal : de ce côté, il n'osait encore s'aventurer. Il voulait être parfaitement familier avec le plan des couloirs, les ressources de fuite brusquée qu'ils offraient, les caches qu'ils pouvaient receler, avant de se risquer à rencontrer des êtres humains.

Ces êtres humains, il tenait cependant à les voir, à les identifier si possible et, lorsqu'il jugea le moment venu, il vint s'embusquer dans un creux de la muraille. Sa lanterne soigneusement voilée et invisible, il attendit...

Il dut attendre longtemps, mais il savait le prix de la patience. Après des heures de guet, il reçut la récompense de sa ténacité : une lueur lointaine éclaira la nuit, elle se rapprocha, grandit... s'arrêta devant la porte. Le docteur reconnut les deux hommes qui venaient d'apparaître et devant lesquels le panneau de roche tournait lentement.

Pol de Tréguidy et Miguel entrèrent dans la salle et des exclamations les accueillirent. D'un bond silencieux, Mainsville se glissa derrière les jeunes gens qui avaient laissé la porte ouverte et il vit, dans la caverne éclairée par des chandelles, plusieurs hommes d'allure distinguée qui interrogeaient avec passion leurs visiteurs.

– Cette nuit, expliqua Miguel, vous serez deux à partir : les premiers arrivés, naturellement.

– Deux seulement ?

– Hélas ! Les barques de nos pêcheurs ne sont pas grandes et ils ne peuvent les surcharger sans imprudence, pas plus qu'il ne leur est possible de faire très souvent une aussi longue traversée. L'Angleterre est loin... Leur vie, comme la nôtre, dépend de la sagesse de tous.

Les jeunes gens apportaient des vivres et ils les déposèrent sur une table. Après quoi, ils s'en retournèrent, emmenant les deux heureux qui vogueraient tout à l'heure vers la liberté.

Mainsville n'essaya pas de les suivre ; il estimait qu'il en savait assez, et un cruel sourire entrouvrait ses lèvres. Vaincre sa frayeur n'avait pas été un vain effort : il connaissait maintenant une manière facile de se débarrasser de Pavila quand il le jugerait bon et d'envoyer, quand il le voudrait, à l'échafaud, Miguel, sa femme, les Tréguidy, plus quelques inconnus qui lui importaient peu. Et ce joli coup de filet lui rapporterait, en outre, le respect et la reconnaissance de la Convention !

Dès lors, le docteur attendit impatiemment le retour du señor Pavila.

Mais, bien que le printemps s'acheminât doucement vers l'été, l'Espagnol n'arrivait pas. Mainsville s'énervait, se demandant ce qu'il devait faire. Ce long délai n'allait-il pas compromettre à tout le moins son projet de vengeance ? Y aurait-il indéfiniment des fugitifs cachés dans la salle secrète par les soins de Miguel et des Tréguidy ? De temps en temps, il allait s'en assurer, surveillant les allées et venues nocturnes des jeunes gens. Il revenait rassuré, mais il se lassait de ces expéditions fatigantes. Mainsville n'était plus jeune et il le constatait avec colère. L'émouvante beauté de l'été naissant n'apaisait ni son irritation ni sa haine.

Au manoir, l'approche de la belle saison n'arrangeait pas les choses davantage. Edern souffrait plus encore de son infirmité ; il devenait de plus en plus despotique, exigeant d'Hoëlle d'épuisants efforts pour le réconforter et le distraire. Il n'était jamais satisfait, voulait que la jeune femme l'aidât à se traîner dans le cloître ou dans le jardin ; puis, dès qu'il se trouvait là, demandait à retourner dans sa chambre. Il essayait de marcher, pesant de tout son poids sur la mince épaule d'Hoëlle, et refusait tout secours autre que le sien. Sans l'avouer, il avait espéré que le printemps lui rendrait ses forces et son activité de naguère, et la déception l'aigrissait.

À ce régime, Hoëlle, insuffisamment nourrie, comme chacun à cette cruelle époque, maigrissait et pâlissait, et Miguel se désolait. L'inconcevable égoïsme de son père adoptif l'indignait et, dix fois, il fut sur le point d'aller lui faire de vertes remontrances et de le prier énergiquement de ménager la santé de la jeune femme, mais celle-ci le conjura de n'en rien faire. Devenir, à ce point, indispensable au vieux forban lui faisait espérer que son influence, finalement, aurait raison de cette âme endurcie et qu'elle amènerait Edern à de meilleurs sentiments. Miguel demeurait sceptique.

– Ma pauvre chérie, disait-il, l'âme des Porspoët est plus dure que le granit de leur pays ! Et, quant au cœur, je pense bien qu'ils n'en possèdent même pas ! Tu t'épuises en pure perte !

– Qui sait ?... répliquait-elle doucement. Aucun effort n'est jamais perdu, peut-être, un jour, Dieu jugera-t-il que je ne puis plus rien et, à ce moment, Il interviendra. Je n'ai pas le droit de me dérober au devoir qui m'incombe, Miguel... Du reste, qui donc prendrait ma place ? Linda, n'est qu'une poupée détraquée, Mainsville est... un démon, pire, je crois que M. de Porspoët ; et toi, tu as déjà plus à faire pour porter secours à nos malheureux amis que tu n'as de temps ou de forces !

Miguel réprima un soupir. Fallait-il que ses épreuves soient rudes et pénibles pour que sa tendre petite fée, si indulgente, toujours prête à excuser tout et tous, vît enfin sous leur jour véritable les êtres qui l'entouraient !

– Et Ahès ? remarqua-t-il. Ahès peut et doit prendre soin de son père. Ne t'assiste-t-elle pas ?

– Si, certes, elle fait tout ce qu'elle peut, mais... Oh ! Miguel, comment risquer de lui laisser entendre toutes les choses affreuses qu'il raconte ? Elle en a trop entendu déjà, durant cet horrible déjeuner où M. de Porspoët s'est effondré, et depuis lors, bien souvent, quand elle entre dans sa chambre, j'ai si peur que des lambeaux de phrases, trop claires, hélas ! ne la frappent. Le plus possible, je m'efforce de l'éloigner. Laisse-moi faire, mon cher Miguel ! supplia la jeune femme. Je ne sais pourquoi, j'ai le pressentiment que nos épreuves sont près de leur fin. Laisse-moi, jusqu'au bout, accomplir mon devoir !

Et Miguel, tristement, s'inclinait.

Les repas, au manoir, étaient peut-être les moments les plus pénibles de la journée. Edern refusait de paraître dans la salle commune : il ne voulait pas revoir Linda, qu'il tenait responsable de son état. Linda, du reste, ne désirait nullement le rencontrer et n'avait jamais tenté d'approcher de lui depuis qu'il était tombé malade. Dès qu'elle était à table, elle se répandait en lamentations, en menaces vagues et puériles contre tous les habitants de Trenarvan qu'elle accusait aveuglément de la priver de nourriture et de distractions. Les jeunes gens, d'abord, avaient essayé de la calmer, mais n'obtenant en réponse que des insultes, ils décidèrent, d'un accord tacite, de la laisser parler sans discuter avec elle.

Ahès était devenue plus pâle et plus mince, elle aussi, et elle n'avait plus ce sourire d'ironie hautaine et méprisante qu'elle arborait constamment autrefois. Hoëlle le remarquait avec anxiété ; elle ne regrettait, certes, ni l'ironie cinglante ni l'arrogance de sa cousine, mais le changement qu'elle constatait en elle l'inquiétait. La jeune fille ne sortait plus guère du manoir ou des bois qui l'entouraient, elle restait souvent des journées entières enfermée dans sa chambre et une mélancolie profonde assombrissait son visage. Évidemment, le triste état de son père l'affectait... mais Ahès, jadis, ne se souciait nullement des autres. Il fallait donc qu'une modification importante fût intervenue dans son caractère, et peut-être en souffrait-elle ?

Or, si Hoëlle osait très bien affronter Edern et son humeur farouche, une invincible timidité la paralysait auprès d'Ahès. Une grande sympathie l'attirait vers elle, mais la jeune femme ne pouvait se résoudre à le lui dire. Ahès présentait pour elle une énigme qu'elle ne parvenait pas à déchiffrer.

Elle en dit un mot à Miguel. Celui-ci lui sourit tendrement.

– Ma petite fée ne songe qu'à venir en aide à tout le monde ! dit-il. Mais « tout le monde » est bien trop lourd pour ses jeunes épaules ! Ne te tourmente pas trop pour Ahès, ma chérie, si elle a vraiment besoin de toi, de nous, elle le dira. En attendant, laissons-la tranquille : les Porspoët n'aiment pas qu'on se mêle de leurs affaires ou de leurs sentiments !

– Il faut veiller sur elle, pourtant, Miguel !

– Oui, certes... mais discrètement.

Veiller sur Ahès... À près de vingt ans de distance, Hoëlle redisait presque les mêmes paroles que Jeanne mourante...

IV

Hoëlle ne se trompait pas en supposant qu'une transformation s'opérait en sa cousine. Cependant, plutôt que d'une transformation à proprement parler, il s'agissait de l'éveil d'un côté de sa nature auquel la jeune fille n'avait jamais pensé et qu'elle avait hérité de sa mère.

Mais, sans doute, ces traits caractéristiques, légués à sa fille par la douce Jeanne, eussent-ils été à jamais étouffés par l'influence puissante des Porspoët et par l'éducation qu'Ahès avait reçues de son père, sans l'apparition de la fille des Tréguidy au manoir.

À peine polie, souvent hostile envers sa cousine, Ahès, à son insu d'abord, subit peu à peu le charme de la jeune femme. Elle s'en aperçut et lutta : l'orgueil des Porspoët, ainsi que le devinait très bien Miguel, se cabrait devant l'ingérence de qui que ce fût dans leur âme sauvage. Mais sa curiosité s'éveillait. Elle voulut observer sa cousine.

Et puis s'était déroulé le repas tragique, la scène atroce où Linda, dans sa rage, avait jeté au visage d'Edern une accusation terrible. Cette accusation, Edern ne l'avait pas réfutée. Il en avait été frappé à mort.

Ce fut comme le signal d'un combat qui se livra dès lors dans le cœur de la jeune fille entre ses tendances différentes : la race des Porspoët et celle des Guénaël de Plouvernon se disputaient leur descendante.

Ahès apprit à connaître une chose dont elle n'avait jamais soupçonné l'existence : la souffrance morale, mille fois plus dure à supporter que les privations ou la douleur physique et, pour échapper à cette souffrance, pour fuir les pensées contradictoires qui la hantaient, elle n'avait même plus la ressource des longues randonnées qu'elle aimait jadis. Elle n'osait plus, ne pouvait plus s'éloigner de Trenarvan.

Elle errait, un jour de juin, dans les bois du manoir, et, comme le soleil commençait à descendre, elle s'arrêta près de l'étang. Elle ne pouvait plus lutter... et, d'ailleurs, contre quoi luttait-elle ? Elle se débattait dans les ténèbres et c'étaient justement ces ténèbres qu'elle ne pouvait plus supporter !

Dans son esprit enfiévré passa le souvenir d'Hoëlle et de Miguel : son frère... et sa sœur. Mais que pouvaient ceux-ci pour secourir sa détresse ? Ils avaient déjà tant de soucis, tant de préoccupations !

Elle ne songea pas à remarquer que cette crainte d'imposer une épreuve nouvelle aux jeunes gens prouvait que son instinct, déjà, l'entraînait sur une route inconnue ; en ce moment, elle ne sentait que cette insoutenable angoisse qui l'étreignait plus cruellement à chaque minute. Elle regarda l'eau noire.

Machinalement, elle se leva et s'approcha du bord. Un silence pesant régnait sur les bois, en cette heure où la nature se prépare au repos ; mais il n'y avait plus de repos pour Ahès, il n'y en avait plus dans ce monde terrible, songea-t-elle, dans cette vie toujours plus dure et triste.

Cette vie si longue, si lente... si affreusement décevante, dont elle ne comprenait plus la raison ni le but.

Elle fit encore un pas en avant. L'eau effleurait le bout de ses fines chaussures.

Elle n'avait qu'à faire un pas, à se laisser aller... et la vie serait finie pour elle. Elle ne souffrirait plus.

Peut-être retrouverait-elle sa mère ? Elle se souvint du soir où elle l'avait appelée silencieusement au secours, alors que des soldats grossiers l'entraînaient vers un sort tragique. Ce soir-là, le secours était venu ! Mais, à présent, Hoëlle, Pol et Miguel, appelés par tant de tâches diverses, n'avaient plus le temps de se préoccuper d'elle.

Sans doute ne la regretteraient-ils pas : elle n'avait rien fait pour éveiller leur affection. À peine son père s'apercevait-il qu'elle n'était plus là, il ne pensait plus qu'à lui. Elle était seule à Trenarvan, seule dans un monde méchant. Elle n'avait qu'à le quitter.

Cependant, avant d'accomplir son geste désespéré, Ahès se retourna vers le bois pour jeter un dernier regard sur le décor de son enfance et elle resta figée de saisissement : dans le sentier qu'envahissait le crépuscule, Pol de Tréguidy s'avançait dans sa direction. Sans doute revenait-il du manoir ? Il y visitait parfois sa sœur, quand ses pérégrinations l'amenaient dans ces parages. Voyant qu'Ahès l'apercevait, il marcha plus rapidement. Il souriait, d'un sourire énigmatique dont elle ne savait s'il était moqueur ou amical.

– Ma chère cousine, dit-il, je suis très heureux de vous saluer !

Elle leva vers lui des yeux un peu hagards. Elle avait été si près de se jeter dans la mort qu'elle avait peine à reprendre pied sur terre. Elle murmura d'un ton incertain :

– Vous venez de voir Hoëlle ?

– Oui, j'ai pu passer une demi-heure près d'elle. Elle n'a pas une mine très florissante, ma petite sœur...

Il regarda la jeune fille. Il était soudain devenu grave.

– Et vous non plus, Ahès. Qu'est-ce qui ne va pas ?

Elle tenta d'éluder la question directe.

– L'état de mon père est très pénible, dit-elle, et Linda est vraiment insupportable. Le manoir... n'est pas gai...

– Je sais tout cela. Et ce n'est pas suffisant pour allumer dans les yeux d'Ahès de Porspoët cette lueur tragique...

Le jeune homme se pencha brusquement et, tout près d'elle, acheva sa phrase :

– ... Ni pour l'inciter à s'élancer dans cette eau bourbeuse... et au-delà. Il y a autre chose. Qu'est-ce que c'est ?

Il parlait d'une voix tranquille, comme s'il prononçait des paroles banales, mais il y avait en lui une extraordinaire autorité que la jeune fille accepta sans même y réfléchir.

– Je ne sais pas... dit-elle, très bas.

Elle passa une main sur son front, comme si elle sortait d'un rêve et cherchait à s'en souvenir.

– Je ne sais pas ! répéta-t-elle avec désespoir. Je ne sais plus rien, je ne vois plus clair, Pol, ni en moi ni autour de moi. Et je n'en puis plus...

Elle se tordait les mains dans un geste inconscient. Le jeune homme l'observait gravement : tout à l'heure, Hoëlle lui avait confié son inquiétude au sujet de sa cousine ; elle avait vu juste : Ahès traversait une crise, et cette crise lui serait peut-être salutaire.

– Venez vous asseoir, dit-il doucement.

Il lui prit la main et la guida vers un rocher moussu ; il l'aida à prendre place sur ce siège improvisé et s'assit à côté d'elle.

– Nous traversons une époque terrible, dit-il prudemment.

Ahès secoua la tête.

– Je ne crois pas que les événements aient quelque chose à voir avec cette obscurité qui m'étouffe, dit-elle lentement. Je... comment dire ?... j'ai l'impression que tout est emmêlé en moi ; tout ce que je savais, tout ce que je croyais n'est plus pour moi qu'une énigme sans réponse.

Les sourcils joints, elle cherchait à saisir les détours de sa pensée en déroute. Le jeune homme interrogea :

– Que croyiez-vous jadis, Ahès ?

Dans son désarroi, elle oubliait sa réserve hautaine et ne songeait pas à se cabrer devant ce qu'elle eût, naguère, considéré comme une impardonnable indiscrétion.

– Je croyais, dit-elle très bas, avec une visible sincérité, je croyais que les Porspoët... n'avaient jamais tort. Ils étaient, pensais-je, d'essence supérieure, des êtres au-dessus de tous les autres, et ceux qui osaient les désapprouver faisaient preuve de sottise ou d'injustice. Ceux qui n'agissaient pas comme eux, je les jugeais faibles ou hypocrites.

Elle réfléchit un instant, puis se reprit. Elle avait soif de vérité sans détours.

– Non, je ne pensais pas tout cela, dit-elle. J'acceptais les jugements sans cesse répétés par mon père sans y réfléchir. Je ne réfléchissais pas. Jamais. Je ne me posais aucune question.

– Et maintenant, dit Pol, vous vous en posez et ce qui vous satisfaisait jadis ne vous suffit plus.

La jeune fille le regarda. Elle s'étonnait qu'il la comprît.

– Je vous ai vus à l'œuvre, dit-elle, cherchant ses mots. Je vous ai vus, Hoëlle et vous, et vous n'étiez ni faibles ni sots. Cela m'a surprise. J'ai voulu vous connaître mieux...

– Nous ne nous sommes guère rencontrés, remarqua Pol. Avez-vous, cependant, modifié votre opinion sur... les Tréguidy et leurs amis ?

Ahès eut un léger sourire, le premier depuis le début de cet étrange entretien, et Pol nota ce détail avec plaisir. La jeune fille se détendait, retrouvait son équilibre.

– Je vous ai observés plus que vous ne pensiez, dit-elle, et puis...

Son visage se crispa de nouveau. Elle revoyait la scène qui avait précédé, causé la maladie d'Edern. À cela, elle ne voulait pas faire allusion.

– Et puis, mon père est tombé malade, dit-elle seulement. Il parle sans cesse avec Hoëlle... et j'entends parfois quelques-unes de ses paroles...

Elle se cacha le visage dans les mains. Elle tremblait.

– J'admirais mon père plus que tout, souffla-t-elle. Il était beau et fort, il vivait comme j'aurais aimé vivre, moi, sans rien craindre, en allant droit devant lui dans le chemin qu'il avait choisi. Et maintenant... Pol ! je... je crois qu'il a peur ! Peur, un Porspoët ! Il se plaint sans cesse... il agit comme un enfant...

– Tous les hommes, quels qu'ils soient, ne sont, à un moment ou à un autre, que de pauvres hommes, répliqua doucement le jeune homme. C'est là une chose naturelle, Ahès, il ne faut pas vous en désoler... et il ne faut pas lui en vouloir. Il souffre... et vous souffrez aussi... comme tout le monde.

Elle leva les yeux vers lui.

– Peut-être avez-vous raison, mais, moi, je ne comprends plus. Ou bien je comprends que je me suis trompée toujours. Il n'y a pas d'êtres supérieurs, il n'y a pas les Porspoët... et les autres. Il semble que le monde dans lequel je vivais ait disparu tout d'un coup... et que reste-t-il ? Un monde inconnu dans lequel je suis perdue et tellement seule ! Même Hoëlle ne peut rien pour moi, elle qui aide tout le monde, nous ne parlons pas le même langage. Je suis aussi loin d'elle qu'elle de moi.

Hoëlle avait senti cela, elle aussi, songea le jeune homme. Il se demanda s'il saurait, lui, combler le gouffre que des générations avaient creusé entre les Porspoët et les Tréguidy afin de tendre la main à la jeune fille.

– Ne jugez pas trop sévèrement ceux... que vous avez peut-être trop admirés, dit-il enfin. Il arrive que vous avez réfléchi et que vous avez cessé d'accepter les yeux fermés les opinions ou les jugements que d'autres vous imposaient. Vous avez fait table rase de tout ce qui n'est pas vous... et, maintenant, c'est votre vraie nature que vous cherchez. Ne vous découragez pas, Ahès ! Elle surgira par elle-même de ce chaos qui vous déconcerte présentement. Vous connaîtrez votre propre secret. Vous ne serez plus le reflet de ceux qui vous ont précédée.

La jeune fille rêva un instant, le menton appuyé sur sa main. Elle n'était pas apaisée encore.

– Mon père, mes aïeux, n'ont-ils jamais réfléchi ? murmura-t-elle. Chacun d'eux a été ce qu'avait été son père, sans en chercher plus long...

Pol sourit.

– Les Porspoët étaient des gens très entreprenants, dit-il. Peut-être leur activité s'est-elle exercée aux dépens de leur pensée ! Puis, ils n'ont pas assisté comme nous au bouleversement terrible, aux convulsions sanglantes dont nous sommes les témoins. Quoi que vous en disiez, Ahès, les événements, quand ils prennent cette importance, ont une profonde influence sur nous.

– Peut-être...

L'angoisse, encore, lui serrait la gorge.

– Si... les Porspoët... ont agi comme... ils n'auraient pas dû le faire, murmura-t-elle, y a-t-il quelque chose... quelqu'un qui... puisse les punir ?

– Il y a Dieu, dit gravement le jeune homme, Dieu qui connaît le fond des cœurs,

Dieu qui évalue justement les responsabilités de chacun... Dieu qui tient compte des souffrances humaines... et qui pardonne...

– Dieu ? répéta-t-elle. N'est-ce pas là une légende pour les enfants crédules ?

– Non, déclara fermement Pol. Des enfants crédules n'auraient pas, au cours des siècles, élevé tant de merveilleuses églises à la gloire de Dieu et ce ne sont pas des enfants qui montent chaque jour sur l'échafaud pour défendre Sa cause.

– Ah ! dit Ahès, saisie, je n'avais pas songé à cela !

– Songez-y, conseilla le jeune homme, mais ne vous torturez pas. Soyez patiente : cette vérité que vous cherchez vous viendra peu à peu, ne tentez pas de devancer son heure. Observez plutôt ce qui se passe autour de vous : pourquoi ne viendriez-vous pas nous aider, Miguel, ma mère et moi ? Nous avons tant de misères à secourir !

Ahès secoua tristement la tête.

– Je ne puis m'éloigner de Trenarvan, soupira-t-elle.

– En compagnie de Miguel ou de moi, vous ne seriez pas très en danger, répliqua Pol, croyant qu'elle redoutait une nouvelle aventure avec les soldats de la Convention.

– Le danger ne me fait pas peur ! dit-elle en relevant la tête. Ce n'est pas cela...

Elle se leva.

– Il faut que je rentre, dit-elle.

Le jeune homme jugea sage de ne pas insister. La nuit tombait. Il l'accompagna jusqu'au manoir ; ils marchaient en silence, pensifs l'un et l'autre.

– Pol, demanda soudain Ahès, pourquoi Hoëlle et vous cherchez-vous toujours à secourir tous les malheureux ?

– Parce que la souffrance des autres nous fait mal, répliqua le jeune homme sans hésiter. Nous désirons y porter remède si nous le pouvons. En somme, c'est peut-être une forme d'égoïsme !

Ahès sourit.

– Au revoir, dit-elle doucement, et... merci de votre égoïsme !

Il la suivit des yeux, tandis que, de sa démarche souple et gracieuse, elle regagnait Ty an Heussa.

V

Un soir de la mi-juillet, Pol de Tréguidy vint annoncer au manoir la nouvelle du retour de Pavila.

Chaque fois qu'il avait un instant de loisir, le jeune homme se hâtait vers Trenarvan. Il y était accueilli avec joie par Hoëlle, et avec une sympathie visible par Ahès, encore que cette dernière se montrât peu démonstrative. Cependant, elle paraissait toujours dans la grande salle quand Pol y arrivait et, si elle parlait peu, du moins écoutait-elle ce qu'il disait avec une grande attention.

– Le señor Pavila est revenu ! s'exclama Hoëlle dont les joues se coloraient vivement. Où est-il ?

– Chez mon oncle de Pénazel où il a retrouvé le gîte, le couvert et ses chers pinceaux ! répondit Pol en riant. Je ne l'ai vu qu'un instant, du reste.

– Est-il... satisfait du résultat de son voyage ? demanda la jeune femme, cachant avec peine sa curiosité passionnée. T'en a-t-il parlé ?

– Il m'a seulement conté que ses démarches ont été beaucoup plus longues et plus compliquées qu'il ne l'espérait. Il ne m'a rien dit de plus. Il n'avait pas l'air mécontent.

– J'aimerais le voir... murmura Hoëlle. J'aime bien M. Pavila, ajouta-t-elle pour expliquer son vœu. Et puis, il me décrira le pays de mon cher Miguel !

– Je pense que c'est chose facile pour toi de le rencontrer, assura Pol. Chaque matin, avec une régularité d'horloge, il va faire le portrait d'un point ou d'un autre du pays. Une promenade au grand air ne te fera pas de mal et tu trouveras sans doute notre artiste installé à proximité de Pénazel ; je suppose qu'il va s'empresser de reprendre ses habitudes !

– Je tâcherai de m'échapper un matin si Ahès veut bien me remplacer auprès de son père et lui faire la lecture en mon absence.

– Je le ferais bien volontiers, dit la jeune fille.

À la nuit tombante, le docteur Mainsville vint visiter Edern ainsi qu'il en avait la coutume. Hoëlle, qui se trouvait dans la chambre du malade, sortit aussitôt pour laisser les deux amis en tête à tête. Mainsville lui inspirait une invincible répugnance.

La jeune femme était en proie à une grande agitation : allait-elle apprendre quelque sensationnelle nouvelle sur l'origine, la naissance de Miguel ? Son mari saurait-il enfin qu'il appartenait à une famille dont il pouvait prononcer le nom, la tête haute ? Pavila s'était heurté à de nombreuses difficultés... celles-ci venaient-elles de ses affaires personnelles ou de la mission dont Hoëlle l'avait chargé ?

Elle tenta d'user sa nervosité en allant faire un tour dans le cloître. Il faisait exceptionnellement chaud et l'atmosphère était orageuse. Pouvait-elle, dès le lendemain, songeait Hoëlle, prier sa cousine de tenir compagnie à M. de Porspoët ? Miguel ne trouverait-il pas étrange qu'elle eût tant de hâte à revoir l'Espagnol ? Elle voulait que Miguel ne se doutât de rien. Elle voulait lui épargner le risque d'une déception.

Les minutes lui paraissaient longues et, quand elle retourna chez Edern, il s'en était écoulé bien moins qu'elle ne croyait. Mainsville était encore là et Ahès était venue visiter son père. Elle semblait plus gaie, plus animée que d'ordinaire.

– Quel est donc ce señor Pavila dont votre frère vous a annoncé le retour ? demanda-t-elle à sa cousine.

– Un de nos amis...

Elles parlaient à mi-voix, mais l'oreille fine du docteur saisit les mots au vol. Il répondit au hasard à une question que lui posait Edern, faisant un grand effort pour garder un calme apparent ; Pavila était revenu ! Enfin ! Dès le lendemain, il irait rôder autour du château qui abritait l'Espagnol : son impatience refusait une attente plus longue.

Le jour suivant le vit, effectivement, de bonne heure sur la lande de Pénazel. Il s'y promena à pas lents pendant quelque temps, se rapprochant insensiblement du château. Bientôt, son visage s'éclaira : passant la grille, une silhouette familière paraissait.

Laissant de côté son habituelle circonspection, Mainsville s'avança, la main tendue.

– Vous voici donc enfin, cher ami ! s'écria-t-il avec toutes les marques d'un amical plaisir. J'avais entendu parler de votre retour, mais je voulais en avoir la certitude !

– Eh bien ! vous l'avez, riposta l'Espagnol avec brusquerie. Me rapportez-vous ma bague ?

Mainsville secoua la tête.

– Je ne me promène pas en ces temps dangereux portant un objet d'aussi grande valeur sur moi, dit-il. Je l'ai mis en lieu sûr et vous viendrez l'y chercher vous-même. Je voudrais maintenant connaître le résultat de vos recherches.

– Vous êtes bien pressé ! grogna l'Espagnol.

– Autant que vous de recouvrer votre diamant, ricana le docteur. Vous savez aussi bien que moi que cette affaire est d'un grand intérêt pour nous deux. J'ai hâte, je l'avoue, d'en connaître les détails.

– Eh bien ! vous les connaîtrez quand vous me rendrez mon diamant, répliqua l'autre avec calme. J'ai bien l'honneur de vous saluer, docteur Mainsville !

Flegmatique, il s'avança dans le chemin qui conduisait à la mer, avec l'expression d'un homme qui estime l'entretien terminé. Mais Mainsville ne l'entendait pas de cette oreille ; il avait tant et tant réfléchi à toutes les éventualités qui pouvaient se présenter qu'il était prêt à faire face à n'importe laquelle. Il suivit Pavila.

– Ne soyez pas de si méchante humeur ! dit-il plaisamment, et ne me regardez pas de travers ! Votre bijou est à votre disposition quand il vous plaira de le récupérer, mais je n'ai ni l'intention ni la force de faire chaque jour le trajet qui sépare mon logis du vôtre ! Fixons un rendez-vous : dites-moi le jour et l'heure que vous choisissez, nous nous retrouverons en un lieu où nous ne serons pas dérangés et d'où je vous emmènerai reprendre votre bague.

– C'est bon, grommela l'Espagnol. Je suis encore fatigué de mon voyage, je me reposerai un jour ou deux. Après cela, je viendrai vous voir.

Ils décidèrent finalement de se rencontrer trois jours plus tard au début de la matinée. Mainsville indiqua l'endroit choisi avec précision, puis les deux hommes se séparèrent ; le docteur repartit vers son village, Pavila alla s'installer un peu plus loin. Ni l'un ni l'autre n'aperçut un svelte jeune homme qui rampait précautionneusement entre les ajoncs et les genêts, jusqu'au bord de la falaise, et qui descendait le long du rocher pour s'éloigner rapidement ensuite dans le sentier qui longeait la mer. Mainsville, sans doute, ne l'avait jamais vu, mais Pavila connaissait Yann Kermario...

L'Espagnol, cependant, ne se pressait pas de commencer à peindre. Depuis plusieurs jours, une question harcelait son esprit et il n'y avait pas encore trouvé de réponse : que dévoilerait-il à Mainsville ? Et à Hoëlle ?

Mainsville ne lui inspirait nulle sympathie, il avait outrageusement menti, ce qui paraissait absurde à Pavila dans ces circonstances. Que l'enfant inconnu dont il avait parlé fût Miguel ou n'importe quel autre garçon, ne changeait rien à l'affaire ! Le docteur voulait de l'argent et, certes, Pavila n'en faisait pas fi lui-même, mais que la famille qu'il était allé chercher fût celle de Miguel ou d'un autre, elle n'en paierait pas moins tout ce qu'on lui demanderait. Alors, pourquoi ces feintes étranges ? Si Mainsville se doutait de l'amitié qui existait entre Miguel et l'Espagnol, il devait suffisamment connaître les hommes pour savoir que cela importait peu !

Il connaissait les hommes. Il connaissait Miguel depuis son enfance. Il connaissait intimement ce Porspoët, le père adoptif du jeune homme. Peut-être connaissait-il aussi quelque grave raison de prudence et de discrétion... et, dans ce cas, n'était-il pas préférable de jouer son jeu et de garder le silence vis-à-vis d'Hoëlle ? Si Pavila parlait à la jeune femme et que Mainsville vienne à le savoir, quelle serait la réaction de cet être cruel ? Pavila, lui aussi, connaissait assez bien les hommes et ne se trompait guère sur leur compte quand il avait jeté les yeux sur leur regard. Il estimait Mainsville capable d'à peu près tout.

L'Espagnol tenait à la vie. Il tenait aussi à ce diamant qu'il avait dû confier au docteur.

« Bah ! je ferai parler le personnage et je verrai bien ce qu'il a dans la tête ! décida-t-il. À quoi bon me torturer la cervelle ? »

Il prit ses pinceaux et sa palette, mais, malgré sa résolution, il ne pensait guère à ce qu'il faisait. Soudain, il sursauta.

« Imbécile que je suis ! grommela-t-il. Comment n'ai-je pas songé à cela plus tôt ?

Pourquoi diable partager un profit quelconque avec ce médecin de malheur ? Il m'a confié des sornettes, je peux lui rendre la monnaie de sa pièce ! Je lui dirai que j'ai échoué, je reprendrai ma bague, et, dans quelque temps, je m'occuperai de cette histoire... seul. De toute manière, je ne dirai rien à Hoëlle maintenant. »

Et, cette fois, satisfait, Pavila se mit à peindre.

Pendant ce temps, Mainsville méditait de son côté et tirait des conclusions de sa conversation avec son complice. Perspicace, il devina les projets de ce dernier avant même que l'Espagnol ne les eût nettement formulés. Pavila voulait le duper. Mais Pavila, auprès de lui, n'était qu'un petit garçon !

Le docteur élabora son plan ; il en fixa chaque détail, calculant même les minutes avec une précision d'homme de science.

« Au fait, se dit-il, j'ai eu tort de prévoir ce rendez-vous avec Pavila pour la matinée, ce ne sera guère pratique. La nuit me serait beaucoup plus propice ! »

Dans l'après-midi, il envoya par un enfant du village un billet à l'Espagnol, le priant de venir le trouver, non le matin comme ils en étaient convenus, mais à la tombée du jour. Il l'invitait à le rejoindre chez lui et à partager son modeste souper. L'enfant revint avec une réponse affirmative et Mainsville se frotta les mains : le filet qu'il tressait patiemment enfermerait bientôt tous ceux que, déjà, il tenait à sa merci.

Le lendemain matin, Hoëlle, le cœur battant, se rendit à la lande de Pénazel. Ahès, d'elle-même, lui avait proposé de s'occuper du malade.

La jeune femme aperçut bientôt l'Espagnol. Elle était si violemment émue qu'elle en perdait le souffle et ce fut avec un sourire frémissant qu'elle l'aborda.

– Señor Pavila... je suis... si heureuse de... vous revoir ! balbutia-t-elle.

Pavila la salua d'un ton rogue. Il s'apercevait avec humeur que la confiance ingénue d'Hoëlle le touchait de manière embarrassante et ce fut sans oser la regarder qu'il répondit à sa question anxieuse :

– Je regrette. Je n'ai rien trouvé.

– Oh ! murmura la jeune femme, désolée, rien ? Pas un indice ? Pas même une idée ?

– Une idée... peut-être, grommela l'Espagnol, mais très vague ; si vague qu'elle peut fort bien n'aboutir à rien. Ne m'en demandez pas plus, je n'ai rien d'autre à vous dire. Plus tard, peut-être...

Il se tourna tout de même vers Hoëlle et la vit près de pleurer. Son doux regard reflétait une intense déception.

– Allons ! ne vous désespérez pas ! maugréa-t-il. Tout n'est peut-être pas perdu ! Un jour, je retournerai là-bas et j'aurai peut-être plus de chance. Après tout, cet échec ne change rien, il n'empêche pas Miguel de vous aimer !

– C'est vrai, soupira Hoëlle. Je suis très déraisonnable.

Bravement, elle refoula son chagrin et se força à sourire.

– Je vous remercie de vous être donné tant de peine pour moi, dit-elle. Je vous en garde une aussi profonde reconnaissance que... si vous aviez réussi. Et j'espère qu'en ce qui vous concerne, vous êtes satisfait...

Le courage de la jeune femme mit Pavila encore plus mal à l'aise que sa tristesse ; il se sentait très peu fier de son personnage et quand Hoëlle l'eut quitté, il demeura longtemps inactif, marmottant des jurons entre ses dents. Pavila apprenait ce jour-là à connaître un sentiment qu'il n'avait jamais éprouvé et dont il ignorait jusqu'au nom : le remords.

« Elle n'en sera que plus joyeuse le jour où elle saura la vérité ! » se dit-il pour apaiser une conscience si inopportunément éveillée.

Et la voix gênante qui le tourmentait finit par se taire.

À ce même moment, Mainsville s'entretenait avec Miguel. Il avait guetté le jeune homme à l'heure où celui-ci quittait, d'habitude, le manoir pour vaquer à ses occupations, et l'interpella dès qu'il le vit.

– Peux-tu me réserver quelques instants ? lui demanda-t-il. J'ai à te parler en confidence.

Miguel crut qu'il s'agissait de la santé de son père adoptif et suivit le docteur sans discussion. Ils se rendirent sous les arbres du bois, hors de portée des oreilles indiscrètes.

– D'abord, commença Mainsville, il faut que tu me donnes ta parole de gentilhomme de garder pour toi seul ce que je vais te dire. Tu entends ? Pour toi seul : Hoëlle elle-même doit l'ignorer, tout au moins pour un temps. Puis-je être certain de ton silence ?

– Vous le pouvez, affirma Miguel. Sur mon honneur, je serai discret. De quoi s'agit-il ?

– Il s'agit, mon cher garçon, d'un très grand bonheur pour toi !

Il fit une pause, suivant sur le visage de son interlocuteur l'attention et l'intérêt que ses paroles faisaient naître en lui. Une joie féroce gonflait le cœur de Mainsville.

– Tu sais que nous n'avons jamais pu retrouver l'homme qui devait se charger de toi à Paris, lors du naufrage qui t'a amené ici, reprit-il. Cependant, songeant à la peine que te causait le mystère de ton origine, je n'ai jamais interrompu mes recherches, et lors d'un de mes derniers voyages à Paris, j'ai découvert une piste !

– Oh ! murmura Miguel, saisi.

– Je ne t'en ai rien dit, voulant posséder avant cela des renseignements certains, et j'ai entretenu une correspondance suivie avec mon informateur, ce qui n'était pas facile en raison des événements. Ce matin, j'ai eu enfin confirmation de mes espoirs !

– Vous savez quelque chose ? demanda le jeune homme, haletant.

– Je sais, mon cher Miguel, que tu appartiens à une grande et puissante famille ! énonça le docteur solennellement, une famille prodigieusement riche ! La raison de ton exil, je ne la sais pas encore : l'homme absolument sûr duquel je tiens ces informations nous expliquera tout cela de vive voix ; il est déjà en route pour venir te voir.

– Et cette famille... articula Miguel, la gorge sèche, de qui se compose-t-elle ?

– Ta mère vit, Miguel ! C'est une femme merveilleuse, aussi bonne que belle, et qui t'a pleuré durant toutes ces années ! Elle est avertie de ta présence ici, et dans une indicible joie, elle se prépare à venir te retrouver, puis à t'emmener, je pense, avec ta femme, dans le palais qu'elle possède dans votre pays !

Miguel était littéralement assommé de surprise et de bonheur. À peine pouvait-il croire au prodige.

– Vous... êtes sûr ? demanda-t-il.

– Aussi sûr que je te vois devant moi, mon ami. Dans deux ou trois jours, tu rencontreras chez moi celui qui te donnera tous les détails que tu peux souhaiter d'apprendre, mais je n'ai pas voulu tarder davantage pour t'apporter cette grande et magnifique nouvelle !

– Je ne sais comment vous remercier, murmura le jeune homme, éperdu. Ma mère ! J'y ai rêvé si souvent...

– Eh bien ! tu seras bientôt dans ses bras !... dit Mainsville d'un ton enjoué. Mais, surtout souviens-toi de ta promesse, garde le secret. Tu sais combien l'état de santé d'Edern est précaire ? Une émotion trop forte peut fort bien le tuer. C'est pour cela que je t'ai prié de ne rien dire à Hoëlle, les femmes ont tant de mal à tenir leur langue ! Je préparerai tout doucement ton père adoptif à cet événement qui le comblera de joie : une joie trop brusque lui serait fatale. Il t'a recueilli et élevé, tu lui dois de grands égards.

– Certes ! dit le jeune homme.

Le docteur regarda Miguel s'éloigner. Il ricana.

– Voilà une jolie histoire qui te distraira en prison ! dit-il entre ses dents. Ta mère, mon ami, tu la retrouveras peut-être... dans l'autre monde ! Et quand des soldats viendront t'arrêter, tu emporteras avec toi un rongeant secret !

Ce fut d'un pas ailé que Miguel parcourut la campagne ce jour-là. Le bonheur le soulevait de terre. Sa loyauté ne songeait pas à mettre en doute les révélations de Mainsville et, dans sa reconnaissance, il pardonnait beaucoup de choses au médecin, puisqu'il était capable d'un tel dévouement !

Sa mère ! Il avait une mère bonne et belle, une mère aimante qui l'avait pleuré et se réjouissait maintenant comme lui. Elle allait venir... Il la recevrait au manoir ! Elle y attendrait en compagnie de ses enfants que la France sortît des convulsions qui la déchiraient, et Miguel, dans sa joie enivrée, voyait déjà régner la paix.

De son cœur fervent jaillit une prière de reconnaissance au Dieu de toute bonté qui l'avait toujours protégé.

Le lendemain matin, au rendez-vous primitivement fixé par Mainsville et Pavila, une seule personne attendit pendant plusieurs heures. Yann Kermario ne vit rien venir...

VI

Avec ponctualité, le señor Pavila vint frapper à la porte du docteur

Mainsville à l'heure du souper. Le médecin le reçut de la façon la plus cordiale et, au cours du repas, exceptionnellement abondant et arrosé de vins généreux, il ne posa aucune question à son hôte sur son voyage, ce qui impressionna favorablement l'Espagnol. Par contre, et cela aussi ne pouvait que plaire à Pavila, il fit très vite allusion à la bague.

– Je vais vous emmener tout à l'heure là où je l'ai mise à l'abri ; je crois que cet endroit intéressera vivement l'artiste que vous êtes.

– Est-ce donc un monument ?

– Ma foi... presque. Je l'ai découvert par hasard : c'est un vaste souterrain ignoré de tous et qui étend ses ramifications sous une grande partie du pays.

– Comme c'est curieux ! s'exclama Pavila, amusé de penser qu'il connaissait une bonne partie de ces lieux « ignorés de tous » et qu'il était venu plusieurs fois dans la grande salle des réunions avec bon nombre de personnes.

Il reprit assez vite son sérieux en songeant que son diamant n'était peut-être pas là si bien en sûreté que le supposait le docteur.

– Êtes-vous certain que les garnements des bourgs environnants n'ont pas découvert ces souterrains ? demanda-t-il.

– C'est très improbable. Du reste, je devine votre inquiétude ; les eussent-ils découverts qu'ils n'auraient certes pas trouvé la salle secrète où j'ai dissimulé votre joyau. Ce n'est qu'en étudiant de vieux grimoires que j'ai connu, moi, la manière d'accéder à ces chambres cachées qui furent, on le suppose, creusées il y a des siècles. Les terrains granitiques de la Bretagne s'y prêtent particulièrement bien... Il se pourrait qu'il en soit de même dans votre pays.

Les deux hommes, pendant un moment, discutèrent ce sujet, puis de là en vinrent à parler de médecine. Le souper se termina très agréablement.

Dès que la nuit fut tout à fait tombée, le docteur se leva.

– Le moment est venu de nous rendre là-bas, dit-il. Je vais me munir d'une lanterne.

Ils se mirent en route et ne tardèrent pas à atteindre une des entrées du souterrain, dissimulée entre deux rochers sur une lande sauvage. Pavila voulut se montrer beau joueur et devança les questions qui viendraient forcément.

– À mon grand regret, dit-il, mon voyage a été un complet échec. En vain ai-je été dans ce vieux château de Galice qu'habitait jadis Enrique Fernando, mais la demeure était abandonnée. J'ai parcouru tout le pays, cherchant à obtenir des renseignements, mais, partout, je me suis heurté à l'ignorance de tous. J'ai été jusqu'à Madrid en pure perte.

Mainsville haussa les épaules.

– Je m'en doutais, d'après votre attitude de l'autre matin, répliqua-t-il. Que voulez-vous... ainsi va la vie ! On risque, on joue et, parfois, on perd. Tant pis.

– Vous prenez les choses avec élégance ! s'exclama Pavila, enchanté. Je vous félicite de votre philosophie ! Si je puis, à l'avenir, vous être de quelque service, n'hésitez pas à me le demander !

Il était content de voir l'aventure tourner aussi bien et l'euphorie qui suit un bon repas ajoutait encore à sa satisfaction.

Ils pénétrèrent dans un étroit couloir et le suivirent rapidement. Bientôt, les deux hommes rejoignirent le couloir central, un peu plus large ; encore une centaine de pas et Mainsville s'arrêta devant la porte fatale.

– Nous voici arrivés à destination, dit-il. Regardez devant vous...

Dans l'ombre, il appuya sur le ressort : la paroi bascula.

– Entrez, mon cher ami ! Vous allez voir que votre bague ne courait aucun danger !

À dessein, il avait parlé du bijou, espérant que, dans son désir de le retrouver, l'Espagnol s'avancerait aussitôt sans penser à autre chose. C'est exactement ce qui se produisit.

– Bonne chance ! dit Mainsville d'une voix moqueuse.

Pavila tourna sur lui-même, juste assez vite pour voir la lanterne disparaître derrière la muraille refermée.

– Et maintenant, dit Mainsville tout haut, avec un rire diabolique qui résonna sous la voûte de granit, occupons-nous des autres !

À grands pas, il refit en sens inverse le chemin qu'il venait de parcourir.

Derrière lui, une ombre glissa, silencieuse, après quelques secondes d'hésitation. Yann Kermario, malgré tout, avait été présent au rendez-vous...

Au manoir, Edern était de méchante humeur. Il avait attendu en vain la visite quotidienne de Mainsville ; comme beaucoup de malades, il devenait un vieil enfant gâté et s'indignait que quiconque changeât quoi que ce fût à ses habitudes.

– Pourquoi Mainsville ne vient-il pas ? répéta-t-il pour la vingtième fois à Hoëlle.

– Peut-être a-t-il été empêché, suggéra la jeune femme. Voulez-vous que j'envoie chez lui le jardinier ?

– C'est une bonne idée. Envoyez-le sur-le-champ.

Le jardinier revint bientôt avec les excuses du docteur : une occupation imprévue l'empêcherait, ce soir, de visiter son ami. Edern entra dans une violente colère et fit tant de bruit qu'Ahès l'entendit de sa chambre et vint en toute hâte voir ce qui se passait.

– Votre père est fâché, lui dit tout bas Hoëlle, car le docteur Mainsville est retenu chez lui et ne viendra pas ce soir.

– Bah ! père, vous le verrez demain ! dit la jeune fille. Ce n'est pas là un grand malheur !

Cette phrase imprudente redoubla la fureur du malade, mais Ahès haussa les épaules et ne l'écouta pas. Elle n'entendit pas davantage, du reste, que sa cousine lui parlait.

– Voudrez-vous, s'il est nécessaire, répondre aux appels de votre père après souper, Ahès ? Un message de Kermoal nous prie, Miguel et moi, de nous y rendre à cette heure.

– Oui, certainement...

Elle était distraite, mais Hoëlle ne s'en aperçut pas. Elle-même était encore sous le coup de sa déception de la veille et, de plus, elle se tracassait car, un peu plus tôt, un serviteur de Kermoal était venu l'avertir que Pol leur demandait, à elle et à Miguel, de venir à la salle de réunions. Pourquoi le jeune homme n'avait-il pas fait lui-même cette compromettante commission ? Il fallait qu'un motif grave l'en eût empêché.

Aussitôt après le souper, elle sortit du manoir avec son mari et ils se dirigèrent vers l'étang. C'était toujours par ce côté qu'ils pénétraient dans le souterrain, étant sûrs, ainsi, de n'être remarqués ni par la servante ni par le jardinier. Ils arrivèrent à la salle secrète quelques minutes avant l'heure convenue.

Pol n'y était pas encore et il n'y avait là qu'un gentilhomme qui devait partir cette nuit même pour l'Angleterre et un jeune prêtre réfractaire. Les deux hommes s'entretinrent avec les nouveaux venus.

Il se passa assez longtemps avant que Pol parût.

– Déjà là ? dit-il avec bonne humeur à sa sœur et à son beau-frère. Je me croyais en avance ! Pourquoi donc m'avez-vous appelé ?

– C'est plutôt à nous de te poser cette question, riposta Miguel. Pourquoi nous as-tu priés de venir ?

– Je ne vous ai nullement priés de venir, c'est Hoëlle qui m'a envoyé un message...

– Qui t'a apporté ce message ? demanda-t-elle.

– Mais... tu dois le savoir mieux que moi ! C'était un enfant du village que j'ai rencontré dans la soirée.

– Pol, murmura la jeune femme, je ne t'ai envoyé personne ! Et toi... tu ne nous a pas adressé un serviteur ?

– Pas le moindre !

Les jeunes gens se regardèrent. Ils essayaient de comprendre la raison qui les amenait là et qui n'était peut-être qu'un malentendu. Seuls, des amis sûrs connaissaient cette salle.

Brusquement, la porte secrète s'ouvrit. Une silhouette s'y encadrait.

– Vous êtes trahis ! dit une voix étouffée. Vite... fuyez !

Pol et Miguel, stupéfaits, hésitèrent. Il était certes singulier, voire suspect, que Yann Kermario, après avoir disparu pendant des mois, se présentât devant eux avec cet avertissement et ce conseil. Cependant, il devenait clair que les jeunes gens avaient été attirés dans un guet-apens et, de toute façon, que Yann fût traître ou non, ils couraient un terrible danger. Pol interrogea brièvement :

– Fuir ? De quel côté ?

– Du côté du château. « Ils » viennent de l'autre direction. De grâce, hâtez-vous... Je n'ai peut-être plus trois minutes d'avance sur eux, maintenant !

Il n'était plus temps de délibérer. Sans perdre une seconde, Miguel, Pol et les deux hommes qu'ils abritaient saisirent les quelques objets qui se trouvaient dans la salle. Hoëlle prit les deux chandelles qui les éclairaient, ramassa sa lanterne, éteignit les trois lumières et tous, sans bruit, se glissèrent hors de la caverne et en refermèrent la porte. Miguel et Yann ouvrirent la marche, suivis des deux proscrits et d'Hoëlle. Pol venait en dernier. Miguel connaissait si bien les couloirs, tant de fois parcourus depuis son enfance, qu'il se dirigeait rapidement et sans hésiter dans les épaisses ténèbres.

Après quelques instants, Pol s'arrêta et se retourna, tendant l'oreille : il perçut le son caractéristique d'une troupe en marche et, bientôt, distingua une lueur. Yann ne les avait pas trompés... Son intervention les sauvait, de justesse, d'une mort certaine.

Bientôt, les fugitifs atteignirent la grotte où aboutissait le souterrain, dans les bois de Kermoal. Ils ne s'y arrêtèrent pas et s'enfoncèrent dans les taillis épaissis par l'été, qui leur seraient un refuge plus certain.

Yann se rapprocha de Pol.

– Je vais retourner là-bas, dit-il. Je verrai s'ils sont repartis.

– Je vous accompagne, dit le jeune homme.

– N'en faites rien, je vous en supplie ! Bien plus que moi, vous êtes en danger ; moi, on ne me connaît pas...

– Il n'importe ! déclara fermement Pol. Je ne vous laisserai pas aller seul : je veux savoir à quoi m'en tenir. Miguel, reste ici avec nos amis, nous vous rejoindrons plus tard et nous prendrons une décision.

Visiblement à contrecœur, Yann accepta la compagnie de Pol ; celui-ci résistait difficilement à la tentation de questionner le jeune homme. Pourquoi avait-il risqué sa vie pour les prévenir, et comment savait-il qu'un si grave péril les menaçait ?

Il refréna sa curiosité, remettant à plus tard les explications nécessaires. À pas de loup, les deux jeunes gens suivirent le noir tunnel ; Yann s'y dirigeait aussi aisément que Miguel ou Pol, et cela aussi était étrange.

Lorsqu'ils furent assez près de la salle secrète, ils constatèrent que les importuns visiteurs s'y trouvaient encore. Ils avaient laissé la porte ouverte et le bruit d'une altercation s'élevait.

– Tu t'es moqué de nous, citoyen ! disait une voix furieuse, et l'on ne se moque pas impunément de la République ! Tu nous le paieras !

– Je vous jure que j'ai maintes fois vu et entendu des suspects ici !

Pol, avec stupeur, reconnut la voix de Mainsville.

Celui-ci, évidemment, tremblait de tous ses membres.

– Peut-être, après tout, n'es-tu qu'un vieux fou ! déclara d'un ton méprisant le soldat qui se croyait bafoué. Le tribunal en décidera.

– Citoyen, je vous en conjure, croyez-moi ! chevrota le docteur, épouvanté. Je suis un fervent républicain ! Marat était mon ami !

– Le citoyen Marat n'est plus là pour te contredire ! ricana l'autre. Pas tant de discours, suis-nous.

– Demandez des renseignements sur moi à M. de Porspoët ! cria Mainsville. Il vous dira…

– Bah ! encore un de ces ci-devant de malheur ! Sa parole ne te servira pas à grand-chose. En route !

Sans doute, Mainsville tentait-il de résister. Les jeunes gens entendirent une brève lutte, puis, enveloppés de la clarté de plusieurs lanternes, ils virent paraître le docteur, titubant d'effroi, entouré, tiré, poussé par une dizaine de soldats. L'un d'eux remarqua :

– Sergent, s'il a vu et entendu plusieurs fois des suspects dans cette salle, ce particulier, pourquoi ne t'en a-t-il pas averti plus tôt ?

– Voilà qui est très juste ! Qu'as-tu à répondre à cela, citoyen ?

Mainsville ne put arracher qu'un gémissement de sa gorge serrée. L'épouvante l'avait définitivement abattu.

La troupe s'éloigna. Yann eut un petit rire.

– Qui voulait prendre est pris, observa-t-il. Je me demande si le docteur sera en état d'indiquer le chemin du retour ? Sinon, ces bonnes gens risquent fort de parcourir quelques lieues sous terre avant de respirer à l'air libre… si toutefois ils y parviennent ! Et cela n'améliorera pas le sort du prisonnier !

– Dieu est juste… dit Pol gravement.

– En vérité, Pol de Tréguidy, je commence à le croire !

Pol se disposait à retourner à Kermoal, son compagnon le retint.

– Je vais vous quitter, vous n'avez plus besoin de moi.

D'un geste soudain, Pol le prit par le bras.

– Tu ne me quitteras pas encore, mon garçon ! dit-il. Je suis curieux de nature et je souhaite quelques éclaircissements ! Miguel et sa femme, je m'en porte garant, sont tout aussi intrigués que moi par ton mystérieux personnage ! Mais il serait imprudent de trop parler ici : les voûtes résonnent. Passe devant, mon ami !

Il ne se souciait pas de voir Yann lui fausser compagnie et, pour plus de sûreté, il ne lâcha pas son bras. Yann haussa les épaules.

– Comme vous voudrez... dit-il avec une sorte de résignation.

Ils regagnèrent les bois et rejoignirent les rescapés. En quelques mots, Pol leur rapporta la scène dont lui et Yann avaient été témoins.

– Ainsi, Mainsville nous avait découverts ! murmura Miguel, et il nous a vendus ! Mon Dieu, quelle ignominie ! C'est de lui, sans aucun doute, que venaient les messages qui nous ont attirés ce soir dans la salle secrète ! Et sans Yann...

Pol se tourna vers le jeune homme.

– Sans Yann, nous serions tous sur le chemin de la guillotine ! Mon ami, je te remercie du fond du cœur en notre nom à tous... et nous écoutons ton histoire.

– Je vais donc vous la dire, murmura le jeune homme d'une voix qui tremblait un peu.

Brusquement, il se frappa le front.

– J'oubliais le señor Pavila ! s'exclama-t-il. Il est enfermé dans la salle au puits !

– Quoi ? Que dis-tu ? Qui l'y a enfermé ?

– Mainsville encore, évidemment... il y a une grande heure de cela.

Encore une fois, les explications étaient remises à plus tard. Il y eut un bref conciliabule ; sans doute, en courant au secours du malheureux Espagnol, et sans grand espoir d'arriver à temps, hélas ! les jeunes gens risquaient fort de rencontrer le sergent, ses hommes et leur prisonnier.

– Tant pis, dit Miguel. Nous trouverons certainement le moyen de leur échapper et nous n'avons pas le droit de laisser un ami sans secours.

– Je peux y aller seul... suggéra Yann.

– Ce jeune homme a très envie de nous brûler la politesse ! remarqua Pol en souriant. Non, Yann, tu n'iras pas seul rechercher notre pauvre Pavila !

Il fut décidé que le prêtre et le gentilhomme resteraient dans les bois jusqu'au retour de Pol ; celui-ci s'occuperait d'eux alors. Et, sans perdre un instant, Pol, Miguel, Yann et Hoëlle, qui refusa tout net de rester en arrière, s'engagèrent une fois de plus dans l'obscur chemin.

VII

Le señor Pavila, brusquement abandonné par Mainsville, resta un instant stupéfié. Il ne comprenait pas ce qui s'était produit et s'attendait à voir reparaître le docteur. Mais, les minutes passant, il discerna la vérité. Il crut étouffer de rage.

– Je me suis laissé berner comme un enfant ! s'exclama-t-il avec fureur.

Sa colère contre lui-même était presque plus violente que contre le docteur. Son propre passé lui faisait juger d'une manière un peu spéciale des forfaits qu'il aurait fort bien pu commettre lui-même jadis ; mais il ne se pardonnait pas sa crédulité.

– Je savais ce qu'était cet homme ! gronda-t-il. Et je me suis laissé aveugler par des sourires, endormir par un bon souper ! Je l'ai cru, comme un imbécile, je ne pensais qu'à mon maudit diamant !

Sans doute Mainsville y pensait-il aussi... et voulait-il le conserver... d'où son calme devant l'échec de son émissaire. Il savait qu'il tirerait malgré tout un avantage de ce voyage inutile. L'Espagnol avait voulu jouer au plus fin.

– ... Et me voilà enfermé dans une prison d'où je n'ai aucune chance de sortir ! conclut Pavila avec une grimace.

Cependant, sa nature farouche ne l'incitait pas à accepter sans lutte un destin même désespéré en apparence.

« Il doit y avoir un mécanisme permettant d'ouvrir, de l'intérieur, cette damnée porte ! se dit-il. Si seulement j'y voyais clair ! »

Il songea qu'il se trouvait encore très près de la paroi mobile, il s'en était peu éloigné et n'avait pas bougé depuis la disparition de Mainsville. Et il en connaissait à peu près l'emplacement. Il y revint, les mains en avant, et poussa un soupir de satisfaction quand ses doigts rencontrèrent le roc.

– Dussé-je m'user les mains jusqu'au coude, je retrouverai ce mécanisme, décida-t-il.

Sa résolution lui rendit toute sa lucidité. Prudemment, pour ne pas égarer inutilement ses recherches, il fit vingt pas sur la gauche en longeant le mur et posa son chapeau sur le sol à ses pieds pour lui servir de point de repère, puis il exécuta la même manœuvre en sens inverse, fit quarante pas, cette fois, et marqua l'endroit atteint par un lourd couteau qu'il emportait toujours sur lui. Il était maintenant certain qu'entre ces deux jalons la porte de sa prison existait. Il décida de ne pas s'éloigner de là.

« On ne sait jamais ce qu'on peut découvrir dans ces salles souterraines, songeait-il. L'ami Mainsville m'aurait gentiment dirigé vers des oubliettes que je n'en serais nullement surpris ! »

Sans attendre, il se mit à chercher le mécanisme qui lui rendrait la liberté... s'il était assez heureux pour le dénicher. Lentement, méthodiquement, il passait la main sur la paroi, depuis le point extrême qu'il pouvait atteindre, dans le haut, jusqu'au sol. Si ses doigts endoloris par la pierre rugueuse s'engourdissaient, il attendait patiemment, sans bouger le corps, en remuant ses mains l'une après l'autre, que le sens du toucher lui fût revenu dans toute son acuité, puis il reprenait ses gestes tâtonnants.

– Tant que je ne serai terrassé ni par la faim, ni par la soif, ni par le sommeil et la fatigue, je continuerai ! déclara-t-il. Je continuerai ! Mais si je n'ai rien trouvé d'ici-là... Adios, mon pauvre Agostino ! Le docteur Mainsville t'aura berné jusqu'au bout et il conservera ton diamant jusqu'à ce que le diable l'emporte !

Sa main montait et descendait le long du rude granit. Malgré sa hâte et son angoisse, l'Espagnol se forçait à des gestes lents et soigneux. Sans nul doute, le ressort qui actionnait l'ouverture de la paroi était très petit ; trop de précipitation, la moindre distraction pouvaient le lui faire manquer. Il perdit, du reste, très vite, la notion du temps ; était-il là depuis dix minutes ou dix heures ? Il n'en savait rien et ne s'en souciait pas. Il ne voulait penser qu'à la liberté possible et s'acharnait sur cette muraille pour lui arracher son secret.

Son pied, enfin, heurta le chapeau qui délimitait sa zone de recherche et il sentit une sueur froide l'inonder. Il était certain d'avoir exploré toute la paroi...

Il se laissa tomber sur le sol. Le mur, hélas ! ne s'envolerait pas et un peu de repos lui procurerait peut-être une perception plus sûre des saillies minuscules de la roche ?

– Je recommencerai ! gronda-t-il. Je recommencerai jusqu'à mon dernier souffle !

En attendant, il était épuisé. Il n'était plus jeune et l'horreur de sa position n'était pas faite pour lui donner des forces. Afin d'apporter une diversion à son esprit anxieux, il rappela Mainsville à son souvenir.

« Il doit être maintenant tranquille et satisfait dans sa petite maison ! se dit-il rageusement, se moquant du pauvre sot qu'il assassine sans scrupule. »

Sans scrupule... Pavila soupira. Il n'en avait jamais eu, lui non plus, sans hésiter, il avait suivi un bandit parce que tel était son intérêt... Il n'avait guère hésité davantage à décevoir Hoëlle, l'enfant adorable qu'il aimait, pourtant, et qui avait eu confiance en lui...

Hoëlle... Il revit ses yeux clairs, purs comme l'eau des sources, son doux sourire, ses admirables cheveux d'or. Hoëlle... Il avait voulu la tromper tout comme Mainsville l'avait trompé, lui...

– En somme, grogna-t-il, je n'ai que ce que je mérite !

Mais c'était là une piètre consolation.

Pourtant, le souvenir d'Hoëlle était plus réconfortant à évoquer que celui du docteur. Pavila se prit à rêver à cette jeune femme qu'à son insu il s'était mis à chérir comme sa fille. Il lui sembla réentendre sa voix harmonieuse :

– Señor Pavila, je suis si heureuse de vous revoir !

Il s'était assoupi, sans doute. Le sommeil lui apportait avec une étrange précision le son de la voix chère. Il se redressa ; il était temps de reprendre ses décevantes investigations...

Il se leva péniblement, vaguement surpris, car une sorte de courant d'air passait autour de lui...

– Señor Pavila ? Señor Pavila, êtes-vous là ?

L'Espagnol se frotta les yeux. Dormait-il encore ? ou...

– Señor Pavila ! Oh ! mon Dieu...

– Hoëlle ! hurla-t-il, est-ce vraiment vous ?

– Oh ! vous êtes vivant ! Mais oui, c'est moi, c'est... nous !

Fou de joie, trébuchant comme un homme ivre, Pavila s'avança vers la voix.

Sa main rencontra enfin une main tiède et douce.

– Nous avions tellement peur ! murmura la jeune femme.

– Comment avez-vous su que j'étais ici ?

– Yann nous a prévenus, dit Pol. Mais il lui reste à nous révéler comment il a joué ce rôle providentiel !

– Il nous l'expliquera, mais pas ici, intervint Miguel. Gagnons Trenarvan, nous y serons mieux pour cette conversation !

Il prit la direction de la petite colonne et la guida, dans l'ombre épaisse, jusqu'à l'escalier qui conduisait à la bibliothèque du manoir.

– Cela manque d'éclairage ! grommela Pavila. Personne n'a-t-il une lanterne ?

– Impossible cette fois, dit Pol. Les souterrains, cette nuit, sont extrêmement animés !

– Je ne comprends pas...

– Vous comprendrez tout à l'heure. Ne faites pas de bruit.

Ils montèrent les marches. Miguel pénétra dans la bibliothèque ; un flambeau y était allumé.

– Entrez ! dit-il en souriant. N'oubliez pas de refermer la porte et asseyez-vous ; je vais donner quelque chose à boire au señor Pavila, je gage qu'il en a besoin !

L'Espagnol s'assit lourdement sur un fauteuil. Les émotions qu'il avait ressenties faisaient flageoler ses jambes. Miguel lui donna un verre d'eau-de-vie et, l'ayant bu, il se trouva mieux. Hoëlle avait tiré soigneusement les rideaux et, pour un peu, il se serait cru de retour dans la chaumière de Nannie, un soir de combat : les mêmes compagnons l'entouraient, Miguel, Pol, Hoëlle et Yann, le visage de ce dernier dissimulé comme toujours par son masque noir.

– Et maintenant, mon garçon, à toi la parole ! dit Pol. Le señor Pavila nous contera ensuite ses aventures, mais laissons-lui le temps de se remettre ! Nous t'écoutons !

Il allait s'asseoir à son tour, mais se ravisa soudain et alla au jeune homme.

– Avant de parler, dit-il, montre-nous ton visage ! Après ce qui s'est passé ce soir, Yann, je ne veux plus l'ignorer !

Et sans attendre d'autorisation ni de réponse, d'un mouvement vif, il dénoua le cordon qui fixait le triangle d'étoffe...

Une exclamation s'échappa de toutes les lèvres. Le visage d'Ahès était apparu...

– Par exemple ! articula Miguel au comble de la surprise.

La jeune fille souriait à demi, avec une timidité inaccoutumée.

– Pardonnez-moi de m'être ainsi cachée, dit-elle, je vais tout vous expliquer, mais c'est là une longue histoire...

– Raconte ! pria Miguel. Sois sûre que nous ne t'interromprons pas !

Ahès rapporta, pour commencer, sa conversation avec Mainsville, où celui-ci l'avait chargée de surveiller Miguel.

– Je n'avais nulle intention de lui dire ce que j'aurais vu, ajouta la jeune fille. Le rôle de délatrice n'était vraiment pas digne d'une Porspoët ! Mais ma curiosité était piquée. J'observai Miguel... Quelque temps après, M. de Plouvernon vint au manoir, envoyé par le docteur...

Une sourde exclamation échappa à Hoëlle. Ahès, d'un geste la rassura ; elle n'avait pas l'intention de révéler ce qui n'était pas indispensable.

– Il se trouva, reprit-elle avec un léger sourire, que M. de Plouvernon visita les souterrains en compagnie de Miguel et d'Hoëlle, sans se douter que je les suivais.

Par la suite, je recommençai maintes fois l'expédition, d'abord guidée par eux encore, sans qu'ils le sachent, puis seule. Ces promenades sous terre me fascinaient et j'appris bientôt à connaître fort bien le réseau compliqué des couloirs, d'autant plus facilement que, comme mon père, je possède une vue qui perce les ténèbres et me permet de me diriger très bien dans l'obscurité.

« Mais je voulus en savoir davantage. Ayant appris par hasard que Guénolé, le pêcheur, qui avait fait partie jadis des compagnons de mon père et était tout dévoué aux Porspoët, combattait à présent avec les Blancs, j'allai lui demander de m'introduire parmi eux, sous un déguisement. Il fit des difficultés, mais finit par céder à mes prières. Ainsi naquit Yann Kermario.

– Vous vous êtes dévouée à notre cause ! s'écria Hoëlle.

Ahès secoua la tête.

– Je ne veux pas me faire autre que je suis, dit-elle. Seule, la curiosité me poussait. Mais un jour, vous m'avez tirée d'un terrible danger, avec une audace, une ingéniosité, une générosité qui me stupéfièrent. À ce moment-là, j'ai commencé à voir les Tréguidy sous leurs traits véritables et je ne savais plus très bien que penser : la double vie que je menais me passionnait ; peu à peu, je me sentais plus à l'aise, mieux moi-même sous l'habit et le masque de Yann que sous mon aspect ordinaire, cela me troublait : tout était si différent de ce que j'avais toujours cru ! J'en ai dit un mot à Pol, un soir...

– Je me souviens, dit doucement le jeune homme.

– J'ai un peu repris mon équilibre après cela... Mais je vais trop vite, il faut que je retourne en arrière. Vous vous souvenez de ce pauvre marquis de Bellefontaine ?

Pavila et les jeunes gens hochèrent la tête.

– Quand Mainsville l'amena au manoir, je fus très surprise et je me demandai quel pouvait être son dessein... À tout hasard, j'allai m'embusquer dans le souterrain et je vis bientôt le malheureux disparaître dans cette fameuse caverne où vous avez bien failli rester, señor Pavila ! Mais je ne voyais aucune raison à cet acte du docteur : pourquoi voulait-il faire disparaître un homme, sans y avoir aucun intérêt ? Je compris ce qu'il en était en voyant Mainsville demeurer aux aguets dans le souterrain, y assister à l'apparition d'Hoëlle, à la fuite de M. de Bellefontaine. Mainsville suivit Hoëlle et son « malade » ; je venais derrière, et j'entendis une conversation qui devait ouvrir des horizons au docteur !...

– Oh ! murmura Hoëlle, effarée. Il était là !

– Il fut là jusqu'au moment où Miguel et Pol entrèrent en scène ; il jugea, je pense, que la poursuite devenait dangereuse et il l'interrompit. Mais moi, je continuai à m'attacher à ses pas...

Elle eut un rire bref.

– Ce fut une étrange aventure pour le docteur ! dit-elle avec ironie. Il n'avait évidemment pas emporté de lumière et il se trouva brusquement plongé dans les ténèbres, privé de guide au milieu de ce souterrain inconnu de lui !

La jeune fille rit de nouveau.

– Je pense qu'il a bien marché trois heures, s'égarant à chaque carrefour, revenant sur ses pas inconsciemment, et franchement, je me demande pourquoi je ne l'ai pas abandonné à son sort, étant donné ce qu'il a fait ensuite ! Mais je suppose que l'exemple des Tréguidy avait déjà agi sur moi... Quoi qu'il en soit, quand je trouvai que la plaisanterie avait suffisamment duré, j'allai chercher une lanterne et je vins, « par hasard », me mettre sur le chemin de Mainsville. Je le ramenai au manoir, à moitié mort de peur et de fatigue ! Il était si à bout de forces qu'il n'a même pas dû se rendre compte de ma venue !

– Que s'est-il passé ensuite ? demanda Miguel, comme la jeune fille reprenait souffle.

– Je croyais qu'il allait vous dénoncer tout de suite : son espionnage ne pouvait, à mon avis, avoir que ce but ! Or, il n'en fut rien, au moins avant plusieurs mois. Comme vous le pensez, je ne manquais pas de faire chaque jour une longue randonnée dans les souterrains pour surveiller celui qui surveillait si bien les autres ! C'est ainsi que je le vis y revenir souvent : il étudia, nota les diverses issues, apprit à se reconnaître dans les couloirs. Il venait souvent guetter devant la porte de la salle des réunions.

– Mais pourquoi a-t-il attendu si longtemps pour tenter de nous faire tous arrêter ? demanda Pol, intrigué.

– Vous allez le comprendre. Le señor Pavila parla un soir devant moi à Hoëlle de son voyage en Espagne et fit allusion à « un ami » qui lui prêtait la somme nécessaire. Je ne sais pourquoi, j'eus le pressentiment que cet « ami » était Mainsville ; jadis, je l'avais souvent entendu s'entretenir avec mon père de l'Espagne, au sujet de Miguel dont ils souhaitaient retrouver la famille. Lorsque M. Pavila, à l'aube qui suivit son entretien avec Hoëlle, sortit de la chaumière de Nannie, je le suivis. Cachée sur la lande, je surpris une rencontre entre lui et le docteur et j'entendis les paroles qu'ils prononcèrent...

« Quand j'appris le retour du señor Pavila, je m'arrangeai pour en avertir indirectement Mainsville, pensant qu'une nouvelle conversation aurait lieu entre eux sans retard. Je guettai sur la lande. Effectivement, le docteur arriva bientôt. M. Pavila aussi ; ils se donnèrent rendez-vous près de la mer pour ce matin. Je m'y suis rendue... mais je n'ai vu personne.

– Mainsville, entre-temps, m'avait fait dire de venir souper avec lui ce soir ! grogna l'Espagnol.

– C'est ce que je supposai lorsque je sus que le docteur ne pouvait venir, selon son habitude, visiter mon père ce soir. Dès que je pus m'échapper de Trenarvan, je revêtis le costume de Yann Kermario et je courus surveiller la maison de Mainsville ; je n'y arrivai pas une seconde trop tôt ! Le docteur et son hôte en sortirent presque immédiatement, avec une lanterne et se dirigèrent vers l'une des entrées des souterrains. Un peu plus tard, sous mes yeux, vous avez été enfermé, señor Pavila, et je ne pouvais vous porter secours...

Elle reprit haleine. Ses auditeurs étaient suspendus à ses paroles.

– Mainsville avait l'habitude, poursuivit Ahès, de parler tout haut quand il était un tant soit peu nerveux. Il m'apprit de cette façon qu'il avait un autre projet, ce soir-là, et je dus le suivre encore, espérant que le señor Pavila se méfierait et se tiendrait tranquille. Mainsville ressortit du souterrain ; près de là, des soldats l'attendaient...

« – Suivez-moi, maintenant ! leur dit-il fièrement. Je vais vous livrer un groupe important d'ennemis de la grande Révolution !

« Je n'en écoutai pas davantage. Je m'élançai pour arriver avant eux... et vous savez le reste.

– Vous avez été magnifique ! s'exclama Hoëlle avec reconnaissance. Vous nous avez tous sauvés !

Ahès secoua négativement la tête.

– Non, Hoëlle, dit-elle gravement. Ce que j'ai fait, c'est à vous que je le dois ! C'est vous qui m'avez montré le bon chemin, vous qui m'avez enseigné la vérité. C'est vous que j'ai suivie, sans m'en douter d'abord, tout au long de ces mois ; vous m'avez éclairée, guidée, soutenue. C'est vous qui avez sauvé ceux que vous aimez...

Elle se tut. Une tristesse soudaine assombrissait son beau visage. Pol la regardait ; il hésita un instant, comme s'il voulait parler, mais Pavila ne lui en laissa pas le temps.

– C'est à moi, dit-il, de prendre la parole. Vous connaissez maintenant, du reste, une grande partie de mon aventure, et cette aventure, j'ajoute que je l'ai amplement méritée ! Je fais amende honorable, et je vous prie d'entendre ma confession.

Il avait parlé si gravement que tous redoublèrent d'attention. Hoëlle, tendue, soudain pleine d'espoir, serrait nerveusement ses petites mains l'une contre l'autre.

– Mainsville, effectivement, m'avait chargé d'une mission en Espagne, dit Pavila. Il voulait retrouver la famille de Miguel si elle existait encore, et il s'adressait à moi, car... j'étais précisément l'homme auquel Miguel, enfant, devait être conduit !

En quelques mots, l'Espagnol conta ses discussions avec le docteur, le plan établi par eux, et enfin la prière d'Hoëlle qu'il ne lui semblait plus nécessaire de tenir secrète, et qui l'avait déjà quelque peu éclairé sur le véritable caractère de Mainsville.

– Je partis donc, continua-t-il, et j'allai tout droit au château qu'habitait jadis Fernando. Je trouvai celui-ci vieux, malade, abandonné de tous et n'ayant gardé de sa fortune d'autrefois que tout juste de quoi ne pas mourir de faim. Par bonheur, il a conservé la mémoire et la promesse d'une généreuse récompense, dont il a un cruel besoin, l'amena à des révélations complètes, du moins en ce qui concernait son rôle dans l'histoire de Miguel.

« Il avait fait, à Madrid, il y a vingt ans, la connaissance d'un certain don Olivio ; les deux hommes se lièrent d'amitié. Fernando se gardait bien de révéler à son ami la vie de brigandages qu'il menait et qui lui permettait, lorsqu'il séjournait à la ville, de dépenser sans compter. L'amitié que lui témoignait don Olivio le flattait ; cet homme faisait partie d'une grande famille et pouvait, songeait Fernando, lui rendre service s'il se trouvait un jour dans un mauvais pas.

« Or, Fernando, intriguait don Olivio ; il vivait comme un grand seigneur, s'absentait souvent pour de mystérieux voyages et gardait jalousement secrète l'origine de sa fortune. Olivio le fit espionner par son frère de lait, Pablo, qui parvint à s'engager au service de Fernando. Il rapporta bientôt à Olivio que son nouveau maître était un dangereux bandit, et à eux deux, ils parvinrent à prendre Fernando en flagrant délit.

« Pour échapper à la hache du bourreau, Fernando était prêt à n'importe quoi et c'était exactement ce que désirait Olivio. Il chargea son ancien ami d'une mission délicate : il lui fallait faire disparaître un enfant, mais cependant être à même de le retrouver un jour en cas de besoin.

– Cet enfant... murmura Hoëlle, c'était Miguel !

– Oui. Miguel était le fils d'un homme éminent, don Alfonso, fort influent à la cour d'Espagne et prodigieusement riche. Ayant épousé une femme très belle et charmante, dona Mercedes, il était promis à un avenir de plus en plus brillant.

« Son seul parent, son cousin germain, était justement ce don Olivio, gentilhomme sans fortune et dévoré d'ambition et d'envie. Celui-ci résolut de supplanter Alfonso dans la faveur royale et de lui dérober tout ce qu'il possédait.

« Olivio ne manquait pas d'imagination. Il sut attirer son cousin dans un piège et le fit accuser de complot contre le roi. Le piège avait été si bien tendu que le malheureux Alfonso ne put se disculper ; il fut emprisonné et ses biens furent confisqués. Sa femme, désespérée, se retira dans un vieux château qui lui appartenait en propre, avec Miguel et deux serviteurs fidèles.

« Le plan d'Olivio était en partie réalisé, mais en partie seulement. Il était à supposer qu'Alfonso ne survivrait pas à son déshonneur et à sa captivité, mais pour recueillir alors son héritage, Olivio devait se débarrasser du véritable héritier : l'enfant...

« Et si, par hasard, Alfonso ne mourait pas ? S'il rentrait en grâce ? Tout arrive ! Il faut tout prévoir ! Et Olivio trouva une solution machiavélique : il ferait enlever le petit Miguel et le garderait pour ainsi dire, en réserve. Si Alfonso reparaissait un jour, Olivio s'offrirait à rechercher l'enfant et le « retrouverait » à grand renfort de sommes considérables, nécessaires, dirait-il, pour mener à bien sa difficile tâche.

« Il expliqua tout cela à Fernando et ce dernier ne demanda pas mieux que de l'aider. Justement, il avait à Paris un ami auquel il avait rendu service autrefois ; il lui enverrait Miguel, le prierait de l'élever correctement et lui faire oublier son nom de Miguel en le remplaçant par un autre, afin que sa trace fût plus certainement perdue.

« Ce fut Pablo qui fut chargé d'enlever le petit garçon et de le transporter, endormi par une drogue, à La Corogne où il retrouva Linda. Vous connaissez la suite : la tempête, le naufrage, les recherches entreprises par M. de Porspoët et le docteur pour retrouver l'homme qui devait prendre Miguel en charge, un certain Pavila qui avait quitté Paris, et que Mainsville ne devait rencontrer, par le plus grand des hasards, que vingt ans après, et en quelque sorte par l'intermédiaire de Miguel lui-même !

– Vous doutiez-vous de toute cette histoire ? demanda Pol.

– Pas le moins du monde ; je n'avais pas revu Fernando.

– Continuez, señor Pavila ! supplia Hoëlle.

– J'arrive à la fin de mon récit. Fernando avait reçu d'Olivio des papiers qui prouvaient la véritable personnalité de Miguel. Par une chance extraordinaire, il les conserva. Il me les a donnés...

– Oh ! souffla Miguel d'une voix rauque.

– Et Olivio ? demanda Hoëlle, tremblante ; et don Alfonso ? dona Mercedes ?...

– Ils vivent mes enfants, tout au moins deux d'entre eux. Don Alfonso réussit à obtenir justice, car, après des années, Olivio tomba malade. Mourant, il eut des regrets de sa conduite et révéla sa traîtrise, mais il n'eut pas le temps de parler de Miguel. Don Alfonso retrouva sa femme, ses biens et son crédit, mais non son fils, et lui et dona Mercedes en demeurèrent inconsolables. Ils se retirèrent dans leur château et ne voulurent plus voir personne. J'y ai été, et ils m'ont reçu, cependant. Je leur ai montré les papiers que je tenais de Fernando, je leur ai décrit leur fils...

– Mon Dieu ! murmura le jeune homme.

Avec sincérité, Pavila acheva sa confession. Il avoua quel projet il avait formé en conservant par devers lui la vérité.

– J'ai honte, conclut-il, d'avoir eu cette vilaine intention, quand vous m'avez sauvé la vie !

Miguel avait légèrement froncé les sourcils.

– Señor Pavila, vous aviez pourtant parlé de tout cela au docteur Mainsville ! Il m'a révélé que mes parents vivaient... en me faisant jurer de ne le dire à personne !

– Je ne lui ai rien dit ! affirma Pavila. Je ne comprends pas !

– Je comprends peut-être, moi... murmura Ahès. Mainsville avait l'intention de faire arrêter Miguel : il aura voulu lui donner le désespoir supplémentaire de la déception, après la joie !

– Mais pourquoi ? demanda Miguel abasourdi.

– Mon cher Miguel... il avait sans doute deviné que tu... empêchais ses exploits ; depuis des mois, il n'est venu aucun « visiteur » à

Trenarvan ! De là, les enquêtes du docteur pour savoir ce que tu faisais, ou disais ! Édifié, il a certainement voulu se venger.

– Ne pensons plus à tout cela ! s'écria Hoëlle. Ah ! je suis si heureuse.

Elle alla se blottir dans les bras de son mari. Miguel, ébloui, la serra contre lui. Enfin ! il allait pouvoir la présenter à son père, à sa mère, à des parents qu'il chérirait avec tant de bonheur !

Pavila dut décrire dix fois don Alfonso, dona Mercedes, leur beauté à tous deux, leur bonté proverbiale. Miguel et Hoëlle ne se lassaient pas de l'entendre. Ce fut Ahès qui les ramena sur terre en remarquant que l'aube approchait.

– Le señor Pavila ne peut songer à rentrer à Pénazel à cette heure, dit-elle. Il faut le garder au manoir !

– Je vais aussitôt lui préparer une chambre ! s'écria Hoëlle. Et je passerai voir si votre père dort... Oh ! Ahès, je l'avais oublié ! Personne n'était là cette nuit pour s'occuper de lui !

Fort heureusement, Edern reposait.

Pavila s'en fut avec Miguel. Ahès et Pol restèrent seuls.

– Je m'en vais, dit le jeune homme. Il faut que je trouve une nouvelle cachette pour « mes » suspects !

– La chaumière de Nannie ne ferait-elle pas l'affaire ? Mainsville ne la connaît pas.

Pol s'approcha de la jeune fille et la regarda longuement dans les yeux.

– Pourquoi, si longtemps, nous avez-vous caché qui vous étiez ? demanda-t-il. Si je ne vous avais pas démasquée de force, pour ainsi dire, ce soir, vous seriez encore Yann Kermario ! Tant que vous n'obéissiez qu'à la curiosité, je comprends, mais ensuite ?

– J'avais peur, dit-elle très bas. Je craignais que vous ne me chassiez loin de vous... parce que je suis une Porspoët. Hoëlle est la femme de Miguel, sans doute, mais Miguel n'est pas... un ennemi séculaire de votre famille !

– Ne croyez-vous pas, dit doucement le jeune homme, qu'il serait grand temps de mettre fin, réellement fin à cette vieille et désormais inutile querelle ? Tenez-vous vraiment à nous haïr encore ?

Elle secoua négativement la tête, sans répondre. Pol s'approcha plus encore.

– Ce soir, dit-il, tandis que je tenais votre main, dans le souterrain, nous étions unis dans le danger : la haine, alors, était bien oubliée, n'est-il pas vrai ?

Elle leva les yeux, surprise.

– À ce moment, j'étais Yann ! Il n'y a jamais eu de haine entre Yann et vous ! Vous ne saviez pas...

Il sourit.

– Au moment où j'ai touché votre main, Ahès, j'ai su, dit-il doucement. Et j'ai su, mais cela, je le sais depuis longtemps, qu'il n'y a pas de haine entre moi et Ahès de Porspoët...

– Vous saviez ! répéta-t-elle.

Et soudain, Pol prit la jeune fille dans ses bras.

– Depuis longtemps aussi, je sais que je vous aime, dit-il à son oreille. Je vous ai aimée au premier instant où je vous ai vue !

– J'ai beaucoup changé depuis ce jour-là, murmura Ahès.

– Et je vous aime davantage encore.

Avec un soupir qui était presque un sanglot, Ahès laissa tomber sa tête blonde sur l'épaule du jeune homme.

– J'ai eu si mal ! souffla-t-elle. Moi aussi, je vous aimais, Pol, mais moi, je ne voulais pas l'admettre ! Et puis, j'ai eu si peur... si peur !...

Elle n'acheva pas sa phrase. Pol avait posé ses lèvres sur son visage et Ahès comprenait qu'à présent, l'amour repoussait très loin d'elle les ombres maléfiques du passé.

VIII

Quelques jours plus tard, le coup de tonnerre du 9 Thermidor éclatait. Il annonçait la fin de la tempête révolutionnaire.

Certes, la guerre n'était pas finie, il y aurait encore des combats, des souffrances, des deuils et des larmes, mais, du moins, la mort de Robespierre achevait la Terreur. La guillotine allait interrompre enfin sa hideuse carrière.

L'une de ses dernières proies fut le docteur Mainsville. Ainsi que l'avait supposé « Yann », il fut incapable de guider ses gardiens hors des couloirs secrets : l'effroi paralysait son esprit. Pendant des heures, les soldats et leur prisonnier errèrent dans les souterrains, et ils n'en sortirent que par miracle, et Mainsville ne put jamais faire admettre au tribunal révolutionnaire qu'il n'avait pas voulu les attirer dans un guet-apens.

Sa maison fut fouillée de fond en comble et tout l'or qu'il avait amassé au prix de tant de crimes ne fit qu'alourdir les charges qui pesaient sur lui. Comment, lui demanda-t-on, possédait-il autant de richesses ? Et à cette question, il n'osa répondre.

Ainsi Pavila perdit-il définitivement son diamant. Il reconnut que c'était là une bien légère punition pour tout un passé malhonnête.

Bientôt, la terrible loi qui frappait les suspects fut abrogée ; les églises se rouvrirent peu à peu : prier Dieu publiquement, assister à l'office divin ne fut plus un « crime » qui méritait la mort. Et le vieux vicomte de Tréguidy revint à Kermoal pour assister au mariage de son petit-fils Pol avec Ahès de Porspoët.

Il était trop heureux de se retrouver enfin parmi les siens pour s'opposer à cette union. Du reste, la pensée que l'inimitié entre Tréguidy et Porspoët se terminait, enfin, à l'avantage de Kermoal, n'était pas pour lui déplaire. La paralysie d'Edern gagnait... Cloué sur son fauteuil, il était maintenant vaincu...

Lui aussi donna son consentement, sans protester, au mariage de sa fille. Sa maladie l'enfermait dans un égoïsme total ; il ne songeait plus qu'à sa misère physique et morale et, d'ailleurs, il avait toujours cédé en toute chose à la jeune fille. Sans doute, la nouvelle du retour de son vieil ennemi, qui lui fut annoncée avec ménagements, le fit sursauter, mais il n'osa pas poser de questions sur cette « résurrection » inexplicable pour lui. Il avait un cruel besoin des autres, à présent, et surtout de Miguel et d'Hoëlle. S'il leur laissait deviner sa duplicité envers le vicomte de Tréguidy, songeait-il, les jeunes gens, indignés, ne l'abandonneraient-ils pas à sa solitude et à son pénible sort ? Il se tut...

Pour cette même raison, il ne regretta guère Mainsville dont l'amitié intéressée n'avait fait que l'encourager dans la mauvaise voie. Mainsville disparu, personne ne pouvait, dorénavant, commettre d'indiscrétions sur ses hauts faits. Mocaër n'était plus qu'un vieillard radotant.

Muré dans ce silence obligatoire, Edern vit arriver au manoir les parents de Miguel. Un sourire de commande sur les lèvres, il fut témoin du bonheur de don Alfonso et de dona Mercedes qui trouvaient en Miguel un fils en tous points digne d'eux-mêmes. La joie rayonnante du jeune homme qui serrait enfin dans ses bras le grand seigneur qu'était son père, et sa mère, aussi merveilleusement bonne et belle que l'avait décrite Pavila, ajouta une nouvelle torture à ses épreuves : la jalousie,

Edern de Porspoët expiait ses crimes...

Discrètement, Miguel et Ahès rendirent ce qui leur avait été dérobé à ceux que Miguel avait sauvés des oubliettes. Et la vie reprit dans une sécurité nouvelle.

Des mois ont passé. La paix est rétablie. Edern de Porspoët s'est éteint, assisté d'Hoëlle et d'Ahès. Il n'a pas refusé la visite du prêtre, mais a-t-il vraiment regretté ses forfaits ? Sa fille, Hoëlle, Miguel et Pol prient chaque jour pour le repos de son âme farouche.

Linda est partie, un beau matin, pour Paris, renonçant à l'espoir qu'elle caressait en secret de se venger sur Miguel et sa femme des déceptions, de l'ennui que lui ont apportés ces dernières années. Elle a compris que sa méchanceté ne peut rien contre eux, et Hoëlle a obtenu de Miguel que celui-ci lui versât une pension afin qu'elle puisse vivre décemment.

Avec l'approbation d'Ahès, le jeune homme a fait murer toutes les issues des souterrains. Ainsi, les souvenirs tangibles d'événements douloureux ont disparu.

Don Alfonso et dona Mercedes sont demeurés à Trenarvan : ils ne retournent dans le pays où ils ont tant souffert que pour de brefs séjours ; ils ne veulent plus être privés de la présence de leur fils bien-aimé et de la femme qu'il a su conquérir et mériter.

Aujourd'hui, les habitants des demeures autrefois ennemies, Trenarvan et Kermoal, se visitent souvent et avec joie. Ahès et Pol, Miguel et Hoëlle se réunissent avec un petit Yann aux cheveux noirs comme ceux de son père, aux yeux couleur de vague hérités de sa mère, et une mignonne Jeanne, blonde comme Ahès et Pol, élevée dans les principes et les traditions des Tréguidy.

Pavila paraît fréquemment au manoir où il est toujours accueilli avec plaisir. Il a renoncé à la vie aventureuse, s'est installé dans la maison laissée vacante par Mainsville et est devenu un peintre célèbre. Il gagne honnêtement sa subsistance et tâche de se consoler d'être un vieil homme solitaire en faisant sauter sur ses genoux Yann et sa petite cousine. À Kermoal, on le reçoit aussi volontiers ; il distrait, du récit quelque peu arrangé de ses aventures, le vicomte de Tréguidy qui s'achemine sereinement vers ses derniers jours.

Et tous, jeunes et vieux, n'ont garde d'oublier ceux que ne favorisent ni la fortune ni la santé ; ils sont, comme jadis, la Providence du pays.

Ainsi s'est réalisée la prophétie de la vieille Nannie, la bienveillante « sorcière » : après bien des épreuves, bien des traverses, Hoëlle a vaincu les démons de Trenarvan. Elle a conquis le bonheur pour ceux qu'elle aime, et pour elle, elle sème la joie...

La pure petite fleur de Bretagne a changé la Maison de l'Épouvante en la Maison du Bonheur.

Fin

ISBN : 978-3-96787-416-7